U0463893

中国
文学与文化
研究丛书

社会史与文学性

民国文学专题研究

周维东

包辰泽 主编

四川大学出版社
SICHUAN UNIVERSITY PRESS

图书在版编目（CIP）数据

社会史与文学性：民国文学专题研究 / 周维东，包
辰泽主编 . 一 成都：四川大学出版社，2023.11
（中国文学与文化研究丛书）
ISBN 978-7-5690-6483-4

Ⅰ．①社… Ⅱ．①周… ②包… Ⅲ．①中国文学—现
代文学史—文学史研究—民国 Ⅳ．① I209.6

中国国家版本馆 CIP 数据核字（2023）第 225960 号

书　　　名：社会史与文学性：民国文学专题研究
　　　　　　Shehuishi yu Wenxuexing:Minguo Wenxue Zhuanti Yanjiu
主　　　编：周维东　包辰泽
丛 书 名：中国文学与文化研究丛书

丛书策划：张宏辉　欧风偃
选题策划：王　冰
责任编辑：刘一畅
责任校对：庄　溢
装帧设计：李　野
责任印制：王　炜

出版发行：四川大学出版社有限责任公司
　　　　　地　址：成都市一环路南一段 24 号（610065）
　　　　　电　话：（028）85408311（发行部）、85400276（总编室）
　　　　　电子邮箱：scupress@vip.163.com
　　　　　网　址：https://press.scu.edu.cn
印前制作：四川胜翔数码印务设计有限公司
印刷装订：四川省平轩印务有限公司

成品尺寸：170mm×240mm
印　　张：16
字　　数：259 千字

版　　次：2023 年 11 月 第 1 版
印　　次：2023 年 11 月 第 1 次印刷
定　　价：68.00 元

扫码获取数字资源

四川大学出版社
微信公众号

目　录

专题三　文学史的"地方路径"

复义的"社会史视野"(代导言)

周维东

自 2017 年开始,我在四川大学文学与新闻学院为博士生开设"民国文学研究专题"课程,记得最初一年是专题讨论,后来就改成具有实操性质的工作坊,并持续至今。之所以如此改革,是因为我感受到对于博士生来说,只有在实际操作中才能将文学史理论和知识活学活用,否则任何精彩的文学史叙事、文学史观念、方法论对他们而言都是外在之物,如果他们的内心不够强大,上述理论知识反而可能成为研究的负累。当然,作为一门课程,学生能够相互讨论、相互促进是最好的,让他们可以讨论的办法是研究对象或研究方法的一致,于是我们围绕着"文史互证""区域间""社会史视野""地方路径""术语史"等问题展开讨论。

应该说,本课程的效果超过了我的预期。博士生的优势在于他们具有较强的求知欲,他们在资料查阅、思维拓展和论文写作上的表现都让我叹为观止。课程刚开始的时候，他们可能比较茫然，因此本课程的一半时间基本上用于选题确定和研究方案制订，但只要进入状态，他们在讨论和写作中都会散发出一种扑面而来的清新之气，这也让我从中受益。多年来，不管是本科课程还是研究生课程，我都追求"教学相长"的效果，"民国文学研究专题"的教学效果就是一种较为理想的状态。

文集收集了2017—2022年课程的成果，因为论文主题间有交叉，我们将它们合并为"社会史视野""区域间"和"地方路径"三个部分。三个主题中，除了"区域间"与本人有直接关联，其余两个都在学界有显赫的声名且自成体系。我们使用它们的目的是体现出"对话性"，这也是课程的本来用意。年轻学子初入学界，最容易跟风追热点，会不自觉去模仿一些时兴的研究方法，但稍有不慎就"画虎不成反类犬"。作为学术训练课程，"民国文学研究专题"不让学生了解学术特点是不可能的，与其把他们从学术特点旁边硬"掰"回来，或者放任他们盲目跟风，不如大大方方让他们了解一种学术风尚的来由、意义和不足，进而在具体研究中感受得失。我们的原则有点类似"猫论"——不管什么视野什么路径，发现了新问题才是真方法。通过这样的办法，学生反而更有主体性，不排斥任何一种新方法，但也不会迷信一种新方法。所以，如果说文集各个主题下的论文不够"正宗"，那就不正宗吧！因为我们的原则就是"拿来主义"。

文集之所以命名为"社会史与文学性"，是因为随着课程的深入，在看到一届一届学生的论文成果时，我愈发感受到这两者的张力，不管是哪一种视野和方法，它最终都会淤积到这两个问题上。其中"社会史"像狂欢的现实，奔腾而开阔，仿佛研究者如何汪洋恣肆都难以触碰它的边际；"文学性"则像渐行渐远的灯塔，幽暗但并没有熄灭，仿佛警醒着狂热的探索者，远行意味着背离。这种张力在当前的学术界也体现了出来，一方面，"社会史视野"方兴未艾；另一方面，"重回文学性"又成为新的呼唤。孰是孰非，成为学界争论的焦点话题。

从"民国文学"研究的路径来说，我自己是"社会史视野"的践行者，在历史的褶皱里，我们看见过更鲜活的"文学"。因此，"文学性"究竟是一座灯塔，还是和历史相伴相生？如同在矿石中提炼元素，或者钻木取火？我一直怀疑，甚至更信赖后者。但我的确感受到"社会史视野"狂欢后的无序，很多研究存在刻意"掉历史书袋"之嫌，因此在"前言"部分并不想为"社会史视野"辩护，而是检讨这么多年来它可能存在的问题。刚好在此期间，"北京·当代中国史读书会"（后简称"读书会"）主编的"20世纪中国文学经典新解读"丛书出版，它让我再次想起"社会史视野"是他们提出的一个概念，因此我写了《复义的"社会史视野"》一文，以便让走在"社会史视野"道路上的学者再次回想起"出走"的初衷。

下面部分，便是该文的正文。

一、广义"社会史视野"

如果将当前学界流行的"社会史视野"视为一个整体现象，那么我们可以发现，虽然这个名称出自"读书会"，但并不始于"读书会"。这么说并非要掠"读书会"之美，而是便于更准确把握当前学界广泛流行的"社会史视野"现象，进而有助于更清晰了解"读书会"的学术主张，因为当各种貌似"社会史视野"的研究成果出现时，研究者并不一定都有"读书会"成员的自觉，甚至于对于这种研究范式的价值都未必清晰。作为现象的"社会史视野"，在本质上不是一种新的研究方法的流行，因为"文学社会学"早已存在。在中国文学研究中，当有"六经皆史"的说法出现时，也意味着有这种研究方法的肇始；在中国现当代研究中，当类似"社会剖析小说"这样的概念出现，也意味着"社会史视野"已经走上了学术史的舞台。因此，作为现象的"社会史视野"，在本质上是一种研究状态的出现，它可以理解为一种潮流，内核是中国现当代文学研究从"内－外"部研究均衡发展，转向"外部研究"一枝独秀。在当前学者提到"社会史视野"时，第一印象是"外部研究"，它所受到的质疑，往往也忽略了"内部研究"①。从这个角度来说，构成广义"社会史视野"的对象可以包括："民国文学"研究、"读书会"提出的"社会史视野"研究、普泛的"社会史视野"研究，它们普遍的特征是，将对历史的发掘（"外部研究"）作为文学研究深化的主要增长点，虽然研究者也重视文本解读，但对文本"新解读"的动力依然主要来自历史而非纯粹的形式技巧。下面，我就这些对象的特征进行具体分析。

"民国文学"研究是一个复合的研究现象，在这个概念出现之初，不同倡导者的意图和想法并不完全一致。② 然而，当这种研究视野铺开深入之后，最显著的特征便是"社会史视野"。我们略举两例。张中良（笔名"秦弓"）提出的"民国史还原"③，在具体研究中最鲜明的特征，是利用"民国史"被遮蔽的史实弥补或纠偏文学史认知中的缺陷。我记忆犹新的例子，是他对"辛亥革命是否失败"的探讨，因为一场革命的成功与失败不能一概而论，从民族独立和解放的角度，辛亥革命的确失败了，但从结束帝制的角度来看，辛亥革命无疑又是成功的。对于历史进程中的人来说，他们对于成败的感受自然有所不同，当研究者将"辛亥革命失败"作为分析文学现象的前提时，自然就有强制阐释的嫌疑。李怡提出的"民国机制"，内涵包括："从清王朝覆灭开始，在新的社会体制下，逐步形成的，推动社会文化与文学发展的诸种社会力量的综合，这里有社会政治的结构性因素，有民国经济方式的保证与限制，也有民国社会的文化环境的围合，甚至还包括与民国社会所形成的独特的精神导向，它们共同作用，彼此配合，决定了中国现代文学的特征，包括它的优长，也牵连着它的局

---

① 如吴晓东在《释放"文学性"的活力——再论"社会史视野下的中国现当代文学研究"》一文中指出："也正是在这个意义上，社会史视野可能要进一步关注文学性和文学形式的潜能，关注文学所蕴藏的单纯的社会史材料无法呈现的内涵。"（载于《文学评论》，2020 年第 5 期，第 42—46 页。）

② 参见周维东：《中国现代文学研究中的"民国视野"述评》，《文艺争鸣》，2012 年第 5 期，第 61—66 页。

③ 秦弓：《现代文学的历史还原与民国史视角》，《湖南社会科学》，2010 年第 1 期，第 133—136 页。

限和问题。"① 在研究的过程中，很多成果也是从民国政治、经济、法律等维度展开而获得的。从上述两个例子可以看出"民国文学"研究的主要特征，它已经从文学研究的"内－外"均衡，转向了专注于"外部研究"，在文本解读中对历史的发掘是其创新的主要动力。

"读书会"提出的"社会史视野"也具有这样的特征。由于"读书会"在文学研究界的知名度，很多学者可能忽略了它的全名为"北京・当代中国史读书会"。换句话说，他们的主要研究对象是历史，文学不过是方法和过程。"读书会"发起人何浩在介绍学术缘起时，特别解释了这一问题："读书会发起人为文学研究出身的学者，这一起点使其在进入当代中国史研究领域时，特别针对和反思了当下人文知识思想在回应当代状况和当代问题时所应具备的历史认知之不足，并进而意识到正面投入处理当代史经验的必要性"。② 从文学进入历史，对于历史研究来说是独特的，对于文学研究来说，显然是研究重心的外移。

较为普泛的"社会史视野"，有不少研究在近年来也形成广泛影响，如"地方路径"研究③、"现代文献学"研究④等。"地方路径"研究与过去"地域文化""区域文化"研究相比，最大的不同是加入了"社会史视野"。在过去的"地域文化"研究中，"文本"是研究的中心，"地域文化"

---

① 李怡：《民国机制：中国现代文学的一种阐释框架》，《广东社会科学》，2010 年第 6 期，第 132－135 页。

② 何浩：《努力扎根于经验的沃野——记"北京・当代中国史读书会"》，转引自贺照田、何浩：《社会・历史・文学》，北京：中国大百科全书出版社，2023 年，第 448 页。

③ "地方路径"的说法肇始于李怡的论文《成都与中国现代文学发生的地方路径问题》（载于《文学评论》，2020 年 4 期，第 981－983 页）。在该论文中，李怡提出从"地方"视野重新解构中国现代文学历史叙事的问题。此后《当代文坛》以"地方路径"为主题开展专栏，持续探讨"地方路径"问题。如果从"社会史视野"的角度，"地方路径"是一类从地方经验入手剖析中国现当代文学整体问题的研究路径，在中国现代文学研究中，除了李怡的研究成果外，代表成果还有：李松睿：《书写"我乡我土"：地方性与 20 世纪 40 年代中国小说》，上海：上海人民出版社，2016 年；段从学：《"边地书写"与"边地中国"的现代性问题——以抗战时期的"大西南"为例》，《西南民族大学学报（人文社会科学版）》，2019 年第 2 期，第 168－173 页。在当代文学批评中，以"地方"来概括文学创作整体特征的方式也可视为"地方路径"，如"新南方写作""新东北作家群"等。

④ "现代文献学"是近年来史料学研究学者提出的学科设想，此处用于指称近年来史料研究的新风向。

只是充当了文本一种特征的阐释注脚；而目前的"地方路径"研究，重心则是文学之外的社会史因素，"'地方路径'文学研究的重心之一是'路径'，也就是追踪和挖掘现代中国文学如何尝试现代之路的历史经验，探索中国文学介入世界进程的方式"①。如果将"地方"与文学的"现代之路"结合起来，外部空间必然是研究的重心。"现代文献学"是近年来史料学研究的新动态，具体包括编年史写作、佚文整理和文献释读，如果注意观察，这些研究的重心也在于文学的"外部"，因为单纯考察文学的内部问题，文献只是基础，并不能支撑起"文献学"的学科设想。

广义的"社会史视野"在今天能够成为不可阻挡的研究潮流，是"纯文学"观念解体后文学"外部研究"和多元历史认知的报复性反应。"纯文学"观念形成于 20 世纪 80 年代的"重写文学史"思潮，它以文学评价的"审美性"和文学史研究的"专门性"为基本特征，前者强调文学史建构的标准，后者强调文学史研究的特殊性。"纯文学"观念的危机是一个循序显现的过程，通过文学史上的一些著名事件，就可以看到它逐渐被突破的过程。

20 世纪 90 年代的"人文精神大讨论"是"纯文学"观念受到冲击的第一个事件。"人文精神大讨论"主要针对的现象是文学消费化，但同时反思了"纯文学"观念。在《旷野上的废墟——文学和人文精神的危机》一文中，王晓明等人首先指出："我过去认为，文学在我们的生活中占有非常重要的地位，现在明白了，这是个错觉。即使在文学最有"轰动效应"的那些时候，公众真正关注的也并非文学，而是裹在文学外衣里面的那些非文学的东西。"② 王晓明也是"重写文学史"思潮的重要推手，他的这个判断也可以认为是对"重写文学史"思潮的反思，即在当代中国，"文学"很难成为大众"发展精神生活的主要方式"，因此过于强化文学的审美性和专门性很难解决公众文化生活中的人文危机。21 世纪初出现的

---

① 李怡：《从地方文学、区域文学到地方路径——对"地方路径"研究若干质疑的回应》，《探索与争鸣》，2022 年第 1 期，第 63—69+178 页。

② 王晓明、张宏、徐麟、张柠、崔宜明：《旷野上的废墟——文学和人文精神的危机》，《上海文学》，1993 年第 6 期，第 63—71 页。

"日常生活审美化"思潮是冲击"纯文学"观念的第二个事件。所谓"日常生活审美化"即"审美活动已经超出所谓纯艺术/文学的范围，渗透到大众的日常生活中"。① 准确地说，这个现象应该是审美活动的常态，即使在"纯艺术/文学"的自觉出现之后，依然有大量的审美活动发生在日常生活之中，否则文化研究也无法进入历史。但它作为一个问题被提出来，也非危言耸听，因为随着大众审美需求的提升，当代审美活动的重要部分已经从"纯艺术/文学"进入日常生活，借助"纯艺术/文学"的文本没有办法完成对于当代人审美活动的全部把握。"人文精神大讨论"和"日常生活审美化"，从理想（精神关注）和现实（文化现场）两个维度同时指出了"纯文学"观念的问题。它最根本的问题，是不能成为当代中国人精神生活观照的中心，恪守这个观念，只会让文学研究与当代生活脱离。

从"纯文学"观念遭遇危机的过程可知，它首先在当代文化生活中遭遇了"滑铁卢"。在文学史研究的内部，"纯文学"观念也出现了问题，主要表现在两个方面的"固化"：文学性认知的固化和历史认知的固化。关于前者的学术史代表性事件，是21世纪前后出现的"文学性"讨论，它所关心的焦点问题，是有没有一种文学性标准能够囊括文学的全部价值。"文学性"与"纯文学"在命名上的差别，是后者预设了普遍文学性的存在，因此学界关于"文学性"的讨论，是在文学理论（而非思想史）的层面对"纯文学"进行的质疑。"文学性"讨论的意义，一方面打开了这个问题的世界视野，关于"文学性"的探寻和质疑是世界文艺史上长期存在的问题，关于"文学性"的建构都是在特定语境下的产物；另一方面，通过"文学性"讨论，可以了解中国"纯文学"建构过程中的世界因素，具体来说，它与这一时期"新批评"的盛行有着紧密关联。通过"文学性"讨论，"纯文学"观念的理论基础被动摇，因为并没有一种文学性标准能够超越时代、囊括一切文学，"纯文学"的背后只是一个时期形成的"文学性"共识，且不可避免存在着偏见和偏颇。

---

① 陶东风：《日常生活的审美化与文化研究的兴起——兼论文艺学的学科反思》，《浙江社会科学》，2002年第1期，第166-172页。

就历史认知来说，"纯文学"观念确立后，并没有完成文学史叙事的重新建构。"重写文学史"虽然以文学史"重写"为目标，但它所建构的启蒙文学史叙事并不是一个完整的文学史叙事，对于革命文艺思潮的漠视，造成了中国现代文学史历史观念的分裂。如果客观地看待"重写文学史"之后中国现代文学研究中的历史观念，实际存在两种认知系统：一种是以新启蒙为主导的文学史叙事，它将现代文学史上占据重要位置的"革命文学"排斥在外；一种是新民主主义为主导的文学史叙事，在"新启蒙"忽略的"革命文学"部分，它依然发挥了认知历史的重要功能。两套历史认知系统，在一个时期打开了历史认知的新视野，但"启蒙"与"革命"的对峙又必然造成历史认知的固化，因为两种历史观念都无法完整包容对方，进而形成中国现代文学的全新叙事。

因为这两种"固化"，"社会史视野"的出现就具有了必然性。不管是文学性还是历史认知，"固化"产生的背后，都是一些确定观念的失效。失效并不等于错误，而是观念与经验的违和。就目前的文学史研究来说，如何定义观念之外的经验是学者普遍面临的问题，因此广义"社会史视野"的意义在于告别观念、重回历史，它具有如下特征。

（一）以不确定打破确定

所谓"以不确定打破确定"，即通过历史丰富性的开掘，打破关于"文学性"和"历史认知"的固化。为什么历史的丰富性能够打破文学性的固化？因为文学性包含在历史性当中，没有了历史性，文学史就变成了观念史。以"民国文学"研究为例，在此讨论中形成的"民国机制""民国风范"等问题，看似历史问题，其中也包含"文学性"问题，譬如将鲁迅、胡适、王国维、瞿秋白、梁实秋、丁玲等人并置于民国的语境中来理解，它们超越立场而形成的共通性，是民国时期中国现代文学更深刻的"文学性"。就这种"文学性"而言，它们包含了"文学现代性"的内容，但并不能等同，因为不管是"民国机制"还是"民国风范"都不仅仅只包含现代内容，它最让人迷恋的地方，恰恰是传统文化的遗风。但通过民国文学共通性的揭示，中国现代文学"文学性"的丰富性和层次性才能呈现出来，它构成中国现代文学叙事最深沉的基础。但从"民国文学"研究的效果来看，这种提炼的完成是不易的，它呈现出来的效果更多是零散、局部的突破，是一种"不确定"的状态。

如果说"民国文学"研究还带有明显的文学史建构冲动，"中国现代文献学"更具有"以不确定打破确定"的特征。"中国现代文献学"是近年来相关研究者提出的说法，目的是强调史料文献研究的独立性。史料文献工作强化自己的独立性，除了这种研究自身的专业性外，文学史研究的停滞也是重要的原因之一，因为无法形成较为有效的研究视野，与社会史紧密相连的文献史料反而成为增进文学史认知的有效方式。近年来，大量学者投身于文献史料研究，出现一批较有影响的成果也说明了这个道理。"编年史"研究的新颖性，也在于打破了文学史宏大叙事的传统，以年代为序将若干并无直接联系的史实并置在一起，让文学史呈现出更为开放的结构。这些研究的总体特征，都是放弃了建构整体文学史叙事的诉求，以"打破"为目标，从而实现研究的有效性。

（二）以历史打破观念

所谓"以历史打破观念"，即通过对文学问题的历史化处理，打破因文学史观念固化造成的思想停滞。作为一个与当代人生活息息相关的学科，中国现当代文学研究的重要功能之一，是为当代人提供认识文学和历史的思想观念，在其最为繁盛的 20 世纪 80 年代和 90 年代，"重写文学史""人文精神大讨论"等讨论的出现，回应了当代人精神活动中遭遇的问题，但当"文学性"和"历史认知"固化之后，它与当代人精神生活的互动性因此而降低。"以历史打破观念"的有效性，在于通过历史的具体性，打破固有观念的局限。"民国文学"研究的有效性，体现为民国场景的具体性，在这个具体的历史时空下，中国现代文学中悬而未决的"传统/现代""启蒙/救亡""民族性/世界性"等问题，统统得到了妥善的解决。就"传统/现代"的问题来说，它在民国时期的鲁迅身上有如此决绝的对立吗？作为新文化运动代表人物的鲁迅，的确在思想观念上参与了新文化的建构，但他并不是空洞地设想，他也没有能力将个人设想完全付诸实践，鲁迅思想在于他切中了时代的问题，因此受到了同时代人的认可和接受。这些问题如果不能将历史具体化，就不容易辨析清楚。"中国现代文献学"近年来成为"显学"，它也是通过书信、日记、档案、访谈、田野等多方面文献的开掘，从而轻松打破很多文学史认知的偏见。

二、"读书会"提出的"社会史视野"

"读书会"提出的"社会史视野"，在文学研究领域被接受的过程，与广义"社会史视野"具有一致性，但它的问题意识、学术路径和关注焦点与前者并不完全相同。"读书会"成立于 2011 年，由中国社会科学院文学研究所学者发起，以北京高校和科研机构师生为主要成员，"基本关切是20 世纪中国革命史，尤其关注 1949 年新中国政治、经济、文化、生活实践探索的历史与思想意蕴"[①]。2015 年，《文学评论》发表"读书会"核心成员程凯、萨支山、何浩、刘卓四人的《"社会史视野下的中国现当代文学"笔谈》，自此"社会史视野"逐渐成为"读书会"具有标识性的研究理念。

"读书会"所提出"社会史视野"的起点，可以追溯到 20 世纪 80 年代文学史研究中出现的"断裂论"，具体来说，即 20 世纪 40—70 年代的文学中断了五四运动所开启的启蒙文艺传统，因此这一时期的文艺无论思想价值还是艺术价值都比较低。这种"断裂论"包含在当时两种具有影响力的学术观点之中：一种是黄子平、陈平原、钱理群所提出的"二十世纪中国文学"，一种是李泽厚所提出的"启蒙与救亡的双重变奏"。如果注意到"读书会"的相关成果，不难发现其中的对话关系。

黄子平、陈平原、钱理群在 20 世纪 80 年代发表了关于"二十世纪中国文学"的系列论述，其中包含的"世界文学"视野、启蒙史观、审美主义追求和"整体观"方法，集合了这一时期出现的"走向世界""新启蒙

---

① 何浩：《努力扎根于经验的沃野——记"北京·当代中国史读书会"》，转引自贺照田、何浩：《社会·历史·文学》，北京：中国大百科全书出版社，2023 年，第 448 页。

主义""重写文学史"等思潮的思想。"'二十世纪中国文学'这个新概念的主要意义，并不在提出一种新的历史判断，而在于显示一种新的历史观念。"① 这个历史观念的特点是："二十世纪"的世界具有同质性，共同的主题是寻求现代化；在此过程中的中国，不仅进行了社会现代化的各种尝试和探索，也在审美上做出了积极的尝试和回应；中国对于现代化的追求是世界主题的一部分，同时又坚持了民族特性。关于"二十世纪中国文学"的若干主题中，"改造民族的灵魂"② 是最为重要的思想主题，在此思想观念下，20 世纪 40—70 年代的革命文艺因为涉及内容较少就属于"断裂论"中的内容。

如果注意到"读书会"成员在"社会史视野"所关注的内容，就会发现他们考察的对象恰恰是"40—70 年代的文学"，而常常使用的概念也是"二十世纪中国文学"。"读书会"近期出版的"20 世纪中国文学经典新解读"丛书，包括：《新解读：重思 1942—1965 年的文学、思想、历史》《重读李准：从延安文艺座谈会走来》《重读周立波：从延安文艺座谈会走来》《与"现实"缠斗：〈讲话〉以来的革命现实主义文学及其周边》《20 世纪中国革命与中国现当代文学》等 5 本专著。从这些成果的名称不难看出他们工作的重心。"读书会"在使用"二十世纪中国文学"概念时，对"二十世纪"的历史本质显然填注了新的内容，其中"革命"成为重点考察的内容。这种对"二十世纪"历史本质的不同认识也并不突兀。进入 21 世纪之后，思想界关于"长二十世纪"和"短二十世纪"的讨论③，已经在 20 世纪 80

---

① 王晓明：《从万寿寺到镜泊湖——关于"二十世纪中国文学"研究》，《文艺研究》，1989年第 3 期，第 35—41 页。

② 黄子平、陈平原、钱理群：《论"二十世纪中国文学"》，《文学评论》，1985 年第 5 期。

③ "长二十世纪"和"短二十世纪"是将"世纪"历史化的一种认知方式，其内涵在国内外不同学者的观点里并不一致。在海外，"长二十世纪"比较有代表性的内涵是美国霸权崛起的世纪，因为从 19 世纪末开始直至今日，世界都还处于"美国世纪"（阿瑞基）。"短二十世纪"较有代表性的内涵则是战争和暴力的代名词，是失败的世纪（霍布斯鲍姆）。在中国，"长二十世纪"一般指中国社会从"前现代"步入"现代"的世纪，从鸦片战争开始，至今也未停止。黄子平、陈平原、钱理群在"二十世纪中国文学"的相关论述中秉持的便是"长二十世纪"的观点。"短二十世纪"一般指"革命的世纪"，如汪晖将"1911—1976 年"作为中国"短二十世纪"的时间段，从中不难看出"革命"的主题。

年代提出的"二十世纪中国文学"的基础上打开了新的空间。

李泽厚提出"启蒙与救亡的双重变奏"是 20 世纪 80 年代新启蒙主义的典型观点①，相对于一般意义上的"断裂论"，这种观点更体现出历史的同情，虽然"救亡压倒了启蒙"仍然包含着对于历史的惋惜，但"救亡"对于一个民族来说也是不可回避的重任。然而"读书会"主要倡导者贺照田并不认同这种历史同情，在《启蒙与革命的双重变奏》一文中，用"革命"取代了"救亡"，更加突出了"革命"的必然性和主动性。如果仔细体会"革命"与"救亡"在字面上的差异，便可知作为一种历史行动，"革命"更体现出历史的主动性，同时"革命"和"救亡"的目标也并不相同。通过对"革命"历史意蕴的重新发掘，贺照田进一步反思了新启蒙主义中存在的问题：

> 包括在很多人心中充满着朝气、冲力、理想主义、脱俗气质的八十年代知识思想、文化艺术界，却由于其主导思潮——新启蒙思潮事实上的堕入，而对此启蒙思潮认识品质、实践品质有根本的误区，这就使得现代中国主流启蒙运动曾经出现过的那些问题——事实上在八十年代一一重演：真诚但虚妄的自我意识，实际上浅尝辄止的现实—社会认识，对很多自己置身其中的历史进程不能有及时、准确的反应，有关时代现实的介入常常理解得非常狭隘且概念，在和社会互动时缺少学习自觉。而所有这些综合到一起，就是这么多聪明、热情、充满责任感的投入，最后却不仅不能取得他们所期待的历史介入效果，而且会造出很多和他们主观意愿背驰的思想、文化与现实问题来。②

相对于 20 世纪 90 年代之后"新启蒙"受到的若干批评，贺照田对于

---

① 李泽厚认为："'五四'运动包含两个性质不相同的运动，一个是新文化运动，一个是学生爱国反帝运动。众多论著常常笼统地歌颂它们，较少注意二者的复杂关系及由此而来的思想发展和历史后果。"（李泽厚：《中国现代思想史论》，北京：东方出版社，1987 年，第 7 页）这意味着"启蒙"作为一个历史观念，成为解构中国现代历史的重要尺度。
② 贺照田：《启蒙与革命的双重变奏》，《读书》，2016 年第 2 期，第 13—24 页。

"新启蒙"的批评具有从"现实"回到"历史"的特征。在 20 世纪 90 年代，"新启蒙"和"新左翼"是思想界两种具有代表性的流派，它们的思想资源并不完全"新颖"，但因为改革开放蓬勃发展、中国社会不断出现新的问题，两派思想迸发出了新的活力。因此，"新启蒙"和"新左翼"出现交锋的土壤是现实，它涉及日常生活和社会发展的方方面面，虽然争论中也涉及历史内部的问题，但并没有形成十分严重的冲突。贺照田从历史内部反思"新启蒙"，如果将其视为一个历史事件，是中国社会再转型在学术研究中留下的波澜。在此基础上提出的"社会史视野"，能够在文学研究中形成广泛影响，在我看来主要基于两种现实。

（一）革命文艺思潮历史化的不足

在整个中国现当代文学研究领域，革命文艺思潮历史化的程度相对较低，甚至可以说，并没有形成较为整体的文学史叙事。关于 20 世纪中国革命文艺，文学史较为成熟的叙述范型是"新民主主义史观"，即"旧民主主义—新民主主义—社会主义"的发展历程。这种史观揭示了中国革命的历史轮廓，但落实到文学史的细节依然存在盲区。首先是文学评价问题。新民主主义革命的路径基于中国革命和世界革命的实际，它的科学性受到了革命实践的验证，在此过程中形成的革命文艺，自然有其不可取代的价值和意义，但在"革命文艺"的内部并没有形成科学的评判标准，尽管在《在延安文艺座谈会上的讲话》中形成了"政治标准第一，艺术标准第二"的共识，但那是否意味着在此标准形成之前的作品文艺价值一定不高，或者说随着革命的不断深入，社会主义革命期间的作品一定成就最高？这些问题直接影响到革命文艺历史叙事的建构。其次是"革命文艺"与"非革命文艺"的兼容问题。如果不认为"革命文艺"是 20 世纪中国文艺的全部，那么就必然存在"非革命文艺"，它们不仅存在于新民主主义革命和社会主义革命期间，还存在于社会主义建设和现代化建设过程之中。如何处理好这两者的关系，也决定了革命文艺历史化的成败。然而，这些问题实际上一直存在争议。如果我们回顾革命文艺研究的历史，就会发现革命文艺被历史化研究的时间并不长，一方面是因为革命史的敏感性，很多档案文献并没有完全公开，导致很多历史事实不能得到充分清理；另一方面是因为思想界的内部冲突，使革命文艺研究长期处于被"搁置"的状态，学者们在讨论上述提到的一些重大理论问题时并不能做到心平气和。这样的后果，是革命文艺研究始终处于"印象"状态，无论是颂扬还是批评，都基于个人对于革命的记忆和印象。在此背景下，"社会史视野"从历史的维度重新展开革命文艺的历史叙事建构，自然能够获得学界的理解和共情。

（二）当代学术研究的"不及物"问题

中国现代文学"及物"的首创，可追溯至胡适的《文学改良刍议》，其中提出的"言之有物"，对"物"的内涵进行了重新界定："吾所谓'物'，非古人所谓'文以载道'之说也"，而是"情感"和"思想"，更准确地说是"个人"真实的感受和思考。对于此，胡适笃信不疑："文学无此二物，便如无灵魂无脑筋之美人，虽有秾丽富厚之外观，抑亦末矣。"[①]如果用历史的眼光看待中国现代文学的成就，它与古典文学最大的差别，就在于始终保持"及物"的状态，即文学能够成为普通人关注社会公共事务的中介。20世纪90年代出现的"人文精神大讨论"，本质上是中国现代文学这一精神传统缺失的危机，所谓"文学在我们的生活中占有非常重要的地位，现在明白了，这是个错觉"[②]，是一种反思，但其所针对的问题，譬如"媚俗"，恰恰是文学"不及物"的症候。"媚俗"的本质，是为了市场利益规避个人最真实的情感和思考，从而让文学丧失激荡人心的力量。其实，不仅文学需要"及物"，学术研究同样需要"及物"，学术之"物"，不仅在于"文章不著一字空"，即要言之有据、科学规范，更要能够贡献思想，直面时代和人类的难题。回顾当代文学研究中的一系列论题，如"文学−人学之争""重写文学史讨论""人文精神大讨论"等，不仅促进了文学史基本问题的解决，也直面了当代人的思想困惑。然而，随

---

① 胡适：《文学改良刍议》，《新青年》第2卷第5期，1917年1月1日。

② 王晓明、张宏、徐麟、张柠、崔宜明：《旷野上的废墟——文学和人文精神的危机》，《上海文学》，1993年第6期，第63−71页。

着一系列共识性问题的瓦解，譬如前文提到的"现代性""文学性"等问题，学术研究开始变得琐屑化、技术化，不再愿意触及社会公共问题。

如果说学术研究有其自身规律，随着研究的深化必然会出现远离尘嚣的趋势，那么研究者对于学术生态的不适与其学术研究的"深化"之间似乎并不协调。21世纪以来，学界关于"项目化生存""五唯""非升即走"等问题都有过讨论，总体来说，目前学院化的学术生态并不有利于人文学科的健康发展，但这些现实的感受并没有转化为一些有价值的公共话题。"读书会"所开展的学术探索，除了本文谈到的"社会史视野"，还包括"人文精神再出发"[①] 等一些当代学界感同身受的话题。如果注意到"读书会"核心人物贺照田的系列论文，如《从"潘晓讨论"看当代中国大陆虚无主义的历史与观念成因》[②]《如果从儒学传统和现代革命传统同时看雷锋》[③] 等，就会发现在一系列包含个人记忆的公共事件中，包含着一代代人感同身受的集体问题，这些问题在此之前并没有被充分关注，而要捕捉它们的意蕴需要深入"社会史"的内部。

如果要全面理解"读书会"的"社会史视野"，就离不开"人文精神再出发"的话题，单纯看他们"社会史视野"的研究成果，并不易理解他们自己提出的种种主张，也难以对其存在的问题有更贴近的发现。譬如"读书会"核心成员何浩所提到的"人"的问题：

> 相对于一些通过文学文本处理历史问题的当代文学研究，读书会更希望在对历史中"人"的状态加以充分体察和剖析的基础上，探索、把捉、呈现当代文学、思想、精神、政治、社会、生活的感觉构成逻辑与经验构成方式，由此辨识、捕捉、显形那些尚未获得理解或足够理解，但在当代史认识深化中绕不开的节点的历史意蕴，探求视

---

① "人文精神再出发"是"读书会"在"社会史视野"之外开展的学术活动，论题的范围更涉及"思想史"和"精神史"。

② 贺照田：《从"潘晓讨论"看当代中国大陆虚无主义的历史与观念成因》，《开放时代》，2010年第7期，第5—44页。

③ 贺照田：《如果从儒学传统和现代革命传统同时看雷锋》，《开放时代》，2017年第6期，第119—144+8页。

野更为打开也贴近历史当事人感受、认识的文学研究、历史研究、思想研究、社会研究、政治研究相互借鉴和促进的认识通道。①

也就是说，"社会史视野"的出发点并不是"历史"，而是"人"，换句话说，"社会史视野"的根本是对于当代人的精神史追溯，它的外在形态是历史问题，而内核则是"人"的精神的方方面面。在这方面，如果不对"读书会"学术活动的问题谱系有较为全面的了解，并不能轻易捕捉到，这其中除了问题自身的难度外，学术构想与学术完成的偏差也是重要原因。但无论如何，当"社会史视野"将"及物"作为学术研究的重要维度时，它所产生的学术感召力已经大于方法本身。

三、"社会史视野"中的问题

作为现象的"社会史视野"在当代学界已经活跃了二十余年，在此期间，它也受到过各种质疑，但至少到目前为止还未见退潮的迹象，这固然说明这种研究范式的生命力，但并不能证明它不存在任何缺陷、始终保持着研究的有效性。学术研究中，很多研究范式具有持续性，有时是"惯性"使然，如果不能"三省吾身"，难免会陷入无效的自我重复。下文将就学界对这种研究范式已经察觉的问题以及我自己感受到的问题一一进行梳理。

（一）"社会史"和"文学性"的关系问题

在"社会史视野"研究范式下，研究对象多为文学"外部问题"，论述过程大量采用历史档案材料，因此最常见的质疑是这种研究方式对于文学"内部问题"缺乏充分关注和相应解决能力，如此的后果是"社会史视野"缺乏必要的限度，让文学研究沦为历史学研究的附庸。这种担忧并非杞人忧天，在当前"社会史视野"广受追捧的境况下，一些缺乏问题自觉

---

① 何浩：《努力扎根于经验的沃野——记"北京·当代中国史读书会"》，转引自贺照田、何浩：《社会·历史·文学》，北京：中国大百科全书出版社，2023年，第448页。

的跟风之作，的确存在"掉历史书袋"的嫌疑，在一番历史背景梳理之后，既没有推动历史认知的深化，与文学也相距甚远。因此，"社会史视野"在打开文学研究视域的同时，如何保证研究的有效性（尤其是文学研究的特性），就成为值得探讨的问题。

实际上，无论哪一种"社会史视野"的路径，在提出之初都有着相应的文学史问题，这些问题虽然具体多样，但都隐含了一个共同的问题，那便是在历史中重建"文学性"。譬如，李怡在提出"民国机制"时，是将其作为中国现代文学的一种"阐释框架"；程凯在谈"社会史视野"时认为，"它的出发点是对重新理解中国现当代历史进程的整体性考虑，以及对与之相配合的现当代文学研究所应具备视野的一种建设性思考"①，无论是"阐释框架"还是"整体性考虑"，如果不能包含对于"文学性"的新理解，都很难深入。当然，这里的"文学性"并不等同于过去的"纯文学"，或者如"新批评"理论家所认为的"内部研究"，而是能够囊括20世纪中国文学的"总体性"。这个"文学性"之所以需要"重建"，是因为它既往的内涵存在偏狭，不是顾此失彼便是前后冲突，导致文学史很难建立妥帖的叙事。为什么一定要在历史中重建？这是因为只有回到历史的现场中，才能够看到文学的丰富性和特殊性，才不会先入为主，从而真正实现"文学性"的共识。当然这个有待重建的"文学性"，如同这个概念曲折的历史一样，并不那么容易建成，但"社会史视野"只要朝向了这个目标，就不会是无效的文学史研究。因此，在"社会史视野"受到文学性问题的质疑时，我们一方面要保持警觉，但同时又要有足够的耐心，因为这个"文学性"的重建必然有一个漫长的探索过程。

不过，在"社会史视野"研究范式下，很多优秀研究成果对文学史研究的推进也有目共睹。譬如在"民国文学"研究中，文学与民族国家的关系得到了充分开掘，而且显现出不可取代的文学史解释能力。在过去，无论是"革命史观"还是"启蒙史观"，"国家"在文学史叙事中并不是一个

---

① 程凯：《"社会史视野下的中国现当代文学研究"的针对性》，《文学评论》，2015年第6期，第54—57页。

特别重要因素，即使在"当代文学"研究中，与国家相关的问题都会用"政治"来指称。然而通过对民国史的开掘，民国政治、经济、法律等诸多方面与文学的联系，不仅能够深化对中国现代文学外部问题的理解，对于文本内部的问题依然表现出强大的阐释力。再如"读书会"的"新解读"系列成果，通过对当代史（尤其是中国共产党史）内在细节和规律的深入了解，很多貌似朴实无华、千篇一律的文本，体现出"与'现实'缠斗"[①] 的动态张力，这也是之前文学难以实现的新状态，同时对于革命文艺的内在秩序有更加深入的把握。

（二）"社会史视野""生产性"来源问题

在"社会史视野"体现出强大的学术生产力时，社会史"生产性"的来源也成为值得检讨的问题。具体来说，它的"生产性"来自社会史本身，还是社会史与文学的关系？对于第一个方面，学术界常见的现象，是新文献的出现刷新了历史的认知，进而对文学研究产生根本的推动。这样的例子举不胜举，譬如对敦煌文献中王梵志诗歌的发现，直接推动了唐代白话诗歌的研究，进而影响了中国古典诗歌的格局。在"社会史视野"研究中，也有通过新文献发掘推动研究发展的例子，譬如沈卫威爬梳民国档案，对于郭沫若、周作人等作家的研究起到了实质性的推动效果。[②] 但总体来说，"社会史视野"对于文学研究的推动主要并不依赖新文献的发现，甚至主要并不依赖于历史研究的新突破，因为在"社会史视野"发展的过程中，并没有出现文学研究学者与历史研究学者频繁互动的格局，即使出现两个学科学者"同台"研讨的境况，双方依然因为知识壁垒而难以深入交流。这是否意味着"社会史视野"的"生产性"主要来自社会史与文学的关系呢？这个问题需要一分为二来回答，因为社会史与文学的关系并不是一个新鲜的话题，特别在强调唯物史观的中国，从社会史视野理解文学

---

① 何浩：《想象历史？不，与历史缠斗！》，《与"现实"缠斗：〈讲话〉以来的革命现实主义文学及其周边》，石家庄：河北教育出版社，2023 年。

② 见沈卫威《驶向档案馆的文学列车》（未公开出版，但在"文学思想史"公众号可见节录）。

几乎是文学研究的基本常识，因此，单纯从方法论的角度并不能说明这种研究潮流的活力之源。

从我个人的感受来看，"社会史视野"的"生产性"来自"文学空间"的打开，它包括两个方面：首先是文学"外部空间"的打开，所谓的"外部空间"，是指与文学相关的一切外部因素。以我所做的延安文艺研究为例，在纳入"民国视野"之前，它的主要"外部空间"是中国共产党的文艺体制、以延安为中心的抗日革命根据地，这构成延安文艺研究的基本格局。这个"外部空间"忽略的地方，是延安文艺也是民国政权下的文艺形态，同时也是国际反法西斯联盟下的文艺实践，因此"国共交流""区域间""域外"就成为理解延安文艺必需的视野，如果我们不了解在"新民主主义"提出背后国共双方关于"主义"之争的背景，不了解延安文艺"生产－传播"背后跨越区域的"文学场"结构，不了解延安文艺对于"世界文学"的想象和建构……就很难说真正了解了延安文艺的内部规律。如果悉心捕捉"新解读"系列成果的创新之处，就会发现"地方经验"在研究中的重要意义，这里的"地方"更准确地说是与宏大事件相比更具体的工作实践，是与文学活动的联系更为紧密、而恰恰是过去研究不能深入的文学外部空间。正是因为这些外部空间的打开，李准、周立波、徐光耀等作家才获得了新意，"与'现实'缠斗"才成为可能。一个方面是文学"内部空间"的打开，就"社会史视野"来说，它突出了文学的"生产性"，即文学是在怎样的语境下被生产出来，进而形成了"文学性"的。就"新解读"系列成果来说，它们与过去研究的不同，就在于在"生产环节"的拓展，文学参与工作实践的具体性和复杂性得到了充分的呈现。其实，在其他研究中，如对于"民国机制"的探寻、"地方路径"的挖掘，也都是以"文学生产"为切入点。

（三）"社会史视野"的当前局限

在"社会史视野"受到广泛欢迎的背景下，检讨这种研究范式在当前存在的局限是有必要的。之所以强调"当前"，是因为这种研究范式尚未停止发展，因此对其局限的检讨也只能依靠已有的研究成果，检讨的目的也是希望它能够更大地推动学术发展。

　　局限之一：没有摆脱文学史观念的影响，"社会史视野"并没有完全回到社会史。"社会史视野"在学界产生冲击力的源泉，在于通过鲜活的历史现场打破文学史观念的束缚。这些"观念"有些是政治性的，譬如"革命史观""启蒙史观"等；有些是技术性的，譬如"宏大叙事""本质主义"等。之所以要打破这些固有观念，如前文所述，它们对于认识 20世纪中国文学都暴露出明显的偏狭。无论哪一种"社会史视野"，建构新的"总体性"都是其根本目标，而要实现这种目标，就需要彻底摆脱固有文学史观念的影响，通过清新的历史细节为文学研究探索出新的可能性。然而，当前的"社会史视野"研究成果很难说摆脱了固有观念的影响。在"民国文学"研究中，对于历史研究中"民国史"缺失的"矫枉"，就难免出现"过正"的失衡，其中一些关键问题，如"民国时期是否意味着中国现代文学的'黄金时期'？"就没有在研究中得到充分澄清，进而也招致了大众文化层面对于"民国"的误解。在"读书会"所开展的研究中，对于"革命文艺"的执着固然体现了"术业有专攻"，但较少关注"非革命作家"，也会使"社会史视野"成为"局部的社会史"，如此的结果固然让革命文艺获得更深刻的理解，但也会遭到不同立场研究者的漠视，如此"社会史视野"需要建构的总体性并无法实现。再如，无论是"民国文学"还是"新解读"，都强调"人"在历史当中的鲜活性，这是文学研究理念的巨大进步，然而当研究者真正进入历史中的"人"时，研究者的不同背景会呈现出迥异的历史图景，譬如在民国时期，个人的确获得了相对较大的自由空间，但其是否因为社会现实感到压抑和苦恼，我们不得而知；在为了争取民族独立和解放的革命岁月，"新人"的确有利于革命目标的实现，但也是否造成对个人选择的忽略……如此种种，在"社会史视野"中也被有意无意地规避了。

　　基于这种现实，从事"社会史视野"研究的学者应当有较为清醒的自觉，目前的"社会史视野"无论哪一种形式、在何种立场上，都是"有限的社会史视野"，它们在历史"矫枉"的同时都存在可能"过正"的风险。如果更进一步思考"社会史视野"本身，无论研究者如何保持清醒地进入历史，在"去蔽"的同时都难免过度彰显历史的另外面孔，从而失去历史的公允。要克服"社会史视野"的这种弊端，唯有对于多元的"社会史视野"保持开放的态度，通过历史多元面孔的同时呈现，进而实现文学史"总体性"的重建。

局限之二：沉溺于文学－历史细节，缺少较为集中的问题焦点。毋庸置疑，在当前的"社会史视野"研究成果中存在着"沉入细节"的问题，很多论文的选题往往从一部作品、一篇文章出发，而结论往往也并不重大（并没有体现出"小切口大问题"的效果），有时候结论还模棱两可。这种现象的出现，固然可以理解为"社会史视野"开端时期的症候，研究者面对广袤的历史，一时难以理出头绪，但过于沉溺细节，也会导致研究成果难以有效交流并自然形成焦点问题。以我个人经历的"社会史视野"研究实践来看，很多焦点问题都具有人为"规划"的痕迹。在"民国机制"研究中，我有幸参与了其中的多次会议并展开相关问题研究。当时这个研究开展的思路是从"民国经济视野""民国政治视野""民国法律视野"等依次展开，这些"视野"对于初入的研究者来说起到了很好的引导效果，同时也让方兴未艾的民国文学研究变得更有谱系，然而如果我们追问一下：这些民国文学的相关因素哪些构成了"民国机制"的核心要素？可能就得不到确定的回答，因为这些"焦点"并不是自然形成的。"20 世纪中国文学经典解读"丛书是否存在同样的问题呢？我想是存在的。我们看到成果中有"重读李准""重读周立波"，未来可能还会有"重读柳青""重读丁玲"……如果我们追问一下，在"社会史视野"下有没有可以不必"重读"的作家，在"重读"的过程中有什么不一样的侧重点？我想其作者可能也一时难以回答。这便是"沉入细节"存在的问题。

对于如何规避"社会史视野"沉入细节的问题，我一时也未能想出更好的对策，唯一可以期待的是不同研究在"横向铺开"的同时，还要及时进行纵向深入的梳理，从而使不同领域的"社会史视野"可以系统化、有序化，毕竟"社会史视野"的目标不是停留于细节，而是建构文学史理解新的"总体性"。

专题一
文学的"社会史视野"

"变戏法"之喻与新知识群体的游民化

——《现代史》与鲁迅的"现代史"观

周维东

引 子

1933 年 4 月 8 日，鲁迅在《申报·自由谈》发表《现代史》，后收入杂文集《伪自由书》。在鲁迅的杂文作品中，《现代史》受到的关注程度并不高，但标题却极富吸引力。按照当前历史分期，鲁迅文化活动最密集、最活跃的时期便属于"现代"，鲁迅谈"现代史"，势必包含着他对于自身所处时代的整体理解，在其所有创作中具有纲领性的统摄地位。在鲁迅一生的创作中，他对"现代"以来的社会、文化现象进行过尖锐的批评，但研究者依然将其定位为"现代文化"坚定的倡导者和建设者，是"反封建思想革命的一面镜子"① 或 "全盘性反传统主义"② 的代表。这些判断总体并没有背离鲁迅的文化立场，但容易忽略鲁迅对于"新文化运动"以来现代社会和现代文化的整体反思，从而让"传统－现代"成为势不两立的二元对立物。实际上，现代立场（追求历史进步的历史观念）与现代反思（现代社会发展的反思机制）绝不是、也不应成为对立之物，正如"现代立场"不能等同于"全盘反传统主义"，"现代反思"更不等同于"全盘复古主义"，在现代社会走向成熟的过程中，需要建立一种理性的反思机制，它比具体如何建设更为重要。在这样的背景下，从内容和方法两个角度读懂《现代史》就显得非常重要，它不仅是鲁迅思想研究的重要内容，对于现代社会反思机制的建立也有其不可或缺的意义。

一、"现代史"："现象批评"还是"历史批评"？

《现代史》文本的独特性，在于它的正文并没有直接针砭时弊，形成一些具有整体性的判断，只是介绍了几种传统社会中"变戏法"伎俩，直到文末，鲁迅才说："到这里我才记得写错了题目，这真是成了'不死不活'的东西。"③ 显然这是鲁迅的表达技巧，说明"变戏法"与"现代史"之间的内在关联，但就这样来理解鲁迅的现代史观，还是十分冒险。首先，鲁迅虽冠名"现代史"，但是否真的是对历史发言，值得探讨。其次，鲁迅理解的"现代"与今天所说的"现代"是不是一个概念，也需要辨别。

首先看第一个方面。鲁迅杂文有时小题大做，通过一个具体问题，看出中国文化的痼疾；有时也大题小做，用一个极其宏大的名称，却只针对十分具体的问题。就"现代史"而言，它可以是今天所说的现代历史，也

① 参见王富仁：《中国反封建思想革命的一面镜子：〈呐喊〉〈彷徨〉综论》，北京：北京师范大学出版社，1986 年。

② 参见 ［美］林毓生：《中国意识的危机———"五四"时期激烈的反传统主义》，贵阳：贵州人民出版社，1988 年。

③ 鲁迅：《现代史》，《鲁迅全集》（第五卷），北京：人民文学出版社，2005 年，第 96 页。

可以是与"现代"有关事物的历史。如果说《现代史》只是现象批评，并不难找到相关对应物。

（一）民国政治乱象

《现代史》发表后不久，茅盾以"玄"为笔名在《论语》杂志发表《也算是"现代史"罢!》，记述自己经历的"变戏法"事件，他在文中将"变戏法"视为民国政治乱象的讽喻。

> 记得《申报·自由谈》上登过何家干先生的一篇短文——《现代史》，也是讲变戏法的怎样叫人慷慨解囊。但是我觉得我所碰到的这班做把戏的，更是巧妙。妙在那几秒钟的"拉开布幔"，叫局外人看见场里确是像煞有介事紧张。要是我做了国府主席，一定要请这位变把戏的掌班做行政院长![1]

评论将《现代史》的所指聚焦到政治批评，"变戏法"即政治把戏，是政客愚弄百姓的手段。如果将《现代史》与鲁迅同时期在《自由谈》上发表的《观斗》《崇实》《战略关系》等作品联系起来，这种看法不无道理，《观斗》中军阀为了私欲不顾人民死活的借口，《崇实》中国民党政权救文物不救学生的托词，《战略关系》中掩盖不抵抗政策的"战略"，都是政客在玩"变戏法"。在此之前，鲁迅在《宣传与做戏》中特别将民国政客的很多做法称为"做戏"："教育经费用光了，却还要开几个学堂，装装门面；全国的人们十之九不识字，然而总得请几位博士，使他对西洋人去讲中国的精神文明；至今还是随便拷问，随便杀头，一面却总支撑维持着几个洋式的'模范监狱'，给外国人看看"。[2] "做戏"和"变戏法"之间具有很大的互通性。

---

① 玄：《也算是"现代史"罢!》，《论语》，1933年第17期，第9—10页。
② 鲁迅：《宣传与做戏》，《鲁迅全集》（第四卷），北京：人民文学出版社，2005年，第345页。

（二）"现代"系知识分子

鲁迅曾经讽刺论敌创造社成员都有一张"创造脸"①，依据这种语言策略，"现代史"可以联想到与鲁迅交恶的"现代评论派"和《现代》杂志。鲁迅在同时期发表的《"公理"的把戏》《这回是"多数"的把戏》《辞"大义"》等文章，不仅将矛头指向这一派成员，还将他们的行为与"把戏"联系在一起。在《辞"大义"》中，鲁迅更对新月书店为陈西滢《闲话》作广告的炒作行为表现出极大的愤慨，这种行为与《现代史》中"变戏法"的牟利本质有异曲同工之处。② 至于1932年创刊的《现代》杂志，在鲁迅与"第三种人"代表苏汶论争期间，苏汶的重要言论，如《关于〈文新〉与胡秋原的文艺论辩》和《"第三种人"的出路》等，都发表在这本杂志上。应该说，鲁迅对于《现代》杂志并无太多偏见，只是在"第三种人"的言论中看到了如同"现代评论派"的嘴脸：以貌似超然公允的姿态骗取公众信任，实际充当了利益集团的"帮闲"，这在本质上也是一种"变戏法"。

（三）《社会新闻》上的"现代史料"栏目

鲁迅在为《申报·自由谈》撰文期间，常以《大晚报》和《社会新闻》上的文章为靶子。上述两报（刊）中，上海新光书局出版的《社会新闻》是一本政治八卦杂志，以报道党政秘闻和文化八卦著称，其中一个特别的栏目"现代史料"，内容为"一切政党的秘史逸闻，以及政治社会的

---

① 见《伪自由书·前记》："直白的（地）说罢，我一向很回避创造社里的人物。这也不只因为历来特别的攻击我，甚而至于施行人身攻击的缘故，大半倒在他们的一副'创造'脸"。详见鲁迅：《伪自由书·前记》，《鲁迅全集》（第五卷），北京：人民文学出版社，2005年，第3页。

② 鲁迅在《辞"大义"》中摘引新月书店为陈西滢之书所作的广告："这本《闲话》的广告里有下面这几句话：'……鲁迅先生（语丝派首领）所仗的大义，他的战略，读过《华盖集》的人，想必已经认识了。但是现代派的义旗，和它的主将——西滢先生的战略，我们还没有明了。……'"详见鲁迅：《辞"大义"》，《鲁迅全集》（第三卷），北京：人民文学出版社，2005年，第481页。

'史料'"①，美其名曰"保存时代的真实面目于历史记载之外"②，实则是为了迎合市民阶级的八卦心理。其实不仅在《社会新闻》，自20世纪20年代始，陆续有一批杂志开设有"现代史料"栏目，风格庄谐不一，内容主要是社会上的奇闻轶事。③ 近代报刊设置的"现代史料"栏目，是市民文化兴盛的表现，如果将其与史学建构联系起来，则表现为民间参与现代历史建构的企图和冲动。鲁迅的《现代史》也是以民间视野参与宏大叙事，只是它的目的不是满足市民猎奇。在此之前，鲁迅创作过戏谑徐志摩的《我的失恋》，正是此类的笔法。

上述三种现象，都是鲁迅在同时期《申报·自由谈》上批判过的对象，也能与《现代史》的内容或笔法建立起联系。不过，如果单独将某一现象与《现代史》联系起来，似乎都很难穷尽《现代史》的内涵，而且还存在形似而神异的情形。譬如将《现代史》理解为政治乱象批评，鲁迅讽刺政客的"做戏"与"变戏法"之间还存在微妙差异。"做戏"的"做"，本质是粉饰太平，而"变戏法"的"变"，恰恰是指以不变应万变，连"粉饰太平"也做不到，两者并不能完全等同。同样的道理，"现代系"知识分子的做法也属于"做戏"的范畴，譬如他们经常使用的"公理"，便是利用自己的身份充当政客的帮闲，本质也是粉饰太平。"现代史料"所表现出"民间史学"的方法和视野，与《现代史》的写作方法最为契合，戏谑效果十分明显，不过"现代史料"策划者的逐利方式是满足市民猎奇心理，是文人堕落的表现，与"变戏法"并不相似。这种情况说明，尽管从《现代史》的题目可以联想到很多具体现象，但其内涵超越了对单一现象的讽刺和批判，具有对现代社会整体性批判的意味。

再来看第二个方面。鲁迅作品表达今天所说的"现代"时段，常常出现"近代"和"现代"两个概念，且前者使用更多。使用"近代"概念的

①　鲁迅：《自我介绍》，《社会新闻》，1932年第1期。
②　鲁迅：《自我介绍》，《社会新闻》，1932年第1期。
③　在《社会新闻》开设"现代史料"栏目6年前，《东方杂志》便开设同名栏目，内容主要是介绍海外现代史料。同时期开设"现代史料"栏目的期刊还有《海潮音》《人报旬刊》《正风》等。

作品，如主编《近代木刻选集》（1、2）（1929），翻译板垣鹰穗的《近代美术史潮论》（1929），与柔石等人合译的《近代世界短篇小说集》（1929）等。使用"现代"概念的作品，如译作《现代新兴文学的诸问题》（1928）、《现代电影与有产阶级》（1930）等。如果仔细体会鲁迅作品的两种概念，"近代"更具有历史距离感，与今天学界常用的"近代"基本相同；"现代"则更靠近当下，与今天学界使用的"当代"概念更为靠近。所以，鲁迅所说的"现代史"类似于"近若干年历史现状"的意味，这个时段恰恰是今天所说的"现代史"的时间段。

基于以上两个方面考察，尽管《现代史》并没有直接对现代社会进行整体分析和判断，但"变戏法"隐喻的对象依然是现代社会整体，且所指的时段，也是今天历史划分中的"现代"时期。

二、"变戏法"：表象与内核

《现代史》的主要内容是谈论"变戏法"，如果说《现代史》代表了鲁迅对于现代社会（文化）的态度和看法，那么如何理解"变戏法"就是这个问题的关键。关于"变戏法"的内涵，学界一般的认识是"欺骗"。如李何林在《致陈安湖（九封）》中明确指出变戏法便是"骗人"："我们要当'暴露者'，揭穿一切变戏法的骗人，使'在有为的人们中有益'，不要跟着骗人，以致'在无聊的人们中灭亡'。"[1]王富仁在其晚年所作《"现代性"辨正》中也作此解："有了觉醒的'人'，觉醒的'个人'，就有'现代性'；没有觉醒的'人'，没有觉醒的'个人'，人人做的仍然是金钱、玉女、帝王的旧梦，所有所谓现代的理论，现代的说辞，都只能是一些大话、空话和假话，都只能是像鲁迅在《现代史》一文中所说的文化上的'变戏法'。"[2]总体来说，将"变戏法"理解为欺骗，代表了学界大多

---

① 李何林：《致陈安湖（九封）》，《李何林全集》（第 5 卷），石家庄：河北教育出版社，2003 年，第 291 页。

② 王富仁：《"现代性"辨正》，《北京师范大学学报（社会科学版）》，2013 年第 5 期，第 5-30 页。

数学者的看法。

但值得注意的是，"欺骗"并不是一个新生事物，它是人类与生俱来的文化现象，如果中性地看待"欺骗"，它也并不一定值得批判。譬如，戏剧演出中便包含着欺骗，在演出情景下，所有人都将虚假视为真实，戏剧能够产生如"净化""间离"等艺术效果，也在于它带给观众在虚假与真实之间的穿梭感。在现实生活中，因为"欺骗"和"谎言"的存在，人类也对于"真相"和"真理"有更强烈的渴求。所以，即使"变戏法"包含了欺骗的内涵，鲁迅用以表达对"现代史"的看法，依然有进一步值得梳理的空间。如果细读《现代史》对"变戏法"的描述，鲁迅在突出其欺骗性的同时，也揭露出其历史常态化之后的文化根性。

（一）由"表演"到"残暴"

作为一种现象，"变戏法"的本质是表演，是对日常生活的模拟和再现，其本身便带有欺骗性。不过，这种欺骗性要一分为二来看待，如果在剧场语境下（观众和表演者都明确在表演），"变戏法"就是合法的文艺活动，一旦脱离了剧场语境，"变戏法"就成为欺骗。《现代史》中的"变戏法"是在剧场语境下发生的，具有明显的表演痕迹，所以简单将之理解为欺骗并不合理，它的欺骗性需要从中国社会中的"变戏法"文化说起。

《现代史》发表后，鲁迅又写了《看"变戏法"》一文，对"变戏法"本质进一步揭示："两种生财家伙，一种是要被虐待至死的，再寻幼小的来；一种是大了之后，另寻一个小孩子和一只小熊，仍旧来变照样的戏法。"[①] 这里所说的是"变戏法"背后的残暴逻辑："变戏法"的组织者选择皮包骨头的熊和小孩子，并不是因为它们的表演更精彩，而是因为弱者更容易激发观众的同情心，也更容易被控制。通过这样的揭示，可以看出鲁迅所描述的"变戏法"，并不是一般意义上的文艺活动，也是在中国社会里变异后的文化现象。如果说初期的"变戏法"是依靠新鲜的表演吸引

---

① 鲁迅：《看"变戏法"》，《鲁迅全集》（第五卷），北京：人民文学出版社，2005 年，第 336 页。

观众，那么随着它成为一种江湖谋生手段，它的表演功能在弱化，牟利手段由表演者和观众之间"表演—消费"的商品交换，转变为"虐待—同情"的心理博弈。在这样转变中，"变戏法"表演的剧场语境被打破，"变戏法"中的表演者的确在表演，但目的不是满足观众的文化消费，而是对他们施加心理压力，骗取他们的同情心。《现代史》中"变戏法"特别之处便在这里，这也是鲁迅的敏锐之处。

（二）由"单向欺骗"到"双向合谋"

"变戏法"失去文化消费功能之后，为什么还能够流传下去？仅仅依靠残暴骗取观众同情心的手段，不难被一些明眼人识破，一旦有人揭穿了这一秘密，骗局便难以为继。《现代史》对这一细节也有介绍，在"变戏法"文化体系中，有专门针对知情者的防范措施，那便是表演组织者最后的那句话："在家靠父母，出家靠朋友。"对此，鲁迅在此后的《朋友》一文进行了解释："（出家靠朋友）有几分就是对着明白戏法的底细者而发的，为的是要他不来戳穿西洋镜。'朋友，以义合者也'，但我们向来常常不作如此解。"① 在《四论"文人相轻"》中，鲁迅又对"义"作了进一步解释："然而又有古人说：'义，利也'。"② 也就是说，所谓"出门靠朋友"，包含着表演者和知情者之间的默契和利益交换，"朋友"在此处是个召唤结构，目的是唤醒彼此之间的利益共同性。"变戏法"作为一种谋生手段，它的演出秘诀本身便具有价值，相应地，保守秘密也能够产生价值。换句话说，表演者和知情者因为知悉"变戏法"的秘密，在本质上属于同一个群体，他们的身份在不同时空下可能会发生翻转，因此保守秘密是对整个群体的保护。

但这只是问题的一个方面，对于部分清高的知情者而言，他们可能并不屑于与欺骗者沆瀣一气，但历史的经验表明：即使他们揭穿表演者的骗局，也并不会获得被欺骗者的好感，反而可能遭到唾弃。"暴露者揭发种

① 鲁迅：《朋友》，《鲁迅全集》（第五卷），北京：人民文学出版社，2005年，第482页。
② 鲁迅：《四论"文人相轻"》（第六卷），北京：人民文学出版社，2005年，第390页。

种隐秘，自以为有益于人们，然而无聊的人，为消遣无聊计，是甘于受欺，并且安于自欺的，否则就更无聊赖。因为这，所以使戏法长存于天地之间，也所以使暴露幽暗不但为欺人者所深恶，亦且为被欺者所深恶。"①因为这种情况的出现，如果知情者没有巨大的勇气，也不会对此进行揭示。这种情形如果和戏剧理论结合起来，就更能看到"变戏法"能够长存的根源，它不在于骗局有多么严密的设计，而是欺骗者（表演者）和被骗者（观众）默契的产物。

《现代史》介绍了"变戏法"文化的特征及其隐秘之处，却没有介绍这种现象出现的社会文化根源，颇有"拈花微笑"的意味。但这并不是鲁迅刻意追求的艺术效果，因为熟悉中国文化的读者自然对这种现象出现的社会文化根源有所耳闻。而且，鲁迅在《现代史》中所讽刺的对象是"现代史"，并不是专门剖析"变戏法"现象，因此能让读者看到两者的一致之处即可，并无深究的必要。然而，对于今天的读者，要充分理解"变戏法"与"现代史"之间的同构关系，还须对"变戏法"的社会文化根源进行深入剖析。

鲁迅所描述的"变戏法"现象，是中国"游民文化"的典型症候。所谓"游民"，"主要指一切脱离了当时社会秩序的人们，其重要的特点就在于'游'"。② 一方面，因为长期脱离社会秩序，"他们的思想意识和行为表现出强烈的非规范性"③；另一方面，由于他们阅历多，见识广，其中的勇敢分子和腐败分子，也自有生存之道，如坑蒙拐骗、敲诈勒索、杀人放火、打架斗殴等，无恶不作。鲁迅虽然很少直接使用"游民"概念，但其作品却大量关注游民和游民文化现象。最典型的文本是《阿Q正传》，关于阿Q的身份问题一直是学界争论的焦点，他行为中所体现的思想意识并不符合农民的特点，但如果从"游民"的角度去看待阿Q，就能对其行为特征有更深入的了解。此外，如《孔乙己》中的孔乙己、《风波》中的七斤、《药》中的康大叔，他们并非"游民"，但在行为特征和思维意识

---

① 鲁迅：《朋友》，《鲁迅全集》（第五卷），北京：人民文学出版社，2005年，第481页。
② 王学泰：《游民文化与中国社会》，北京：学苑出版社，1999年，第17页。
③ 王学泰：《游民文化与中国社会》，北京：学苑出版社，1999年，第232页。

上受到了游民文化的明显影响。

　　说到这里，在近代语境中鲁迅与其他知识分子如何看待游民文化，就成为一个重要问题，借此可以看到鲁迅"变戏法"之喻的基本观点。在古代社会，游民和游民文化是正常社会秩序的威胁，因此常常成为统治阶级打击和排斥的对象。在皇权制度瓦解之后，知识分子对游民文化的认识并没有发生根本改变，甚至还将之视为阻碍社会进步的根本原因。"游民"脱离了正常社会秩序，在思想意识中包含有反抗的因素，这些内容在近代受到肯定和重视，但游民匍匐于社会的底层，受生存环境的压迫，思想意识中也积累了一些消极的内容，"变戏法"中体现出的游民文化意识，显然带有负面性。也因为此，近代学者对游民文化的认识，多是从反思的角度去认识，如黄远生在《游民政治》中，就将中国传统社会的腐朽堕落之处归结为"游民政治"：

　　　　吾国数千年之政治、一游民之政治而已。所谓学校，所谓选举（古之选官之制）、所谓科举皆养此游民使勿作祟者也。游民之性，成事则不足，而败人家国则有余，故古者之所谓圣帝、明王、贤相、名吏也者，尽其方法而牢笼之，夺万民之肉食而豢养之。养之得法，则称治世；养之不得法，则作祟者蜂起矣。①

　　黄远生对游民文化可谓深恶痛绝，但从反思中国传统社会之弊的角度来说，游民文化并不一定是诸多问题之源，否则也不会有新文化运动中的社会问题讨论。黄氏的观点具有个人偏见，但也代表了学界对此问题的一般看法。杜亚泉（笔名"伧父"）的《中国政治革命不成就及社会革命不发生之原因》，根据"游民阶级"与"贵族阶级"对抗与转化的史实，认为中国社会只有"帝王革命"，没有"政治革命"和"社会革命"。② 相对于黄文，杜文显得更加理性，但也认为游民文化是阻碍社会进步的重要

---

　　① 黄远生：《游民政治》，西安：陕西人民出版社，2013 年，第 25 页。
　　② 伧父：《中国政治革命不成就及社会革命不发生之原因》，《东方杂志》，1919 年第 4 号，第 1—8 页。

因素。

　　鲁迅对游民文化的关注，是基于理论驱动还是现实感受，笔者觉得两者都有依据。从理论上来说，鲁迅对阿Q等文学经典人物的刻画，以及对游民文化心理的精准剖析和批判，说明他对游民文化有过理性而深入的思考。就阿Q的形象塑造来说，鲁迅用不同于一般小说的笔法刻画阿Q的性格特征，理性抽象多于感性描写，说明他对游民文化不仅熟悉且有过研究。在《流氓的变迁》《论"他妈的！"》等杂文里，鲁迅对游民文化的特征及其社会危害也有过深刻的分析。《流氓的变迁》从孔墨侠士、《史记》中的"游侠"、《水浒》中的"强盗"、公案小说中的"捕头"，梳理到近代的流氓和张资平，可谓一部简略版游民文化史。《流氓的变迁》描述了游民的诞生与堕落以及游民文化的形成过程，从最初"以武犯禁"的游侠，到成为权力的帮凶，它的背后体现出底层社会的生存法则。《论"他妈的！"》通过现实生活中的例子，揭示游民阶层与权贵阶层相互转化的事实："'下等人'还未暴发之先，自然大抵有许多'他妈的'在嘴上，但一遇机会，偶窃一位，略识几字，便即文雅起来：雅号也有了；身份也高了；家谱也修了，还要寻一个始祖，不是名儒便是名臣。"[①] 这里说明的内容，与杜亚泉关于游民文化与贵族文化相互转化的观点可谓异曲同工。

　　在《朝花夕拾》等回忆性文章中，也可看出鲁迅对于游民文化的感受和态度。鲁迅成长中的重要节点，那些促使他对中国社会和文化展开反思的因素，多数正是流传于民间的游民意识。如《琐记》中的衍太太，其身上体现出了与传统妇人迥异的特征，如其有悖常理的"和蔼"、私生活的放荡，以及爱好拨弄是非的习惯等，都脱离了传统伦理的秩序，体现出鲜明的游民意识。《父亲的病》中关于S城名医的故事，反映出近代社会的剧变，医者为了牟利已然丢弃医道，体现出游民腐败分子的特征。这些具体的人和事，对鲁迅都产生了刺激，激发他思考"国民性"等问题，并成为他思考中国问题的重要视角。

---

　　①　鲁迅：《论"他妈的"》，《鲁迅全集》（第一卷），北京：人民文学出版社，2005年，第247—248页。

总体来说，鲁迅对于游民文化的态度，既包含他的个人感受和思考，也具有时代特征，他将之视为阻碍社会进步的文化痼疾。以此来理解《现代史》，"变戏法"之喻既说明了游民文化在现代社会蔓延的现实，也指出了新文化"内卷"的危机：曾经作为中国社会希望的新文化，在游民文化的侵袭下已经变成了"不死不活"的东西。

三、新知识群体的游民化

如果说"变戏法"代表了鲁迅对于游民文化现代蔓延的担忧，那么相对于近代其他知识分子，鲁迅提供了哪些新的思想资源呢？以此角度来阅读《现代史》及相关文本，可知鲁迅关注的焦点是新知识分子群体自身。在鲁迅的视野里，"变戏法"的主体可以具有多重身份，他们可以是底层卖艺人或政客——这是传统社会里游民的主体，也可以是慈善家、学者、文士、长者、青年、雅人、君子等具有新名称的社会群体①，这个群体几乎囊括了现代社会的各个阶层。也就是说，游民文化在现代社会的蔓延，不仅仅是游民群体贵族化的结果②，而且是社会的整体游民化。在此过程中，游民文化也不再藏于地下，而是从隐性文化变成显性文化，甚至侵袭和碾压了新文化运动的成果。《现代史》的意义也在于此，它提出了一个悖论性的问题：进入近代之后，很多知识分子都将游民文化视为阻碍社会进步的根源性因素，然而它最终吞噬了新知识群体。鲁迅在描述"变戏法"的过程中，也表达了对此问题的看法。

---

① 鲁迅：《这样的战士》，《鲁迅全集》（第二卷），北京：人民文学出版社，2005 年，第 219 页。

② 参见杜亚泉在《中国政治革命不成就及社会革命不发生的原因》中的观点："我国社会中贵族文化与游民文化常为矛盾的存在，更迭盛衰。即贵族文化过剩时，社会沉滞、腐败，则游民文化起而代之；游民文化过盛时，社会骚扰紊乱，则贵族文化起而代之。此历史之循环之迹也。"在游民文化与贵族文化相互更迭的过程中，游民群体贵族化和贵族群体游民化成为常见的现象。

（一）新知识群体游民化的表象

在《现代史》中，鲁迅通过文学修辞，表达了对游民文化社会基础的认识。文本的主要篇幅，都在描述"变戏法"组织和表演者的行为和语言，这让人感觉游民文化主要是游民的文化，它的欺骗性和劣根性主要是游民阶层的特性。然而如果注意到文本的全部，鲁迅描写的"变戏法"是一个场景，其中也有"看客"，譬如"别的孩子，如果走近去想仔细的（地）看，他是要骂的；再不听，他就会打""果然有许多人 Huazaa 了""看客们也就呆头呆脑的（地）走散"等①。他们之所以被忽略，是因为他们的行为缺少戏剧性。鲁迅这样写，并不是有意忽略他们的存在，而是尊重社会现实，在《复仇》《示众》等作品中，"看客"的存在状态和行为特征正是如此。所以，游民的刁滑和看客的愚昧共同构成了游民文化的社会基础，而看客又是基础的基础：首先，在传统社会里，游民阶层属于社会的少数，游民文化如果仅仅属于游民群体的"亚文化"，很难在社会产生深远影响；其次，看客群体的愚昧和沉默，纵容了游民文化的流传，在"变戏法"传播过程中，但凡看客变得较真和清醒，都可能阻止这种文化的传播。

在中国文化现代化发生之初，鲁迅就察觉到了新文化"内卷"的可能性，这也是游民文化蔓延的社会基础。《破恶声论》对"伪士"现象成因的分析，便讲述了这个道理：

> 时势既迁，活身之术随变，人虑冻馁，则竞趋于异途，掣维新之衣，用蔽其自私之体，为匠者乃颂斧斤，而谓国弱于农人之有耒耜，事猎者则扬剑铳，而曰民困于渔父之宝网罟；倘其游行欧土，偏学制女子束腰道具之术以归，则再拜贞虫而谓之文明，且昌言不纤腰者为野蛮矣。②

---

① 鲁迅：《现代史》，《鲁迅全集》（第五卷），北京：人民文学出版社，2005 年，第 95—96 页。

② 鲁迅：《破恶声论》，《鲁迅全集》（第八卷），北京：人民文学出版社，2005 年，第 27 页。

在外在形态上，"伪士"与"变戏法"中的组织者具有一致性，他们都是利用并不高明的"表演"获取生存的资本，而在根本上，保守而愚昧的民众是"伪士"盛行的社会基础。"趋于异途"与游民脱离正常社会秩序具有相似性，这个行为本身并不具有危害性："趋于异途"可以获取新的文化资源，中国文化发生现代转化的契机，也在于"趋于异途"；一部分人脱离正常社会秩序是社会变革的契机，从古代的"游侠"到近代社会里的"觉醒者"，也都从脱离正常社会秩序开始。然而民众的保守和愚昧，纵容了欺骗和残暴的恶习，如"偏学制女子束腰道具之术以归，则再拜贞虫而谓之文明，且昌言不纤腰者为野蛮矣"的现象，如果有民众能够有所进步和反思，就会阻止它再次发生的可能性，社会也会走向进步。但如果民众长期无法与新的文化发生互动，新文化也就不可避免走向"内卷"，与游民文化合流，大量出现类似"变戏法"的现象。

通过鲁迅对现代文化陋习的揭露和批判，我们可以看到新知识群体游民化的轨迹。如果说《破恶声论》中的"伪士"，是知识分子现代转型中难以避免的现象，那么随着现代文化的发展则出现了自觉的伪士，他们利用民众的愚昧，通过制造一些新概念、新名称为自身牟利，这不是个别现象，而是群体现象。《这样的战士》抨击的正是此类现象："那些头上有各种旗帜，绣出各样好名称：慈善家，学者，文士，长者，青年，雅人，君子……头下有各样外套，绣出各式好花样：学问，道德，国粹，民意，逻辑，公义，东方文明……"① 与早期的"伪士"相比，这一类知识分子不是因为食洋不化而出现知识传播中的谬误，所作所为也不仅仅是为了谋生，而是利用自身的文化资本纵情牟利。

鲁迅所列举的这些现象，在现代历史上都有现实依据。如上文提到的"学者"，"五四"新文化运动重要的推手之一便是学者，"它"作为一种身份、职位何以在鲁迅的眼里成为一种"把戏"，以至于要"战士"拿起标枪？鲁迅在《〈野草〉英文译本序》做了回答："《这样的战士》，是有感于

---

① 鲁迅：《这样的战士》，《鲁迅全集》（第二卷），北京：人民文学出版社，2005 年，第219 页。

文人学士们帮助军阀而作。"① 落实到这一时期，与鲁迅受到"现代评论派"的刺激有重大关系。鲁迅与"现代评论派"交恶的导火索是"女师大事件"，此派人士令鲁迅反感的原因，是他们在该事件中居高临下的姿态。学者作为教育界的重要群体，"女师大事件"并非事不关己，"超然"的前提要么是置身教育界之外，要么是凌驾于其之上，"现代评论派"属于后者。"现代评论派"的自信来自他们的"文化资本"，其成员多数都是拥有较高专业技能的"名流"，在现代学院制度下可以稳获教职，也自觉成为教育界的代表和仲裁者。然而，"女师大事件"反映的不仅仅是现代学院制度内的小问题，而是对制度本身提出了挑战：就现代学院而言，究竟教授专业知识是第一位，还是培养有行动力的现代公民为第一要务？这是个严肃的问题，参与事件的教授也是用行动表明自己的立场，"现代评论派"将自己置身事外，要么回避、要么没有意识到这个问题，此时他们所谓"教授""学者"身份就变成一个职位，或者说一个阶层的象征，因为它们已经丧失了实际应该承担的社会功能。

（二）新知识群体游民化的社会根源

游民文化是游民群体性格的体现，"游民心态"又是游民群体性格的基础。"他们在社会中的特殊地位及其独特的经历造成了他们群体性格的独特性"②。游民的群体性格，譬如离经叛道、帮派意识等，是他们脱离正常社会秩序之后心态的反映。脱离了正常社会秩序，游民面临着严峻的生存危机，但也可以不受正常社会道德的约束，自然会形成迥异于常人的心理特征。在传统社会，虽然游民文化传播广泛，但真正的游民只是社会中的一小部分人，然而，随着中国社会在现代的剧变，全社会都出现了游民化的倾向。

这种变化在读书人群体中表现最为明显，在传统社会里，读书人不仅容易为社会接纳，且具有较高的社会地位，是社会道德的建构者和仲裁

---

① 鲁迅：《〈野草〉英文译本序》，《鲁迅全集》（第四卷），北京：人民文学出版社，2005年，第365页。
② 王学泰：《游民文化与中国社会》，北京：学苑出版社，1999年，第230页。

者，这些特征都让他们不太容易沦落为游民。根据王学泰的研究，中国在宋元之际才出现"游民知识分子"群体，原因是此时读书人数量激增，过剩的读书人沦为了游民知识分子。相比于宋朝，读书人在近代遭遇了两大剧变，一是新式教育的迅速发展，知识群体的数量出现井喷的迹象，"新式学堂一枝独秀，取得长足发展，学生人数从 1902 年的 6912 人猛增到 1909 年的 1638884 人，1912 年更达到 2933387 人。加上未计算在内的教会学堂、军事学堂，日、德等国所办非教会学堂以及未经申报的公私立学堂学生，总数超过 300 万人，成为一股重要的社会力量"①。如此巨大的知识群体，难免有一部分人出现生存危机。二是科举考试制度的废除，读书人生存空间受到压缩。这不仅减少了读书人安身立命的渠道，也让他们的社会地位下降，失去了优越感。在此背景下，知识群体内就会出现"游民心态"。

孔乙己是旧式读书人"游民化"的典型例子。科举考试制度废除之后，因为未掌握新的专业技术，他在鲁镇的地位便一落千丈，不仅酒店的老板轻视他，连站着喝酒的底层民众也拿他作为取笑的对象，他自己只能通过偷盗、自嘲维持体面。相对而言，孔乙己作为向现代教育过渡时期的人物，他依然保持了读书人的自尊心，如其活着的时候从不赖账，时不时炫耀自己的文化知识，只是他的知识因失去社会需要而变得一文不值。《孤独者》中的魏连殳是新式教育下知识分子"游民化"的代表人物，他虽然受到很好的教育，但很快陷入了生存危机，不得不成为军阀的"帮忙"者，在此过程中，他的思想意识中也出现离经叛道、仇视正常社会秩序的一面。

这些早期的"游民化"知识分子，其人生多是悲剧，而随着"游民化"的深入，一部分知识分子向腐败游民的方向发展，形成知识群体中"新的世故"。如《新时代的放债法》中的"精神放债"："你倘说中国像沙漠罢，这资本家便乘机而至了，自称是喷泉。你说社会冷酷罢，他便自说

---

① 桑兵：《晚清学堂学生与社会变迁》，上海：学林出版社，1995 年，第 2 页。

是热；你说周围黑暗罢，他便自说是太阳。"① 到末了，这些精神资本家开始要求回报，"受惠者"必须"如命地'帮忙'"②，否则便会被恐吓或辱骂。这种"新的世故"以精神为资本，当事人全然忘却知识分子的天职是人类精神的建构，精神活动的神圣感在他们的心目中荡然无存。如果说《现代史》有具体影射的现象，这部分人身上体现的残暴和世故与"变戏法"组织者如出一辙。当这样的"世故"在知识分子中形成时，游民意识自然要在这个群体中泛滥了。

鲁迅对新知识群体游民化的发现，其独特意义在于：游民文化在现代社会的蔓延，不仅是旧文化糟粕苟延残喘的结果，也是中国社会现代转化的必然。当旧的社会秩序被打破，一大批人在客观上变成了新游民，自然也激活了游民文化的记忆。而游民文化的兴起，也必然导致新文化发展的内卷，新文化逐渐失去振奋人心、助人内曜的精神，变成不死不活的东西。

结　语

鲁迅对"现代史"的整体判断，可以增进学界对鲁迅文化批判的认识。首先，鲁迅对中国传统的批判应该一分为二来看待。今天认为鲁迅所批判的传统，有很大层面属于游民文化的范畴，它在传统社会长期存在但受到宗法文化的挤压，具有"隐形"的特征。因此鲁迅对于游民文化的批评，并不能简单视为批判传统，还具有发现"另一个中国"的意义。而且，鲁迅的这种发现并不以颠覆传统为主要目的，它是近代中国自然呈现的结果，因为皇权统治的衰亡，游民文化从"地下"走上了"地上"，成为有社会责任感的知识分子关注的对象。如鲁迅所塑造的阿Q形象，其性格特征在传统社会长期存在，但阿Q能成为一个典型却与近代语境息

---

① 鲁迅：《新时代的放债法》，《鲁迅全集》（第三卷），北京：人民文学出版社，2005年，第520页。

② 鲁迅：《新时代的放债法》，《鲁迅全集》（第三卷），北京：人民文学出版社，2005年，第521页。

息相关，只有在近代，阿 Q 身上的游民文化意识才可能集中暴露在一个人的身上。其次，鲁迅对现代论敌批判的总体性。长期以来，鲁迅与同时代人的论战都被作为独立的事件进行解读，这种理解方法凸显了现代文化的丰富性，但对于鲁迅文化批评的一致性缺少关注。通过鲁迅对"伪士"的批评，再到对"变戏法"与"现代史"同构性的揭示，可见鲁迅对西式教育逐渐普及之后知识工具化和游戏化的担忧，对中国人精神自足的关注。无论是"伪士"还是"变戏法"，都是部分人为了自身利益将知识商品化，不仅没有实现传播新知识的目标，还可能导致人的精神变得更加世故和保守，从而让"现代"成为不死不活的东西。

同时，"变戏法"的隐喻还警示了新文化内卷化的危险。所谓新文化的内卷化，即新文化丧失了其激奋人心、革故鼎新的力量。"五四"新文化运动发生之初，在中国社会产生了摧枯拉朽的影响，不仅在于输入新观念和新知识，更表现为促进中国人思想解放和精神强健，毛泽东将"五四运动"视为新民主主义革命的开端便充分说明了这一点。但在新文化持续发展的过程中，知识阶层如果放弃了新文化对人思想和精神的建构意义，新文化在繁华之后便金玉其外、败絮其中，表面具有"新文化"之形，本质却传播着传统的游民思想意识。在鲁迅诞辰 142 周年之际，梳理挖掘其对于新知识阶层游民化的揭示，对鲁迅思想研究的进一步发展具有重要的意义。如果说"游民化"的存在是现代人难以逃避的宿命，那么，作为新文化的建构者和发展者，新知识阶层如何避免遁入传统游民意识，是一个值得警醒的问题。

"市民文学"的玄机

——茅盾延安之行的精神轨辙

郭鹏程

    1940 年 5 月 26 日至 10 月末，茅盾曾有近半年的时间居留延安。虽然他居住在延安的时间不长，但延安却是他文学生涯中不容忽视的一个地方。在这里，他密集地参加了各种社会活动和文学活动，还形成了他对当时全国范围内激烈讨论的民族形式问题的独特见解。由于延安经历在茅盾文学生涯中的特殊性，学界开始研究"茅盾与延安"的时间并不算迟。20世纪 70 年代，孙中田《茅盾在延安》一文从茅盾去延安的前因后果说起，全面系统地整理了茅盾在延安的演讲、写作、会议等一系列社会活动和文学活动，被誉为研究"茅盾与延安"的奠基之作。孙中田的文章已经注意到了民族形式是延安时期茅盾文章中的一个关键问题，其后研究者又围绕这一问题进行了详细阐发。可惜，由于茅盾在延安居住的时间较短，鲜少进行文学创作，也没有经历整风运动、文艺座谈会这样的政治事件，这使得该时期茅盾的思想轨迹并不像丁玲、何其芳那样易于把握，对"茅盾与延安"话题的研究仅停留在介绍其活动情况和理论贡献的层面上，始终没有超出孙中田的研究范畴，一个本应该被重视的话题遭受了冷落。

对茅盾与延安的研究往往陷入两种误区：一是从未把茅盾纳入延安作家的范畴来讨论，而是更多地将他视为延安的过客，切断了茅盾与延安之间的联系，没有注意到在延安的语境下茅盾这些行为的内在逻辑和心理动机，在整个茅盾精神史的研究中忽视他在延安的经历；二是依据茅盾 20世纪 20 年代加入中国共产党、30 年代加入中国左翼作家联盟的资历，把在延安居住时的茅盾视为一名成熟的共产主义文论家，将他的观点和活动完全视为对政治的响应与配合，忽视他与延安政治生态的差异。由于熟悉马克思主义理论，茅盾在涉及大众化、民族形式、如何对待文学遗产等理论问题时习惯运用辩证思维，一分为二地看待问题，这就使得带有他个人气质的观点不容易被识别出来，而通过细读茅盾在延安时期创作的文章，不难发现他思想的复杂多变。在他的文章里，自相矛盾的地方时有出现，其中的裂隙处往往暗藏锋芒，流露出其真实的文学观点和态度。再加上延安政治环境的特殊性，茅盾这一时期所发表的文章不可避免地建立在延安意识形态潜在话语之上，这种潜在话语不仅没有遮蔽茅盾思想中个人化的部分，反而因为其中的错位和裂隙使得茅盾在延安时期创作的文章对于识别其在 20 世纪 40 年代的思想轨迹具有标志性作用，成为研究茅盾精神史不可或缺的一部分。

一、"市民文学"与"民间形式"的纠缠

1940 年，即茅盾居留延安的那一年，文学民族形式问题在全国范围内的讨论达到高潮，茅盾也密切关注这一讨论。虽然有研究者注意到了茅盾对文学民族形式问题讨论的理论贡献，但是他们只看到了这些文章的共同点，把茅盾关于文学民族形式的观点视为一个前后统一的整体。在处理茅盾在延安对待文化遗产前后矛盾的现象时常含糊其词，试图用辩证的观

点将其统合，将茅盾的主张笼统地归纳为一分为二、取其精华、弃其糟粕云云。以这种观点来解释茅盾在 20 世纪 30 年代左翼文学大众化讨论中的态度是可以的，但并不足以容纳茅盾在延安表现出的强烈个人倾向。

结合延安时期茅盾的几篇文章可以发现，茅盾选择文学遗产中的先进部分与落后部分时是有着非常独特的个人取向和思维逻辑的。在 1940 年 7 月 25 日发表的《论如何学习文学的民族形式》一文中，茅盾热烈讴歌了在古典文学中占百分之一的市民文学的先进性，认为市民文学就是民族形式在文学上的优秀代表，学习其优秀成果是创造文学的民族形式的必经之路；仅两个月后，在 9 月 25 日发表的《旧形式、民间形式与民族形式》一文中，茅盾在谈及文学遗产时话锋陡转，激烈地反对向林冰将民间形式作为中心源泉的观点，将绝大部分的文学遗产视为封建阶级的落后产物，认为即使是其中比较先进的部分也只能作为创造民族形式的参考。概括地说，茅盾认为民间形式不仅不是中心源泉，还是一种落后的文学。

区别对待文学遗产中先进部分与落后部分本来不存在什么矛盾，但问题在于，处于漩涡中心的两个概念"市民文学"和"民间形式"无论是在学理层面或在茅盾的话语体系中都不是截然对立的。根据谢桃坊在《中国市民文学史》中的辨析，"如果将市民文学与我国正统文学相比较，二者的区别是显而易见的；但与俗文学、白话文学、平民文学和民间文学相比较，则它与它们在概念和对象方面存在部分叠合的关系"[①]，对俗文学颇有研究的郑振铎也认为，"'俗文学'就是通俗的文学，就是民间文学，也就是大众的文学。换一句话，所谓俗文学就是不登大雅之堂，不为学士大夫所重视，而流行于民间，成为大众所嗜好，所喜悦的东西"[②]，从这段话来看，分属俗文学之列的市民文学也很难与民间形式彻底区别开来。

茅盾本人也往往不断然区分二者，他在《旧形式、民间形式与民族形式》中写道："到了宋朝，'民间形式'的新东西就是'散文'的'评话'了。为什么呢？因为宋朝有了前所未有的多数的大都市，以及前所未有的

---

① 谢桃坊：《中国市民文学史》，成都：四川人民出版社，1997 年，第 30 页。
② 郑振铎：《中国俗文学史》，北京：东方出版社，1996 年，第 1 页。

广大的市民阶级。'评话'恰就是这个市民阶级产生的新形式。"① 从这里可以看出茅盾认为"评话"既是"民间形式"又是市民阶级的文学，言下之意也认为市民文学是源远流长的民间形式中的一部分；茅盾在《论如何学习文学的民族形式》中将人民大众创造的口头的民间文学视为市民文学的前身。"市民文学"正当其为'口头的''街头的'，力争其存在，因而亦充满了教育的、斗争的意义，"真正的市民文学——为市民阶级的无名作者所创作，代表了市民的思想意识，并且为市民阶级所享用欣赏，其文字是'语体'，其形式是全新的、创造的，其传播的方法则为口述"②。既然茅盾所谓的"市民文学"与"民间形式"在概念和对象上是有所重叠的，茅盾又为何要在二者之间人为制造对立和等级差呢？

从茅盾的创作、理论和批评来看，茅盾对市民文学的偏好是一以贯之的。曹万生的《茅盾的市民研究与〈子夜〉的思想资源》归纳了从 20 世纪 20 年代到 40 年代这 20 多年来茅盾的文学批评与创作，指出茅盾对市民阶级看法的延续性。他指出这种市民——农民（新——旧）的等级区分在撰写《王鲁彦论》的时候就已经形成了，再到后面的《子夜》等文学创作，"市民——资产阶级是茅盾一贯醉心的学术概念"③。如曹万生研究的那样，茅盾在不同时期的文章中都流露出自己对市民文学的偏好。另外，茅盾对欧洲市民文学的关注也流露出他自己的文学趣味，《旧形式、民间形式与民族形式》中提到了文艺复兴时期意大利的商业都市与薄伽丘《十日谈》的联系，17 世纪英国市民阶级与菲尔丁、李却特生小说的联系，并将这些作品的出现归功于市民阶级的兴起；茅盾还在《"爱读的书"》中提到他喜欢的作品，除了《水浒传》《西游记》这两部被他盛赞的可以作为民族形式的优秀典型外，他还特别提到了《列那狐》的故事，认为该书堪称欧洲中世纪市民文学的杰作。

不同于对市民文学一贯偏好，茅盾对于"民间形式"的态度要复杂得

---

① 茅盾：《旧形式、民间形式与民族形式》，《中国文化》，1940 年第 1 期，第 2 页。
② 茅盾：《论如何学习文学的民族形式》，《中国文化》，1940 年第 5 期，第 2—8 页。
③ 曹万生：《茅盾的市民研究与〈子夜〉的思想资源》，《西南民族大学学报（人文社科版）》，2006 年第 9 期，第 119—125 页。

多。在 20 世纪三四十年代的大多数文章中，茅盾对"旧形式"和"民间形式"表现出相对宽容的态度，肯定了其中值得借鉴的部分。直至 50 年代，茅盾仍在《夜读偶记》中用"毒草还可以肥田"① 的说法评价西方形式主义等"落后"文学形式。然而，与上述文章中的宽容态度相比，茅盾在《旧形式、民间形式与民族形式》一文中采取激烈的态度将民间形式贬得一文不值，这显得很反常。究其原因，笔者推测是因为抗日战争时期，有人企图借助民族形式的讨论推翻五四新文学的成果，重新掀起复古潮流，"大后方很多人正利用民族口号鼓吹儒家与其他复古独裁思想"②。有鉴于此，茅盾在《文学青年如何修养》《我们有什么遗产》《再谈文学遗产》《买办心理与欧化》《不要阉割的大众语》等一系列文章中集中讨论了这一问题，提出要正确区分"中国化"与"中国本位文化"③ 的问题，即尊重文学遗产，反对复古潮流，其对于文化遗产的态度已经非常明确。在延安时，茅盾选择了以更加激进的态度对待向林冰的文章，按照《延安行》中茅盾对几篇文章写作契机的回忆④，《旧形式、民间形式与民族形式》就是有感于向林冰的错误倾向而写的，茅盾在文章开篇也交代了写作原因，他看似偏激的态度其实针对的是民间形式中心源泉论，其对五四新文学的排斥和可能出现的复古潮流都是茅盾强烈反对的。

通过以上的分析可以看出，无论是对市民文学的推崇还是对民间形式的贬抑都贯穿着茅盾的长期思考和现实逻辑，但理解这一现象还要结合茅盾无意中流露出的阶级分析观点。茅盾在延安时期创作的文章中，对看似

---

① 茅盾：《夜读偶记》，天津：百花文艺出版社，1958 年，第 64 页。

② 徐光霄：《"新华副刊"在文艺战线的斗争》，《新闻研究资料》1982 年第 3 期，第 62—67 页。

③ 茅盾：《通俗化、大众化与民族化》，《茅盾全集》（第 22 卷），北京：人民文学出版社，1993 年，第 92 页。

④ 根据茅盾《延安行》的说法，在延安"不易见到重庆出版的报刊"，他对民族形式论争的了解主要源于两个方面：一是罗荪从重庆寄来的《文学月报》（第 1 卷第 5 期），其中包括《文学月报》召开的民族形式问题座谈会记录和光未然的《文艺的民族形式问题》；二是鲁艺同志送给他的资料，包括向林冰、葛一虹、郭沫若、潘梓年的几篇文章，以及他了解到的 1939 年延安文艺界关于民族形式的探讨。其中《关于"民族形式"的通信》是对《文学月报》文章的回应，《旧形式、民间形式与民族形式》是对第二个方面相关文章的回应。

接近的"市民文学"与"民间形式"有着不同的倾向，他在表述市民文学时指出市民阶级是"蓬勃活跃"的"和封建贵族地主阶级进行思想斗争"的阶级群体①，而"民间形式"则是封建社会最落后的农民阶级的产物，前者指向市民阶级，后者指向农民阶级。在茅盾的认知中，市民阶级和农民阶级间存在着森严的等级秩序，市民阶级的文学带有进步性，而农民阶级的文学则是落后的。茅盾在《旧形式、民间形式与民族形式》中还有这样几句话："各种文艺形式乃是一定的社会经济的产物，社会经济的发展到了一定的阶段时，就必然要产生某种文艺形式，此由西方各民族文艺发展的历史上，即可得明证，中国何得独为例外"，"因为中国处于长期的封建社会，虽然早有了广大的市民阶级，然而不能发展到产业资产阶级之故"②。显然，他是把市民阶级的文学视为封建社会向资本主义演进的过渡阶段的产物，其中不难看出马克思主义社会形态理论和进化论对他的影响。茅盾从延安回到重庆后，参加了 1940 年 12 月 2 日召开的戏剧的民族形式问题座谈会，会上茅盾提到了《旧形式、民间形式与民族形式》一文的创作心理："我以为一切文艺形式都与社会经济基础有关。封建社会有封建社会的文艺形式，资本主义社会有资本主义社会的文艺形式。"③ 这段文字明确地揭示出茅盾的理论来源。

另外，茅盾在《关于"民族形式"的通信》中的论述方式也佐证了本论点，该文表达了对光未然的长文《文艺的民族形式问题》的不同意见。茅盾通过反驳光未然所指出《蟾宫曲》和"宝玉问病"中的一些巧妙用法以期削弱文章推崇的"旧形式"的文学价值。然而，光未然的文章以雄辩的语言、充足的论据，条分缕析地列举了"旧形式"文学作品中的诸多精彩之处，这就使得茅盾的反驳显得苍白无力。在这种情况下，茅盾依然维系了对旧形式较低的评价，这就说明茅盾已经跳出了一般的文学探讨，在他的认知中已经有一个先验的评价标准使他直接对"旧形式"作出价值判

---

① 茅盾：《论如何学习文学的民族形式》，《中国文化》，1940 年第 5 期，第 2—8 页。
② 茅盾：《旧形式、民间形式与民族形式》，《中国文化》，1940 年第 1 期，第 2 页。
③ 田汉：《戏剧的民族形式问题座谈会（中会）》，《戏剧春秋》，1941 年第 3 期，第 10—22 页。

断，这就是前文说的阶级分析的观点。

二、与延安文艺话语的偏差

从"市民文学"到"民间形式"，茅盾对民族形式问题的表态并不符合党对文艺的期待。茅盾在《论如何学习文学的民族形式》一文中表示，自己对"市民文学"的选择建立在对毛泽东文章的理解之上。从毛泽东《新民主主义论》来看，文章呼唤的"人民大众反帝反封建的文化"包含这样两个特点：一是能够为人民大众服务，二是具有反封建色彩。茅盾强调了他认为市民文学恰恰是在这两方面足以为新的民族形式借鉴[①]，但结合延安的语境来看，茅盾推崇的"市民文学"与延安的政治生态是存在偏差的，将茅盾在延安居住时期的思想与党的文艺战略简单地等同起来恐怕与他真实的精神世界相去甚远。

毛泽东一向看重农民在革命中的地位，早在 1927 年，《湖南农民运动考察报告》就充分揭示了农民在中国民主革命中的伟大作用。这种认识在延安时期得到了延续和发展。1937 年，毛泽东向史沫特莱表示"在工农贫苦群众方面，他们是无钱无势的，但他们是国家的基础，是最大的阶级"[②]。1940 年，他又在《新民主主义论》中指出："中国的革命实质上是农民革命，现在的抗日，实质上是农民的抗日。新民主主义的政治，实质上就是授权给农民。新三民主义，真三民主义，实质上就是农民革命主义。大众文化，实质上就是提高农民文化。抗日战争，实质上就是农民战争。"[③] 这些文字表明毛泽东将农民视为全民族最庞大的革命力量，这植根于他长期的经验总结和延安革命工作的现实需要，他意识到能否最大限度地团结农民阶级成为决定革命成败的关键因素。

尽管茅盾到达延安不久就阅读了毛泽东和洛甫两个人的文章，对此有

① 参见茅盾：《论如何学习文学的民族形式》，《中国文化》，1940 年第 5 期，第 2—8 页。
② 中共中央文献研究室，新华通讯社：《毛泽东新闻作品集》，北京：新华出版社，2014年，第 172 页
③ 毛泽东：《新民主主义论》，《解放》，1940 年第 98、99 期。

感而发才产生了《论如何学习文学的民族形式》这一篇演讲稿，但茅盾对"人民大众"的理解存在不小的偏差。茅盾将市民阶级准确地定位为城市商业手工业的小有产者、中农和富农，将这一阶层的文学产品作为文学遗产中百分之一的"代表了极大多数人民大众的利益，表白了人民大众的思想情感，喜怒爱憎的作品"①，换言之，包括中农、富农、小有产者在内的市民阶级创作的文学作品就是代表人民大众的作品。可见，茅盾心目中市民阶级能够代表人民大众的，是人民大众的主体。相似的看法早在《从牯岭到东京》中就曾有所体现，茅盾在该文中指出"几乎全国十分之六，是属于小资产阶级的中国"②，这里的小资产阶级包括小商人，中小农，破落的书香人家，与茅盾在延安定义的"市民阶级"颇为接近。在谈到他心目中符合民族形式的作品《水浒传》时，茅盾也指出《水浒传》是"农民的革命起义而由当时具有进步性的市民阶级加以理想化了的这么一部作品"，从这番话来看，尽管茅盾在《论如何学习文学的民族形式》中将中农、富农也包括在市民阶级之内，但在更多的场合中，他使用的市民与农民是有所区别的，市民阶级相对于农民来说显然更接近于他理解的具有深刻反封建性的"人民大众"。

有趣的是，这样一种等级秩序恰恰与毛泽东1942年5月发表的《在延安文艺座谈会上的讲话》（以下简称《讲话》）中所要建立的等级关系相反。《讲话》中有这样一段文字："什么是人民大众呢？最广大的人民，占全人口百分之九十以上的人民，是工人、农民、兵士与小资产阶级。"这段紧接着的那一段文字，在收入《毛泽东选集》后作出了重大修改，更清晰地指明了人民大众的"主体"："在这四种人里面，工农兵又是主要的，小资产阶级人数较少，革命坚决性较小，也比工农兵较有文化教养。所以我们的文艺，第一是为着工农兵，第二才是为着小资产阶级的。在这里，不应该把小资产阶级提到第一位，把工农兵降到第二位。而我们现在有一部分同志的问题，他们对文艺为什么人的问题不能正确解决的关键，正在

---

① 茅盾：《论如何学习文学的民族形式》，《中国文化》，1940年第5期，第2—8页。
② 茅盾：《从牯岭到东京》，《小说月报》，1928年第7—12期。

这里。"① 被茅盾表述为最落后阶层的农民阶级在毛泽东这里被称为"最坚决的同盟军",而茅盾认为最广大最具革命性的市民阶级则被放到了次一级的位置。

毛泽东的《讲话》1940 年尚未发表,因此,我们也无法得出茅盾与1940 年的延安文艺导向存在错位的结论。但是,若将 1940 年前后茅盾与陈伯达、艾思奇等人的观点相比较,已经可以发现这种错位出现的端倪。1938 年,毛泽东的《论新阶段》发表以后,理论家陈伯达第一时间撰写文章《关于文艺的民族形式问题杂记》进行回应,文中提到"利用旧形式,不是复古,而是,如洛甫同志在座谈会所提到的,是新文艺运动的新发展"②,从上文中可以看出,陈伯达在"旧形式"利用问题上与党中央的倾向是一致的,陈伯达将老百姓"喜闻乐见"的文学形式指向"旧形式",其重点不在于文学水准的高低或思想的新旧,而在于是否能够"感召千百万人民起来参与真实生活斗争"③。另一位理论家艾思奇在所撰文章《旧形式运用的基本原则》的开篇就指出了农村工作的重要性,认为文艺人"由城市的工作转入了乡村的工作"④,茅盾盛赞的"市民文学"在艾思奇看来"是中国的力量薄弱的市民阶级的文艺运动,它并没有向民间深入"⑤,他对"旧形式"的提倡也是为了使文艺"真正走进民众中间"。从文章来看,陈、艾二人关注的核心问题在于能不能最大限度发动群众,而茅盾则非常看重民族形式在反封建问题上的先进性,在茅盾看来,"陈伯达的观点就片面强调旧形式的作用而对五四新文艺的传统估价不足"⑥。从茅盾与陈、艾二人的不同观点中不难看出他与延安文艺导向的偏差。1941 年,茅盾在重庆参加戏剧的民族形式问题座谈会时的发言再一次显示出他与延安文艺导向的隔阂,在他看来,向林冰、陈伯达等人都错误强调了"旧形式"的地位,这与毛泽东关于"新民主主义的文化"的表述是

---

① 毛泽东:《在延安文艺座谈会上的讲话》,《解放日报》,1943 年 10 月 19 日。
② 陈伯达:《关于文艺的民族形式问题杂记》,《文艺战线》,1939 年第 3 期,第 24—25 页。
③ 陈伯达:《关于文艺的民族形式问题杂记》,《文艺战线》,1939 年第 3 期,第 24—25 页。
④ 艾思奇:《旧形式运用的基本原则》,《文艺战线》,1939 年第 3 期,第 17 页。
⑤ 艾思奇:《旧形式运用的基本原则》,《文艺战线》,1939 年第 3 期,第 17 页。
⑥ 茅盾《延安行:回忆录》(二十六),《新文学史料》,1985 年第 1 期,第 4—25 页。

相悖的，但从毛泽东在整风运动和文艺座谈会中的表现来看，恐怕茅盾的观点与毛泽东相距更远。从这个角度讲，在收到周恩来的电文指示去国民党统治区（简称"国统区"）工作之前，茅盾在思想上早已经远离了延安。

茅盾向来看重政治在社会变革中的力量，他引述过鲁迅"一条腿走路"的观点，指出鲁迅没有"政治之力的帮助，一条腿是走不成路的"的说法是"最精辟和正确的"①，结合他几经周折才逃离新疆到达延安的经历，从中可以感受到他参与革命的迫切愿望。因此，把茅盾与政治的错位归因于意见不同是不符合实际的。造成这种错位的原因可能是他对延安文艺导向存在理解上的偏差。从茅盾 1940 到 1945 年期间所写的文章来看，在读到《讲话》之前②，他对毛泽东为代表的党中央领导集体在文艺战线上的战略缺乏足够的认知。长期在都市工作生活使茅盾对农民阶级对在中国革命中的重要性没有充分的认识。另外，在延安文艺座谈会前，文化人被认为处于一种"相当自由"的写作状态中，理解上的偏差加上"相当自由"的写作环境似乎可以对茅盾在延安的理论探索做出解释。

三、作为"中间物"的市民文学

即便从茅盾的表述中可以清晰地看出他对于市民文学与民间形式的看法受到阶级分析理论的影响，但对于老练的理论家和文学家茅盾来说，没有必要在延安做一种褒扬市民阶级贬抑农民阶级的理论试演，另外，这也不足以解释茅盾在延安文艺小组会公开讲演这样重要的场合选择"市民文学"开讲的动机。种种迹象表明，阶级观点的凸显并不一定是茅盾的初衷，与之相反，他还曾经试图以市民文学为"中间物"进行知识分子和农民阶级审美趣味的调和。由于茅盾在"市民文学"与"民间形式"态度上的差异并非发生在同一时间，而是先后在不同文章中出现，因此，我们有必要将二者分开讨论。

---

① 茅盾：《我走过的道路》（中），北京：人民文学出版社，1984 年，第 147 页。
② 根据茅盾在《学然后知不足》中的回忆，他第一次读到《在延安文艺座谈会上的讲话》是抗日战争刚刚胜利时。

　　从茅盾在延安居住时期的处境来看，刚刚脱离盛世才掌控的茅盾尚处于惊魂未定的状态，又在没有充分计划的情况下闯入延安，按照茅盾一贯谨慎的处事风格，他未必能马上放开拳脚，融入延安这个陌生的天地。根据《延安行》，茅盾在新疆处事是非常谨慎的，听闻了新疆在盛世才治理下暗藏的重重危机后，他迅速做出了人事关系上"坚壁清野"的策略，创作上也"有意识地避免多写"，他在文章中提道："孟一鸣的告诫：多观察，少说话，多做事，少出风头，对我起了作用。"少说话"自然包括少写，因为一动笔，即使谈文艺问题，总得联系实际，就可能对新疆的现状发表议论；写得多了，又有'出风头'的嫌疑。因此，我内定了一条方针：除了非写不可的应酬文章，其它文章一概推辞掉，而应酬文章也尽可能就事论事。可是我是个作家，总不写文章会引起盛世才的疑心，我只好把笔尖转向国际时事问题。这就是为什么我在新疆的一年中，政论文章比文艺评论文章写得多得多的原因"。少说少写成为茅盾在新疆保全自己的法宝，说什么怎么说也是经过深思熟虑的，这与后来在延安的情况自然有所不同。相较于新疆和盛世才，茅盾对共产党，对毛泽东，还有丁玲、周文、艾思奇等一干文化人要熟悉得多，但这并没有改变茅盾谨言慎行的处事风格，他在延安期间撰文发言仍然紧紧围绕文学展开。

　　茅盾在《延安行》中交代了自己是如何进入延安文化界关于民族形式问题讨论的：

　　　　我到延安的第三天，延安文化界曾在文化俱乐部举行座谈会，欢迎我和张仲实……会上，大家谈得热烈的，就是新民主主义文化的具体内容和民族形式、利用旧形式等问题，那时，我才知道毛泽东和张闻天写了这样两篇文章。回到交际处，我从交际处处长金城那里借来了这两期《中国文化》，把两篇文章细细读了两遍。过了几天我去拜访吴玉章（我与他一九二六年在广州时就很熟了），他除了热情地和我大谈汉字拉丁化问题，并邀我参与发起陕甘宁边区新文字协会外，就是约我写文章参加《中国文化》上关于新民主主义文化的内容与形式的讨论，因为他又是《中国文化》的主编。我推托不掉，就写了一篇《关于〈新水浒〉》。《新水浒》是谷斯范的一部章回体的长篇小说，他把第一部《太湖游击队》千里迢迢寄到了新疆，请我提意见，当时我正要离开新疆，就把它带到了延安。我想，这是第一部利用旧形式的长篇小说，我就通过对它的评论发表自己的意见罢，这比空泛地谈理论有把握一些。①

《关于〈新水浒〉》一文的副标题为"一部利用旧形式的长篇小说"，目前尚未有材料显示茅盾是在他人的要求下选择以旧形式作为讨论对象的。应当说，这篇文章是他经过对延安文艺导向的理解、把握和斟酌而做出的判断，他把延安的民族形式讨论的关键点聚焦在对旧形式的利用问题上。这篇文章流露出了茅盾在延安微妙的心态，他既要从旧形式话题上进入延安文化界的讨论，又没有对旧形式表示完全的肯定，还对"回叙"与"心理描写"等新文学手法的缺失表示不满，或许是意识到"旧形式"与落后文学勾连过多而无法表现自己的文学观点，在随后改写的《论如何学习文学的民族形式》就转向了"市民文学"。茅盾还试图对"旧形式"有所区分，"我是企图把中国文学中腐朽的与进步的东西区别开来，而对具有民主性、革命性和现实主义传统的东西作一历史的分析"，这类"进步的东西"被茅盾命名为"市民文学"。

在这种情况下，"市民文学"就显示出了作为新旧文学"中间物"的属性。一方面它是"中国民族的文学遗产"②，这在茅盾看来属于延安文艺界讨论的"旧形式"范畴。另一方面，它在"民主性""革命性""现实主义"以及表现手法的先锋性上又直接与新文学对接。具体来说，茅盾认为早在战国时代中国就已经有市民阶级了，可惜先秦西汉的市民文艺未能留存，而到宋代出现了"真正的市民文学"，它是市民阶级无名作者所创作，代表市民阶级思想，受到市民阶级欣赏，诸如宋评话元曲都是市民文学中有代表性的形式，茅盾又以《水浒》《西游记》《红楼梦》为市民文学

---

① 茅盾：《延安行：回忆录》（二十六），《新文学史料》，1985年第1期，第4—25页。
② 茅盾：《论如何学习文学的民族形式》，《中国文化》，1940年第5期，第2—8页。

的集大成者。

茅盾又不断强调"市民文学"中与新文学相接的属性，他认为"宋人评话"是"和封建贵族地主阶级进行思想斗争的武器"。《水浒传》不是农民阶层的"农民文学"，而是内忧外患下的"民族民主革命文学"。《红楼梦》则是"对于儒家提出抗议的一部杰作"，《"五四"与民族革命文学》则指出新的文学运动的"最大的目标当仍为反封建与反帝国主义"，可以看出茅盾对市民文学反帝反封建的进步性与他对新文学的认知与期待是一致的。茅盾还认为《西游记》不是宗教小说，而是充满反封建思想，洋溢着"人间味"的文学，孙行者与猪八戒忠诚质朴又不乏诙谐狡猾，甚至狞恶的妖怪也不至可怖，这种"人间味"的发掘与茅盾对人的文学的认可也如出一辙，早在1920年的《新旧文学平议之评议》中，茅盾就提出了新文学的"三要素"，除了白话的语体外，还要"表现人生、指导人生"，"要有人道主义的精神，光明活泼的气象"。从茅盾对市民文学的描述可以看出，他特别在意的是其在反帝反封建、人道主义方面的进步性，而这也恰好与他对新文学的认识相吻合。

由于这种"中间物"的特性，选择"市民文学"作为讲演对象既符合茅盾对当时延安文艺界的理解，又不至于与茅盾自己的文学观念发生冲突。然而，茅盾对这种"中间物"恐怕也只是姑且一用，并不把它们奉为圭臬，茅盾曾在20世纪30年代的一篇文章《再谈文学遗产》中提道："我们的'文学遗产'中自然也有一些可以称为'文学'而不是'文字游戏'的东西，例如《水浒》《红楼梦》之类。但是数量之少，直等于零。这少数几本书的滋养料，自然不能满足我们的需要。况且这几本书里的'技巧'，也只是手工业式的'技巧'。"水浒人物性格只在专章中丰满，在其他故事中就毫无精彩了。这篇文章中对《水浒》《红楼梦》的评价与所谓"不朽的、古典的""要向民族文学的遗产中学习的民族形式"相去甚远，从中也可以感受到茅盾身处延安时复杂、微妙的心态。

四、突破"旧形式"

以茅盾在延安的创作轨迹来看,从"旧形式"到"市民文学",此时茅盾创作的侧重点已经有所偏移,但对包括"市民文学"在内的旧形式仍保持了较高的评价。《论如何学习文学的民族形式》一文中,茅盾仍将学习文学遗产作为创造民族形式的必经之路,对"市民文学"的推重显示出茅盾对延安文艺导向的把握和回应,然而在此之后,茅盾的态度很快发生了改变。

1940 年 9 月 15 日发表的《关于民族形式的通信》中,茅盾批驳了过分强调旧形式的看法。他写道:"'民族形式'之前途,可能有错误之倾向发生而滋长——此即强调了旧形式在民族形式上之比重,而以今日民族形式之提出,视为五四新文艺运动之否定,从而流于褊狭的'自力更生'主义。"① 这篇文章是有感于《文学月报》第 1 卷第 5 期上发表的文艺的民族形式问题座谈会记录稿和光未然《文艺的民族形式问题》而写作的,文章的笔调与茅盾初来延安时创作的《关于〈新水浒〉》和《论如何学习文学的民族形式》不同,仅从这期《文学月报》上关于民族形式的文章来看,茅盾的担心不无道理。根据《文艺的民族形式问题座谈会》一文,除了主席罗荪外,在会议上发言的还有:黄芝冈、叶以群、向林冰、光未然、胡绳、姚蓬子、戈茅、潘梓年、方白、臧云远、葛一虹等 11 人,其中明确倾向于将旧形式作为创作民族形式主体的就有黄芝冈、向林冰、胡绳、方白等 4 人。除了向林冰,黄芝冈也认为"旧的是本质,新的是推动力量"②,胡绳认为"民主革命与民族运动中农民总居于重要的地位,因此在抗战后我们特别注意到了农民的文艺。一般人所说的旧形式实在就是农民的文艺形式"③,方白认为"承继新文艺的精神,统一全国的国语,要通过各地的方言土语,经过现阶段'地方形式'走到全国形式。地方形

---

① 茅盾、罗荪:《关于民族形式的通信》,《文学月报》,1940 年第 1、2 期。
② 罗荪:《文艺的民族形式问题座谈会》,《文学月报》,1940 年第 5 期。
③ 罗荪:《文艺的民族形式问题座谈会》,《文学月报》,1940 年第 5 期。

式的阶段，民间形式是最主要的参考"①。剩下的几人中，臧云远、潘梓年、姚篷子、光未然在支持新旧形式上没有明确表态，只有葛一虹、叶以群、戈茅等3人坚定地认为新文学应该成为民族形式的主体。而在光未然撰写的长文中，他明确表示了对旧形式的支持，他认为"自始至终，民间文学总是在文艺传统中起着主导的作用，它是取之不尽，用之不竭的文艺的泉源"②。

《文学月报》第1卷第5期中，将旧形式作为创造民族形式中心的观点占据了上风，而茅盾向来不赞成抹杀五四新文学的进步性，因此，其撰文提出不同意见的行为也就容易理解了。至于为什么《关于民族形式的通信》的笔调与此前几篇文章不统一、不符合茅盾对延安文艺导向把握，是因为这篇文章是写给重庆的《文学月报》编辑罗荪的回信，与此前几篇写作背景和对象不同，也更贴近茅盾的文学观点。总的来说，《关于民族形式的通信》对待旧形式的态度虽然与此前二文有所不同，但仍采取了比较温和的笔调。

表现出激烈对立的是《旧形式、民间形式与民族形式》，茅盾初到延安时反复斟酌毛泽东和张闻天之文章，谨慎地以"旧形式"利用为话题撰文，因此，很难想象他会将与"旧形式"颇为类似的"民间形式"视为封建社会最落后的文学形式。这也构成了文章开篇部分提出的茅盾在延安前后对待文学遗产态度迥异的疑问。茅盾在桂林召开的戏剧民族形式问题座谈会上谈到过这篇文章的理论支撑，他介绍了延安民族形式讨论的几个段落，指出起先存在着对旧形式评价过高的问题，在毛泽东与张闻天的文章发表后，五四新文化的正统性得到了确认，茅盾的《旧形式、民间形式与民族形式》正是在这种背景下创作出来的。这种说法并不符合实际，茅盾在阅读了毛、张二人的文章后，从旧形式利用入手撰写了《关于〈新水浒〉》，其后撰写的《论如何学习文学的民族形式》也围绕学习文学遗产展开，显然，他对过分抬高旧形式观点的批评与毛、张二人的文章无关。那

---

① 罗荪：《文艺的民族形式问题座谈会》，《文学月报》，1940年第5期。
② 光未然：《文艺的民族形式问题》，《文学月报》，1940年第5期。

么，是什么事件促成了茅盾对旧形式态度的变化呢？值得参考的是他在《延安行》中的回忆：

在延安，一般不易见到重庆出版的报刊，我向鲁艺的同志了解这场争论的经过。他们给我送来一叠材料，其中有向林冰的几篇文章，有葛一虹的反驳文章，以及郭沫若、潘梓年等人的批判文章（郭文的题目是《"民族形式"商兑》）……《新华日报》文艺版也组织了座谈会，多数人都不同意向林冰的观点，而郭沫若和潘梓年的两篇文章，则是带有结论性的。我还了解到，在向文发表之前，三九年下半年，延安文化界也讨论过如何建立"为中国老百姓喜闻乐见的中国作风和中国气派"的文艺的问题，当时陈伯达的观点就片面强调旧形式的作用而对五四新文艺的传统估价不足。他的观点受到了批判。①

这一说法可以与《旧形式、民间形式与民族形式》中的说法相互印证，后文中提道：

不久以前，大后方发生了关于民族形式的一场"论战"。据我所见的材料，论争的焦点是民族形式的所谓"中心源泉"的问题。有人提出了民族形式不得不以民间文艺形式为其中心源泉的主张，并就"五四"以来新文艺运动的成就，大众化通俗化，"旧瓶新酒"，乃至文艺的内容与形式，等等问题，发表了一些不大正确的议论。这一切，在郭沫若、潘梓年、光未然等先生的批评以后，可说已经得到了解答，"民间形式"之不能看作民族形式的所谓"中心源泉"，实已毫无疑议。②

从上述两则材料中可以看出，茅盾认为郭沫若和潘梓年的文章"是带

---

① 茅盾：《延安行·回忆录》（二十六），《新文学史料》，1985 年第 1 期，第 4—25 页。
② 茅盾：《旧形式、民间形式与民族形式》，《中国文化》，1940 年第 1 期，第 2 页。

有结论性的"，中心源泉问题也由此"得到了解答"，其中郭沫若的文章是《"民族形式"商兑》，而《新华日报》座谈会上潘梓年的发言，即《新文艺民族形式问题座谈会上潘梓年同志的发言》，则是另一篇文章。潘梓年的文章认为民族形式将按照封建文艺、资产阶级文艺、工农大众文艺几个阶段向前发展，而向林冰所说的民间形式被定性为"封建社会意识形态的"，是"只有死灭而不会新生"① 的。郭沫若的文章也认为利用旧形式只是一时权变，并非抹杀新文艺的价值，更不能以民间形式作为中心源泉，"封建的社会经济产生除了各种的民间形式，同时也就注定了各种的民间形式必随封建制度之消逝而消逝"，这些看法与茅盾在《旧形式、民间形式与民族形式》中的观点如出一辙。

由于信息沟通不畅，对于身在延安的茅盾来说，他很少有渠道能够了解全国关于民族形式的讨论，想要对党中央的文艺导向有所把握也并不容易。当时，郭沫若任国民党政治部第三厅厅长，潘梓年任《新华日报》社长，两人都是党中央设置在国统区的文化官员，负责党在国统区的舆论宣传工作，他们的文章被普遍认为代表了党中央对文艺的导向，茅盾在阅读了两人的文章后重新调整了对党中央文艺路线的认识，在对待文学遗产的态度上亦发生巨大的变化，他抛开了围绕旧形式撰文的思想包袱，于1940年9月写下了《旧形式、民间形式与民族形式》。可以看出，茅盾深思熟虑后的选择却仍与延安的文艺导向相去甚远，尽管他在大方向上对源于现实、为大众服务的文艺目标表示认可，但具体到文学作品时仍坚守着新文学的审美标准；而对党中央来说，重点在于结果而非方式，即发动谁的问题，也就是后来《讲话》强调的为谁服务的问题，这也是茅盾与延安文艺导向的分歧所在。

五、从"市民"到"人民"

在延安的短暂停留虽然使茅盾有机会对民族形式问题进行集中的思

---

① 潘梓年：《新文艺民族形式问题座谈会上潘梓年同志的发言》，《新华日报》，1940年7月4日。

考，但总的来说，他对民族形式的看法与他左联时期参与大众化讨论时的看法一脉相承，并没有因为延安不同的政治生态而发生大的改变，拒当"一面旗帜"去"搞文学"可以视为茅盾延安时期在思想上的极佳表征。然而，从不当"旗帜"转变为"人民的光荣"却在其回到国统区以后才悄然发生。不当"旗帜"指的是茅盾到达延安不久，毛泽东曾表示希望他到延安鲁迅艺术学院（简称"鲁艺"）当一面"旗帜"，发挥党在文艺战线上的领导作用，茅盾予以婉拒；"人民的光荣"指的是1945年为茅盾50寿辰和创作生活25周年而举行的纪念活动（简称"'寿茅'活动"）中，《新华日报》发表了王若飞的《中国文化界的光荣，中国知识分子的光荣》一文，称茅盾代表的是为"人民大众解放服务的方向"①，是"中国人民的光荣"。抗日战争胜利前后是茅盾的人民观点发生转变的关键时间点，王若飞的文章可以作为茅盾从小知识分子到人民文艺家转变的标志。

尽管茅盾离开延安后写作的《风景谈》与《白杨礼赞》中对劳动者的赞美和隐喻常被视为茅盾在思想上贴近工农阶级的标志性事件，但考虑到茅盾离开延安后表达的文学观点，二者更接近于五四时期那些歌颂劳工的作品。整体来看，1940到1945年茅盾的思想轨迹没有大的波动，依然延续了在延安时的知识分子立场。1940年11月田汉主持召开的戏剧的民族形式问题座谈会上，离开延安不久的茅盾提到了延安的文学民族形式讨论，会上茅盾保持了其在延安时期的一致论调，反对将"旧形式"看得过高，把口头性的民间文艺视为"封建社会的产物"②。1943年发表的《抗战以来文艺理论的发展——为"文协五周年纪念作"》仍然充满了理想主义色彩，文章思考的问题是如何更好地"化大众"，想要兼收文学遗产和世界文学，创造"雅俗共赏"的"民族形式"。换言之，茅盾追求"普及与提高"统一的新"民族形式"，与之形成鲜明对比的是毛泽东在《讲话》中明确指出"在目前条件下，普及工作的任务更为迫切"③，这种表述就具有强烈的实用色彩。在1944年发表的《从百分之四十五说起》中，茅

---

① 王若飞：《中国文化界的光荣，中国知识分子的光荣》，《新华日报》，1945年6月24日。
② 田汉：《戏剧的民族形式问题座谈会》，《戏剧春秋》，1941年第3期，第10—22页。
③ 毛泽东《在延安文艺座谈会上的讲话》，《解放日报》，1943年10月19日。

盾还是不赞成满足于"老百姓所喜见乐闻的形式"①，希望民族形式中有新的思想内容，没有意识到优先"普及"对革命的现实意义。

1945 年以后，茅盾的思想出现了比较大的变化，集中体现在 1946 年 4 月前后其在广州和香港发表的一系列演讲中。特别是 1946 年 3 月 29 日演讲的《民主与文艺》中，茅盾先是梳理了欧洲文学发展中极具革命性的市民文学，同时也指出这些中间性的市民并不能代表整个人民，其革命的要求也是不彻底的，其后竟一反常态地略过了中国市民文艺的存在，提出"自从民国革命后尤其是五四运动以来，中国文艺一跃而比市民文艺更进步了……中国的文艺，是没有经过市民文艺的阶段而直接的，向人民的或民主的文艺的方向发展"②。这个时期的茅盾与延安时期热情歌颂市民文学，将其作为中国文学遗产中只占百分之一的，认为其代表了人民大众反封建要求的，值得作为民族形式的优秀典型来学习的茅盾判若两人。这样的转变说明，茅盾已经有意地消除了自己思想中带有小资产阶级知识分子色彩的部分，转而歌颂无产阶级人民大众的先进性。

其后，茅盾在 1946 年 4 月 8 日在广州青年会演讲的时候这样说："作家要努力作自我改造。作家大部分是小资产阶级出身，即使有一二工农出身者，小资产阶级意识却很浓厚。故作家的自我改造首先要克服小资产阶级意识。"③ 1946 年 4 月 16 日，他在香港青年会的演讲中指出"眼光要向着农村，向着大群人民。不要把眼光放到大都市中。大都市虽然重要，但农村及广大人民的工作更重要"④。这里茅盾已经将延安时期市民阶级比农民阶级进步的主张倒置了过来，转而与《讲话》趋向一致。

茅盾的这种转变源自两个关键性事件。一是毛泽东《讲话》在国统区的传播。关于《讲话》对茅盾的影响，学界主要有两种说法，第一种说法

① 茅盾：《从百分之四十五说起》，《中原》，1944 年第 4 期，第 16—69 页。

② 茅盾：《民主与文艺》，《茅盾全集》（第 23 卷），北京：人民文学出版社，1996 年，第 275 页。

③ 茅盾：《人民的文艺：四月八日在广州青年会讲演》，《新文艺》1946 年创刊号，第 21—23 页。

④ 茅盾，黄新波：《人民的文艺：卅五年四月十六日在香港文化界欢迎晚会上的演讲记录》，《鲁迅文艺月刊》，1946 年第 3 期，第 9—10 页。

来自胡乔木的回忆，他指出："《讲话》正式发表后不久，毛泽东说，郭沫若和茅盾发表意见了，郭说：'凡事有经有权。'毛主席很欣赏这个说法。"① 对于这种说法，笔者认为，虽然郭沫若的"有经有权"说已经得到了证实，但若据此得出《讲话》对茅盾的影响略显武断。首先，所谓茅盾的意见到底存不存在，具体是什么意见，始终没有一个明确的说法；其次，从时间上来看，《讲话》从在延安发表到在国统区传播明显存在时间间隔。其1943年于延安在《解放日报》发表，而在国统区迟至1944年才在《新华日报》上以"概述"的形式得到发表，除此之外只在为数不多的小册子中流传；并且，茅盾1943年到1945年期间创作的文章中，也没有对《讲话》内容的回应。因此，即使胡乔木所说的茅盾"发表意见"确有其事，茅盾也还没有机会仔细研读《讲话》的内容。

认识到这一点后再来看，另一种说法就比较可信。根据1962年在茅盾《学然后知不足》中的说法，他第一次读到《在延安文艺座谈会上的讲话》是在抗日战争刚刚胜利时的重庆。尽管传阅多人的小册子已经半烂，他"还是在一天内把它读完"。茅盾这样描述自己读完全书后的心情："真像是在又疲倦又热又渴的时候喝了甘冽的泉水一样，读完这本书后全身感到愉快，心情舒畅，精神陡然振发起来"②，一两年后，"《讲话》以后的第一批文艺收获"也曾给了他"极大的兴奋和愉快"。茅盾1945年以后的文章可以与他在回忆中的说法相互印证，从1946年他发表的系列演讲中被淡化的"市民阶级"、对工农的强调以及连续发表的对《吕梁英雄传》和《李有才板话》的高度评价就可以明确茅盾所回忆的《讲话》给他内心造成巨大冲击的说法所言非虚。

第二个关键性事件是1945年的"寿茅"活动。"寿茅"活动把茅盾推到了"人民的光荣"的位置。《新华日报》重点报道了这一事件，记者王若飞在《中国文化界的光荣，中国知识分子的光荣》中指出："茅盾先生的创业事业，一直是联系着和反映着中国民族与中国人民大众的解放事业

① 胡乔木：《胡乔木回忆毛泽东》，北京：人民出版社，1994年，第60页。
② 茅盾：《学然后知不足》，《茅盾全集》（第26卷），北京：人民文学出版社，1996年，第406页。

的……他的《蚀》，反映了一九二五——二七年大革命前后中国知识分子在人民解放事业中的动态；他的《虹》，反映了五卅运动的侧面；他的《子夜》，反映了内战时期大都市的金融与民族工业的混乱。"① 这篇文章对茅盾思想中个人化的、比较怀疑和犹豫的部分进行了淡化处理，尤其是《蚀》这样比较悲观的文章在这里都被重新整合进了人民文艺代言人的思想体系中。这一活动意味着中国共产党将茅盾树立为新文艺、人民文艺的领导者，将茅盾与中华民族和人民大众联系起来，通过与茅盾的这种互相阐发强化了在文艺上的正统性。

　　至此，本文已经梳理了 20 世纪 40 年代茅盾文章中体现出来的 3 个矛盾点，即延安时期"市民文学"与"民间文学"冲突，茅盾与延安政治生态的偏差，离开延安后从"市民"到"人民"转变 3 个方面，并由此还原了茅盾 1940—1946 年间文艺上的立场、观点以及发生转变的原因。尽管茅盾短暂的延安经历看起来没有给他的思想带来太大的转变，但延安特殊的政治生态为我们在茅盾复杂多变的表述中把握他的真实想法提供了很好的视点，以此为参照系就可以发现他思想转变的大致时间节点和转变发生的契机，从而追踪到茅盾这一时期的思想轨迹。

---

　　① 王若飞：《中国文化界的光荣，中国知识分子的光荣》，《新华日报》，1945 年 6 月 24 日。

以"东亚视野"重读 20 世纪 30 年代的中韩小说

——巴金《家》、廉想涉《三代》、蔡万植《太平天下》之比较

金彬那丽

一、导论：20 世纪 30 年代中韩"家族史小说"和"东亚文学"的视野

巴金的《家》是一部长篇小说，以 20 世纪 30 年代的四川成都为背景，讲述了封建旧贵族家族的没落和新一代青年的斗争，以及他们怀抱的希望。它于 1931 年 4 月 18 日至 1932 年 5 月 22 日连载于上海《时报》，1933 年 5 月由开明书局首次出版成为单行本。韩国作家廉想涉的《三代》

（1931）是以 20 世纪 20 年代朝鲜的殖民地现实为背景，戏剧性地描写赵氏家族三代家族史和家内外发生的欲望矛盾的长篇小说。韩国作家蔡万植的《太平天下》（1940）是 1938 年 1 月至 9 月以《天下太平春》为题连载的长篇小说，1940 年由明星社、1948 年由同志社出版成为单行本。该小说描写了处于殖民统治下韩国人的弱点，描述了作为"亲日派"地主兼高利贷业者的主人公尹斗燮对财物、权力、名誉的欲望以及其整个家族的毁灭。《太平天下》与蔡万植前一年发表的长篇小说《浊流》一起，被评为他的巅峰之作，并成为 20 世纪 30 年代后期韩国小说的翘楚。这三部小说都是在 20 世纪三四十年代发表或创作的，都在时间的流逝中叙述着发生在传统大家庭成员身上的事件。韩国的文学研究者将这种形态的小说命名为"家族史小说（family novel 或 family saga）"。如果要更明确地分类的话，这种结构的小说可以属于流水般叙事接踵而至的"大河小说（roman fleuve）"，因为它跨越了一代人以上的时间，反映了一个家庭几代人经历的时代风浪和他们的性格变化。这种形态的小说也可以命名为"编年体形式小说"，因为它是按照年代顺序描写事件的叙事形式。在韩国，"家族史、编年体形式小说"在文学史上的意义是从日本帝国主义强占时期（1910—1945）末期开始讨论的，大家认为它是对共同体命运的标志性体现，也是当代社会整体反映。① 有趣的是，在政治、社会、经济、文化等领域发生剧变的 20 世纪初，中国和韩国的作家们都创作了描写传统家族及其历史的长篇小说。由于各个方面都具有相似性——两国时代状况和创作时期、报纸上连载的长篇小说的创作形式、以三代同堂传统家庭为中心叙述的故事结构等，在中国和韩国已经出现了很多《家》和《三代》的比较研究成果。现有研究成果主要在以封建秩序构成的大家庭为中心的"家族史小说"的框架下，以作品的相似性为基础进行比较，分析其中隐藏的差异，或试图掌握代表各代人的人物形象特征，并以此为基础分析作品中发生的矛盾及其解决过程所表现出的作家意图或思想指向。例如，在以

---

① ［韩］韩国文化艺术委员会：《100 年文学用语词典》，首尔：东亚细亚出版社，2008 年，第 173-174 页、第 545-546 页。

《中韩家族小说比较研究：以巴金〈家〉与廉想涉〈三代〉为中心》为题的研究下，崔英姬通过"家族史小说"，从文学的角度分析了"家庭"和"家族"、封建家长制的历史时代变化及其对中国和韩国知识分子心理的影响。① 另一个例子就是胡薇在韩国进行的研究，通过比较文学的方法研究《三代》、"无花果连作"与巴金的"激流三部曲"。② 对于这些以"家族史小说"为范畴的文本，胡薇从多角度分析作品和作者的共同点和差异点并导出结论：巴金的"二元对立"式世界观和廉想涉的"价值中立"式世界观在各自作品中可归结于"抵抗"和"和解"的各异的现实对应状态。此外，还有通过比较研究两部小说的主题思想观察中韩两国封建大家庭的解体和形态的论文、《家》与《三代》知识分子人物形象比较研究、以巴金和廉想涉、蔡万植和老舍的小说为中心进行的中韩现代家族史小说的比较研究，等等。③ 整体来说，已有的研究成果主要可分为以下 4 种：①以美国比较学派的立场（他们认为互相非影响、非接纳现象也可以比较）为前提而开展的研究；②同时代相似环境下中韩"家族史小说"作家创作世界观研究；③各代人之间的矛盾及其背后存在的价值观冲突研究；④封建大家庭没落叙事的历史意义和文学意义研究。其中，第二种研究最有价值，即从中韩两国的地理相近性、文化相似性、历史类似性等层面出发，分析中韩两国在近代化（现代化）过程中经历的外来侵略与对西方文化的接受以及在此急剧变化过程中必然出现的代沟乃至价值观矛盾等。如上所述，20 世纪 30 年代中国和韩国的"家族史小说"比较文学研究成果相当丰富。因此，本文之创新点在于重新塑造其比较的格局，也就是提出对"东亚文学"的新的分析角度，着眼于近代化过程中中韩两国的共同点和相似点，以"东亚"的视野重新审视作品。本文从中国文学史的脉络出发，结合"东亚文化圈"的思想、历史与文化脉络，通过"近代化""革命""殖

---

① ［韩］崔英姬：《中韩家族小说比较研究：以巴金〈家〉与廉想涉〈三代〉为中心》，长春：吉林大学博士论文，2011 年。

② 胡薇：《廉想涉、巴金家族史小说比较研究》，首尔：首尔大学博士论文，2009 年。

③ ［韩］姜鲸求：《中韩现代家族史小说比较研究——以廉想涉、巴金、蔡万植、老舍小说为中心》，《中国现代文学》，2001 年第 6 期。

民""资本"等关键词重新审视《家》《三代》《太平天下》等三部作品。

在韩国,"东亚论"可以说是在 20 世纪 80 年代将世界体制和分裂体制联系起来,试图突破民族文学论的界限而登场的。从崔元植《民族文学论的反思和前景》(1982) 开始的"东亚论"通过《后冷战时代与东亚视角的摸索》(1992) 具体化,随着白乐晴的"变革中立主义"和白永瑞的"复合国家论"等的分化发展,成为 20 世纪 90 年代的一种备选方案。①其历史背景可以概括为:①社会经济方面,社会主义阵营没落,冷战结束,韩国的政治经济发展,对周边地区的关注,因全球主义扩张而弱化的民族国家 (nation-state) 的作用等;②思想方面,韩国重视东亚经济增长的发展国家论(儒教资本主义论),因马克思主义的弱化而丧失的"进步阵营"的前景,西方后现代主义,20 世纪 90 年代对民族主义的批评论等。②"东亚论"在社会科学、人文学等领域被提及,但对其缺陷的指责也仍然存在。首先,东南亚地区因"东亚"这一地域划分而被疏远,这导致中国现代文学研究者鲜有亚洲或东亚文学的问题意识。不可否认的是,中、日、韩三国虽然在地理和历史上有接近的地方,但三国 20 世纪时的人文、社会、地理环境却有着显著的差异。本文考虑到"东亚论"的这种局限,探索了其人文学讨论支流"东亚文学"的概念及所具有的可能性,并以上述 3 部小说为例进行了研究。

在韩国,"东亚文学"一词在林荧泽和崔元植编著的《转型期的东亚文学》(首尔:创作和批评出版社,1985) 中首次被提出。该书讲述了中国、日本、韩国近代化过程并试图对三国文学进行综合研究。虽然该书是为增进人们"对东亚世界的主体认识和有机理解"而出版,但学界对这本书的关注并不多。然而,该书基于"要想克服分裂体制韩半岛的分歧,必须解决内部课题,同时对东亚地区具有主体认识和有机理解的结合"的理解引起了部分学者的共鸣。这种观点的提出引发了学者们"确立东亚视角"的问题意识,这既是从新的角度看待韩国文学,也是对以西方文学为

---

① [韩] 曹成明:《数字媒体与东亚论的扩张:以文学论批评中的文化批评为中心》,《韩国学研究》,2011 年第 6 期,第 465-490 页。

② [韩] 林春城:《东亚细亚文学论的批判探讨》,《中国语文学》,2002 年第 6 期。

中心的世界文学史的反思。1993年，由韩国民族文学史研究所主办的座谈会"韩国文学研究与东亚文学"对"包括中、日、韩文学的'东亚文学'概念成立的前提"进行了讨论。通过这次讨论，文学研究者关注三国在近代化过程中出现的共同点和相似点，探索超越一国视野的比较观点，提倡连带和合作。此后，关于"东亚文学"的讨论一直持续至今。其主要脉络有：①东亚文学史论；②从比较文学开始的东亚文学基本结构研究；③从20世纪80年代末开始的中韩文学史的同异研究："同步"和"隔位"的对比研究倾向；等等。考虑到中国文学界正试图超越传统的文学史叙述格局、重写文学史，笔者认为，"东亚文学论"可以为文学史的重构提供新的视野。

二、"东亚文学"视野中的《家》《三代》和《太平天下》

（一）近代化的转折期

对于中韩两国来说，20世纪初是剧变和混乱的时代。20世纪30年代的中国社会正处于分裂、内战以及西方资本主义掠夺中国市场的剧变时期。① 20世纪30年代中国政治、经济、社会发生的种种，不仅造成了城乡物质情况的急剧变化，而且引发了同时代中国人（包括知识分子、民族资本家、工人和农民）思想和心理的巨大转变。在这样的背景下，文学作品跳出了沉溺于个人生活的思维方式，具有了对社会性格、出路和发展方向进行探究的宏观思维，也出现了对社会和人生都接受的倾向。20世纪30年代的中国社会并不是"封建对反封建"分歧和矛盾的二元对立结构的世界。在近代化过程中，政治混乱、军阀混战、外来势力的侵略等社会现实是复杂的多元结构，在这种现实背景下，同时代的作家们坚持广泛而

---

① ［韩］林宰范：《20世纪30年代中国长篇小说发展和类型研究》，《中国现代文学》，2004年第3期，第165—214页。

深刻的现实意识，通过长篇小说的形式描绘了混乱的社会现实。① 革命文学论争发生（20 世纪 30 年代）到抗日战争全面爆发（1937）的 10 年间是中国现代文学史上优秀作品产出最多的时期。这一时期的小说，特别是长篇小说，数量和质量都很可观，具有较高的水平、多样性和文学深度。这一时期的作品在展现长篇小说特有的形式和趣味的同时，也展现了对同时代社会现实的广泛接受和表现。20 世纪 30 年代，中国文坛出现了以中国左翼作家联盟为中心的多个理念性文学社团，对文学发展方向展开了激烈的争论，最终出现了多种作家群体和文艺刊物。其中中国左翼作家联盟为文艺发展，特别是长篇小说的发展做出了许多贡献。钱理群等人认为，这一时期无产阶级文学和民主主义、自由主义文学的发展和变化构成了20 世纪 30 年代中国现代文学发展的两个基础，也认为当时文艺社团之间展开的有关文艺思想的斗争和文学创作上的相互竞争促进了 20 世纪 30 年代现代文学的发展。②

　　20 世纪 30 年代，正值韩国被日本帝国主义强占时期，这一时期的韩国经历了很大的考验。1910 年 8 月 22 日，大韩帝国与日本帝国签订不平等条约（《韩日合并条约》），标志着大韩帝国的灭亡。由此，日本正式吞并了朝鲜半岛，开始进行长达 36 年的殖民统治。这段时期，韩国文坛由于各种色彩和声音混杂，具有无法确定主流的特征。20 世纪 20 年代初风靡韩国文坛的是一种浪漫和颓废的倾向，20 世纪 20 年代中期以后，韩国文坛出现无产阶级文学和国民文学尖锐对立的情况。与 20 世纪 20 年代相比，20 世纪 30 年代的韩国文坛没有任何能作为主导的潮流。这一时期是日本殖民统治方式从"文化统治"过渡到"总动员体制"，并且对殖民地朝鲜的殖民主义控制在政治、经济、社会、文化等方面全面加强的时期。虽然文学生产的诸般状况持续趋于恶化，但是在整个殖民统治时期中，在

---

① ［韩］林宰范：《20 世纪 30 年代中国长篇小说发展和类型研究》，《中国现代文学》，2004年第 3 期，第 165—214 页。

② ［韩］林宰范：《20 世纪 30 年代中国长篇小说发展和类型研究》，《中国现代文学》，2004年第 3 期，第 165—214 页。

20 世纪 30 年代取得了比任何时期都多的文学成果。① 日本帝国主义继 1931 年九一八事变之后，1937 年又发动了全面侵华战争，加强了对殖民地的文化镇压，作家们对这些现实做出了应对。面对 20 世纪 20 年代后期盛行的无产阶级文学的反拨、法西斯主义抬头及日本侵华战争的爆发导致韩国作家群体的不安意识高涨，20 世纪 30 年代的韩国文学迎来了巨大的转折点，在这一时期，各色各样的小说相继发表。小说的发展与文学理论及批评的发展并驾齐驱，作家们尝试了包括现实主义和现代主义在内的多种试验，因此当时发表的小说类型也非常丰富，如历史小说、家族史小说、编年体小说、劳动小说、农民小说、讽刺小说，等等。

如上所述，20 世纪 30 年代中韩两国都经历了急剧、复杂和全面的社会变化，处于历史考验和混沌之中。在《家》《三代》和《太平天下》中，这种变化与混沌的时代状态在具有不同价值观的各代人物之间的矛盾和分歧以及冲突与斗争的叙事中体现出来。1931 年发表的《家》的时代背景是 1919—1921 年，在这一重要历史时期，受五四新文化运动的影响，反封建、反帝国主义的新思想和时代精神的"激流"席卷中国。在《家》中，高家是封建大家庭，老一代人有 20 多名，新一代人有 30 多名，男仆女仆有 40~50 名。小说中描写了封建军阀的混战、顽固的封建礼教的守护者、贪婪的地主、被妒忌的地主的妻子等人物形象。新思想的浪潮涌进这个传统大家庭中，引起各种形式的反抗，这种反抗的次要目的是活得像个人。学生们为抵抗军阀的横行霸道而进行游行，年轻的女仆为了摆脱被卖给老地主做妾的困境和维护自己纯洁的爱情而自杀，青年对抗封建礼教制度和追求婚姻的自由，年轻的学生们梦想着为新的世界献身，女学生们为了摆脱对女性的压迫而斗争。其中最明显的分歧和矛盾发生在具有传统价值观的第一代和第二代、第三代之间。其中第一代主要是高家的最高统治者、一家之主——高老太爷，第二代主要是"克字辈"叔父们，第三代主要是高觉新、高觉民、高觉慧等，他们都是《家》的中心人物。高老太

---

① ［韩］金秉国：《20 世纪 30 年代现实主义长篇小说的殖民性研究》，首尔：西江大学博士论文，2000 年。

爷、"克字辈"叔父们是传统大家庭中具有权威的长辈，他们都是封建礼教制度的守护者。而第三代中，高觉民和高觉慧受到五四新文化运动的影响，决心对抗封建礼教制度，追求自由恋爱和婚姻，试图消灭封建礼教制度守护者祖父和叔父们的权威。高觉民和高觉慧亦认识到自己意识软弱、知识不足，经过不断讨论和探索，他们逐渐克服自己的软弱，走向成熟。最终，高氏大家庭在内部分裂和新生力量的冲击下走向没落。就这样，《家》以封建制度与思想以及与之对抗的新思想之间的冲突的格局展开。

《三代》以 20 世纪 20 年代京城（现改名为首尔）中区水下洞的万石富户赵家为背景。这部小说通过赵氏家族三代家族史和人物群像，揭示了殖民地体制下一个家族的没落过程及其成员的意识结构之间的对立和共存，描述了当时青年的苦恼。《家》主要描写的是在时代的巨大转折点旧体制与新体制之间的矛盾与对立，阐释旧体制没落的正当性。而《三代》则通过对各代代表人物意识和心理的详细描述，具体叙述各代人的价值观及其形成背景，并分析由此而产生的代际矛盾。《三代》中共存的三代人物各有各的问题，具体概括如下：第一代代表人物赵医官不能抛弃封建礼教的陋习、价值观和虚文浮礼。第二代代表人物赵尚勋是一个"过渡性的"人，他信奉从西方传入的基督教，通过教会活动开展教育和社会运动，但却把自己赞助的运动家之女洪敬爱当作妾，并沉迷于赌博。第三代代表人物赵德基夹在祖父和父亲之间，既要守护家里的财产，又要帮助需要帮助的人。他对马克思列宁主义者、朋友金炳华的活动表示认同，但不积极参与社会运动。他想学习法律，当一名法官或律师。祖父赵医官去世后，围绕财产继承而产生的矛盾开始。在《三代》中，廉想涉刻画了争夺财产的周边人物的贪欲和丑恶，同时对老一代逆时代潮流的生活提出了批评，向以赵德基和金炳华为代表的新一代投影那个时代的历史性和社会性。各代人之间的对立、纠纷和冲突类似《家》，但在《三代》中，冲突和分歧不会成为赋予某一代人没落的正当性的结论。在日本帝国主义强占时期，廉想涉当过记者，亲身经历过殖民现实。比起寄希望于新一代，他更专注于批判性地观察和总体描写当代社会的人类群体和社会现实。

《太平天下》主要从既是地主又通过高利贷和房地产投机积累财富的

主人公尹职员的视角来叙述。小说中，叙述者用口语形式叙述了守财奴尹职员的行为和心理，该叙述方式类似韩国传统民俗乐之一、也是一种口传文学的"板索里（Pansori epic chant）"的叙事方式。这部小说以尹职员为中心，以其身边各种人物为点缀，呈现出一种家族史小说的形式。《太平天下》的主人公是第一代人物，在《家》和《三代》中都是负面刻画的旧世代的中心人物。《太平天下》与《家》和《三代》不同的一点是，代沟和价值观之间的矛盾没有被明确地表现出来。虽然直接冲突和争吵场面描写得比较少，但世代间的矛盾和对立依然存在。尹职员的儿子、第二代尹昌植因赌博荡尽父亲的财产，第三代孙子尹钟秀利用祖父的假印章盗用了家产。即便如此，作家也没有单纯地嘲笑或指责这些人物，而是在更广阔的历史脉络中展示他们，生动地描写当时的时代面貌和文物。读者通过这些描述可以观察到日本帝国主义统治下资本主义的面貌、新旧两代之间的矛盾以及亲日派地主的出现等，正是在此点上，《太平天下》以独立的方式揭露了混浊的现实中的矛盾。最终，读者"理解"了尹职员及其家人和他们生活的时代，这并不意味着读者与他们进行了和解或对他们产生了好感。这种"理解"是人们对对象认识所能带来的反思的最大值，这一点体现出作为现实文学作品的《太平天下》的价值。就是说，《太平天下》没有直接描述代沟矛盾和价值观冲突，而是通过总体观察和对其的讽刺，描绘了当时急剧变化的社会和黑暗的现实。

（二）"革命"和"殖民"的问题

正如前面提到的，三部小说的创作背景都是国家因遭受激烈的外部冲击和内部分裂而面临转折。该时期东亚地区涌动的新价值观和思想浪潮，催生了对变革的渴望，也促成了对现实的反思和批评。这种愿望和省察贯穿于当时的文学作品中，如《家》的关键词"革命"，《三代》和《太平天下》中描写的"殖民地"现实叙事等。

"革命"是《家》最重要的关键词，作家对革命的渴望和期待，通过高觉慧的苦恼和决断来叙述。在《家》中，封建与反封建二元对立的格局表达了作家巴金对革命的期待和热望，这是作家精神的反映，表现出作家坚持五四新文化运动触发的"革命"思想的愿望。也就是说，巴金通过这部作品排他的黑白对立格局，更明显地暴露出封建家庭体制的弊端，引导人们把它作为应该革命的对象。旧体制的弊端通过牺牲的女性人物加以强调，并根据愤怒和发起抵抗的第三代青年高觉慧的感情和行动进行解说。在巴金的《家》里，"家"是革命斗争的战场。大体上，在"封建对反封建"的框架内，群体和个人问题、身份与平等问题、男性与女性问题、婚姻与恋爱问题、压抑与自由等问题尖锐对立。虽然《家》里出现的人物很多，但他们的"阵营"比较明显。如此明显的二元对立格局，在《家》中对两代人不同生活方式的描述中也清晰可见。在《家》中，高老太爷被刻画成固守老一辈传统价值观，逐渐没落的高家的象征。克定、克安、冯乐山等第二代是没落阶级的化身，被刻画成充满虚伪和私利的利己主义者。以高觉慧、高觉民为代表的新一代渴望自由、幸福和知识，他们从个人需求出发，依靠共同理想来连带，为大多数人享受幸福生活的世界而奋斗。值得一提的是，《家》中的几位女性人物被描绘成一种"牺牲者"，她们由于封建专制家庭制度而遭遇不幸。象征着老一代没落的高老太爷的去世在《家》中成为小说故事的转折点，而女性人物的死亡则明显地暴露出她们是在旧制度下被牺牲的存在。梦想与高觉慧相爱的鸣凤、明知旧制度给自己带来的不幸却随心所欲的梅，都遭遇了死亡。这与《三代》中女性人物在受礼制或旧习束缚的情况下，宁可堕落也不愿被打死的情况形成了鲜明的对比。在个人自由、爱情和合理理性不允许的封建礼教的约束和压迫下，鸣凤、梅、瑞珏分别迎来死亡。高觉慧因此大受挫折和折磨，但他在《家》的结尾"离家出走"，表达了其对革命的希望，透露其对革命的热情和不折不扣的坚强意志。这暴露了封建一代的罪恶，赞扬了青年一代对此的反抗、自我牺牲精神和对自由的追求，而揭示了由封建社会向民主社会的转折点的五四新文化运动的历史意义。

与此相反，《三代》的赵德基并没有像觉慧那样"离家出走"。他以理解和认同的"同情者（sympathizer）"姿态包容了失败的父辈赵尚勋和作为马克思列宁主义者的朋友金炳华，但这些并没有在小说的结尾以任何有意义的决断或行动出现。他只是在小说的结尾部分"痛感"了作为富人对受苦受难的穷人的责任。廉想涉的小说虽然非常细致地表现出了个人的内心意识，但也被人批评为"停留在个人领域的局限性"。这种"犹豫""不行动"表现出在高压殖民统治和审查加剧时期的朝鲜知识分子对"民族解放"课题的苦恼和对暗淡的现实的无奈。

蔡万植的《太平天下》想以另一种方式突破这种殖民现实。他以被否定的人物尹职员为中心，自由地叙述人物的感情、想法和行动，生动地描写了主人公和周边人物怀着怎样的欲望，如何堕落，以及尹职员的家族最终是如何没落的。就像在欧洲资本主义发展史和市民革命过程中的资产阶级一样，朝鲜末期的平民富农阶级可以成为反封建斗争的主导势力，起到打开近代社会的历史作用。但是殖民主义从根本上剥夺了平民富农阶级完成自己历史职责的机会，只是为他们提供了部分"胡萝卜"，"近代私有财产制度的确立——平民富农阶级政治斗争理由之一"，使他们同意殖民主义。蔡万植用简短但有效的描写，浓缩了尹职员这一亲日派地主的"太平天下观（尹职员相信，殖民统治下的朝鲜是太平天下）"形成的历史过程。亲日派地主尹职员的致富之路是以"为了殖民地剥削和掠夺畸形发展的殖民资本主义"为基础的。但是他的世界却因他一心期待将来可以成为警察署长的孙子尹钟学在日本留学时因思想问题被捕的电报而崩溃。这也可以看作是对亲日派地主的定罪，因此比起采取中立立场的《三代》，作家的批判目光更加明显。只是在这里也没有提出新的希望或解决方案。社会主义者尹钟学虽然从未出现在小说中，但他是唯一在《太平天下》中被暗示没有堕落的人物。从小说结尾部分接到他被捕的电报，可以看作是对当代更加黑暗的现实的反映。

总而言之，《家》里的"家"被描写成革命斗争的对象、"出家"的对象、必须打倒的对象，而《三代》里的"家"是被中心人物的赵德基继承的对象。赵德基不仅继承了装有祖父赵议官财产的金库钥匙，而且还继承了祠堂的钥匙。这种继承从赵德基在祖父葬礼上实际上担任丧主并迎接吊唁客的形象中更加具体地体现出来。当然，赵德基并没有表现出想要继承已成为旧时代遗物的祖父遗志的姿态。他对没落的祖父和堕落的父亲感到反感，但仍努力在一定程度上与他们妥协。但这不能看作是跟《家》中的高觉新一样的态度。高觉新接受封建礼教给自己卸下的不当的责任，放弃自己的自由和希望，并因此受到挫折。而赵德基是在日本留学途中回家，从濒临死亡的祖父手里继承了祠堂和金库的钥匙，成为实际上的丧主，主持祖父的葬礼。赵德基的父亲赵相勋试图霸占赵德基所继承的遗产，但被发现并接受警方的调查，而赵德基始终没有告发自己的父亲。一方面，赵德基想要帮助马克思列宁主义者金炳华，也想帮助失去社会主义者运动家父亲的必顺。如果说高觉慧的"出家"是"五四"所提倡的作为"个体"的生活之开始，那么赵德基的"继承"则是正好相反的。在《三代》的最后一部分，赵德基生发了富有者对贫困受难者的"责任感"。另一方面，在《太平天下》中，尹职员及周边人物的堕落都以对现实的猛烈讽刺方式表现出来。虽然它并不是以积极的改革和革命的意志前进的，但通过《太平天下》的结局，可以看出作者对现实的冷静认识和严密观察。

（三）"资本"：殖民地朝鲜的经济体制

20 世纪初，东亚各国都经历了巨大的社会变化。其中经济体制的变化在《三代》和《太平天下》中比在《家》中要叙述得详细。《三代》和《太平天下》详细描写了 20 世纪 30 年代京城（现改名为首尔）的社会和经济情况，由此赤裸裸地展现了当时殖民地朝鲜的经济体制及其弊端。经比较，《家》《三代》以及《太平天下》在以下三个方面有着相似的故事结构：①描写三代（或以上）家族史和传统大家族的衰落；②在作为主要背景的传统家庭里，各代人物有各自的类型特征；③与整个社会的巨大变化和外来侵略等不稳定的时代状况相吻合，家庭成员之间产生矛盾和对立，最终都导致了老一代的死亡和传统家庭体制没落。但从某些方面来看，《家》与《三代》《太平天下》两篇韩国小说呈现出比较鲜明的差异，其中最为明显的是对"（殖民地）资本主义体制"的描写和批判。首先，《家》的时代背景与《三代》《太平天下》的时代背景之间有着十几年的时间差。《家》以五四新文化运动爆发后的四川成都地区为背景。而《三代》《太平天下》的时代背景是 20 世纪 30 年代的京城。在韩国，这一时期是 1919年"三一运动"爆发及失败后日本殖民统治更加强化的时期。从九一八事变开始，日本帝国主义在建设所谓的"大东亚共荣圈"的名义下正式侵略东北亚和东南亚等地区。随着军需物资需求剧增，日本帝国主义把朝鲜半岛变成战争物资供给的后勤基地，从这里把大部分工业产品和粮食送到战场。然而，由于朝鲜半岛的物资严重不足，战局渐渐不利于日军。战争长期化后，影响日本本土和殖民地朝鲜半岛的政治、社会稳定的不安因素也随之增加。日本帝国主义为了彻底阻止有可能再次发生的独立运动，以"皇国新民化政策"的名义致力于抹杀朝鲜半岛人民的民族认同感。作为《三代》和《太平天下》时代背景的 20 世纪 30 年代的朝鲜京城，已被日本帝国主义身份制度解体了，最后，"钱"的问题成为很重要的话题，成为所有人物欲望的终点。从《三代》和《太平天下》这两部作品的细节描述中可以看出，当时朝鲜京城的经济活动十分具体，足以成为研究当代社会经济史的宝贵资料。此外，到了这个时期，"金权"已经取代"身份"成为划分阶级的主要因素。也可以说，在《三代》和《太平天下》的时代背景里，虽然存在封建专制家庭的框架，但身份制度已经通过殖民统治"移植"的现代化解体了。比如，必顺对赵德基有距离感的主要原因是赵德基比自己富裕很多。《三代》和《太平天下》两部作品中的封建家庭成员和在他们家工作的仆人的关系，比起传统的主仆关系，更接近于雇主和受雇者的关系。这与《家》中隶属于主人的仆人形象，如爱上高觉慧的鸣凤形成鲜明对比（鸣凤因身份低微而无法想象与高觉慧在一起的未来）。另一个例子是《家》中众人对新年的龙灯游戏的态度。高觉慧对以金钱为代价给别人带来身体上的痛苦而快乐的叔父们持批评态度，这其实是新一代人道主义者对不把人当人的封建专制家庭的批判。此外，《三代》《太平天下》中人物之间发生矛盾主要契机是"金钱"与"遗产"，而不是对旧制度的抵抗。

在《家》《三代》《太平天下》这三部作品中，对当代社会经济现实的细致描写最为突出的是《太平天下》。通过蔡万植的叙述，读者可以一目了然地看到亲日派地主的出现背景及其历史脉络，也能真实地感受到亲日派地主物质生活丰饶但道德堕落的情况。这部小说生动描写了 20 世纪 30 年代朝鲜京城的日常风景，读者在阅读这部小说时可以了解到多种风俗史资料，如当时京城的交通费、板索里演出场的门票价格、尹家详细的金钱出纳情况等。在这些叙述中，作者敏锐地描绘了当代资本主义日常时空的矛盾。蔡万植小说的最大成就是对殖民地资本主义负面情况的真实描写。《太平天下》中，读者在了解这种负面情况的同时，可以通过尹职员一家的财产的出纳过程自然预测到其没落的结局。蔡万植之所以对资本主义体制表现出敌意，是因为这一体制无限地助长了人类潜在的利己欲望。因此，蔡万植小说中出现的大部分人物都是被资本主义煽动而无限放大欲望最终却无可奈何地成为"奴隶"的人物。这种欲望不仅涉及金钱和物质，也包括肉体欲望，包括人类的一切欲望。他的小说中出现的知识分子，例如尹职员的孙子尹钟学，都是为了抵抗资本主义体制的否定性而勉强支撑的"精神存在"。但是这种抵抗总是被描绘得很艰难，甚至无力。蔡万植虽然深切关注社会主义思想，但在小说中并没有把社会主义者描述得很积极，这一点从尹钟学被暗示为个社会主义者可以看出，也就是说，蔡万植在突出描写和否定殖民地资本主义的弊端的同时，在小说中没能成功地提出克服资本主义体制的方案或致力于推翻资本主义体制的人物。因此，可以说，蔡万植在小说中未能推动历史变化理念的升华。

三、结论："东亚文学"框架的有效性和可能性

总而言之，比较研究巴金的《家》、廉想涉的《三代》和蔡万植的《太平天下》后，笔者得到的启示是，在"转型期的东亚文学"这个更大的框架下进行比较研究，可以提供一个新的分析角度。三篇小说都是在近代化巨浪中的同一时期创作的。20世纪30年代的中国社会经历了分裂、内战、西方资本主义侵占等巨变，这个时代也是中国现代文学史上优秀作品最多的时期。尤其是中、长篇小说容纳了广阔的社会和历史，取得了令人瞩目的成就。20世纪30年代到1945年的韩国文坛虽然出现了浪漫和颓废潮流、无产阶级文学、国民文学等各种倾向和思潮，但主流难以把握。这一时期，日本帝国主义加强了对殖民地朝鲜半岛文化的全面镇压。当时的作家们以自己的方式应对了这样的现实，发表了各色各样的小说。

在这个时期，由于遭到侵略，两国开始认识到自己是"东亚"国家，试图解决传统文化和外来文化之间的冲突。在形式方面，三篇小说具有类似性，都是随时间的推移而叙述几代人同居的传统家庭的历史。此外，三篇小说的主要人物都在经历时代剧变和国难，在传统价值的没落和新价值观的出现中思考自己的历史位置并采取行动：①《家》中的高觉慧有对"革命"和"出家"的渴望；②《三代》的赵德奇在传统价值信奉者祖父和作为马克思列宁主义者的朋友金炳华之间担任"支持者"（sympathizer）的角色；③《太平天下》的守财奴尹职员担任了愤怒于封建制度的剥削并积极迎合殖民地资本主义制度的角色。同时，这三部作品在结构细节、世界观和结局上也呈现出不同。《家》中描述的封建与反封建二元对立的格局表达了巴金对"革命"的期待和热望。这是对巴金精神的反映——他想坚持五四新文化运动触发的"革命"思想。就是说，巴金通过这部作品排他的黑白对立格局，更明显地暴露出封建家庭体制的弊端，把它作为革命的对象。这也表现出巴金对新时代的期望和作为一名青年对革命的乐观态度。而在廉想涉的《三代》和蔡万植的《太平天下》中，虽然存在封建专制家庭的框架，但身份制度通过殖民统治"移植"的现代化已经被解体了。因殖民地资本主义而产生的畸形经济结构弊端和资本主义社会本身的问题更加明显地暴露出来。《三世》《太平天下》两部韩国小说的结尾描述了当时的知识分子面临"民族解放"和"社会变革"两个并存的问题时感到的挫败和困惑。廉想涉处于民族主义和社会主义两个阵营之间，虽然他对双方都有产生认同感的地方，但他一直坚持了"价值中立立场"。他认为，对于社会弊端的变革，社会主义比民族主义更有效，但他也与社会主义保持了一定的距离。蔡万植虽然不属于社会主义系列作家，但他对当代人们的生活中"有关物质"部分的描写比社会主义系列作家还要细致。廉想涉和蔡万植围绕 20 世纪 30 年代殖民统治和资本主义的复杂现实状况，通过《三代》和《太平天下》中苦恼、挫折、彷徨的人物形象，表现出了当代知识分子的困惑。另外，这两部作品之所以不能像《家》一样激烈批判当代否定的现实问题，是因为受到日本帝国主义的审查和镇压等残酷的现实制约。这三部小说虽然相似，但仔细观察就会发现三者之间的明显差异。这些类似的作品通过细节表现出明显的不同点，这是因为当时中韩两国社会现实既存在相似之处，又存在差异。

三篇小说中相似的人物形象说明：尽管各国或各地区的情况不同（如革命、殖民、资本主义等），但在现代化的巨大历史潮流中生活、成长的个人是具有一定相似性的。本文通过比较三篇作品得到了启示：从各个国家和地区的特殊脉络出发，从更广更普遍的角度重新审视文学作品，可以得到一些新的收获。近20年来学界讨论的"东亚"认同感，可以说是在从近代向现代过渡这一不可回避的历史转折点前，在"西方"这个"他者"的出现和压迫下形成的问题意识。中国和韩国在几乎同一时代经历了相似且急剧的社会历史拐点，也共同经历了传统文化和西方文明的冲突。考虑到此历史脉络，从"东亚视野"研究两国文学作品可以让我们摆脱以本国为中心的文学史脉络和批评视野，开创一个在世界史的位置上重新展示各国文学作品和文学史的新局面。值得注意的是，这种尝试不是要回归本国中心主义，也不是要在新的"霸权"下整合各地区的文学，而是以分析更加多样的文学作品的脉络和历史意义为目标的一种研究方法。

20世纪30年代定县文艺实践中的"趣味"

李　扬

　　20世纪30年代定县平教会文艺骨干们的诸多文艺实践中，执牛耳者当属熊佛西。但不容忽视的是，该场域的主要活动者也在同一时期制造着其他迥异的文艺形态，流露出知识分子的"趣味"。在同一文学场域内，"可读"的文学与视听的戏剧艺术相比，目标受众的定位虽不尽相同，却都以某种以引发审美愉悦的"趣味"为中心，构成了一种微妙的关系。一方面，调和之下的"趣味"模糊着新旧、雅俗的边界①；另一方面，平教会同人在文艺大众化的主张与实践层面之间也形成了难以弥合的裂隙，知识分子的"趣味"被他们有意排除在平民文学部的计划步骤之外，二者各

---

　　① 参见刘川鄂：《雅俗夹缝中的另类启蒙——20世纪30年代定县农民戏剧实验》，《文学评论》2013年第4期，第74—80页；江棘：《"新""旧"文艺之间的转换轨辙——定县秧歌辑选工作与农民戏剧实验关系考论》，《中国现代文学研究丛刊》，2018年第12期，第172—192页。

自为政，加剧着"我们"与"他们"之间分化的局面。①

法国社会学家布尔迪厄对"趣味"有着相当精彩的论述，但是，在定县的文艺实践中，"趣味"不仅指涉社会学意义上的阶级属性及其背后的再生产过程②，更非一成不变的美学概念。陈寅恪有诗云"审音知政关兴废"③，在定县，"趣味"的旋律盘旋在秧歌、农民剧与知识分子自我弹唱的心曲等诸类声音中，这意味着它充分地敞开，辐射与之相关的喜剧、幽默、讽刺、戏谑等审美形态、传统戏曲形式，更有关"笑"的发生原理以及知识分子的情感认知结构。具体而言，本文力图回答的问题在于，"趣味"及其背后的情感反应在勾连民间传统文化形态、现代知识分子"到民间去"的理想冲动以及国民党的基层政权建设上，究竟扮演了什么角色？若将 20 世纪 30 年代定县文艺实践中"趣味"的生成机制以至思想资源纳入考察范围，或许可以从"趣味"的驳杂面相中打捞其在此空间内的结构性作用，并进一步反思知识分子在这场文艺大众化实践中所遭遇的困境与缘由。

一、"国民"本位与喜剧的变调

1932 年元旦，熊佛西与他的团队踟蹰再三后，终于接受了晏阳初和孙伏园等人的邀请来到定县，农民戏剧实验从此由纸上的鼓吹变为"在地"式的施展。4 年后，熊佛西将《戏剧大众化之实验》一书视作"研究实验的经过与得失"的总结，"实验"二字既点出其中的科学意义、尝试精神，也透露了创作团队的个中甘苦。这本书是对"戏剧大众化"理论的全面阐发，其中一组细节作为其宏论的佐证材料，常常不为人所察：熊佛西以自己创作的剧本为例，讨论了剧本的生成与修改问题。还原文本的创

---

① 关于"我们""他们"的论述，参见罗志田：《文学革命的社会功能与社会反响》，《道出于二：过渡时代的新旧之争》，北京：北京师范大学出版社，2014 年，第 136 页。

② 参见［法］皮埃尔·布尔迪厄：《区分——判断力的社会批判》，刘晖译，北京：商务印书馆，2015 年。

③ 陈寅恪：《歌舞》，《诗集》，北京：生活·读书·新知三联书店，2001 年，第 69 页。

作过程，对熊佛西而言既是对个人经验的整合，更强化着这种创作背后的某种声音与论调。实际上，熊佛西涂抹和修改稿件的过程也是其思想逐渐回到"正轨"的过程，而不惜笔墨地还原这种自我修正看似饶舌，却也努力弥合了昔我与今我之间的裂隙。

在讨论戏剧的结尾问题时，熊佛西以《屠户》《逼上梁山》《过渡》3个剧本为例，指出了创作者的"顾忌"："在剧本的创作上，结尾是一个相当困难的问题。我们说它困难，非指技巧上的困难，乃是因时代思想紊乱而引起的内容困难。我们只能领导农民向上，不能超过向上的范围，因而必然的会有多少顾忌。"① 这一段缠绕的说辞最终落在了"向上"一词上。"向上"是定县农民戏剧实验中的旗帜性概念，指以剧作"向上的意识"②救正农民颓废、散漫的社会生活观念，从而达到"完美的人格的极峰"③。诚如作者所言，"向上"在具体的戏剧文本中最直观地表现为结尾的"向上"，几经修改的剧本最终都落在了由政府出面解决问题的结尾上来，当然也构成了剧作被诟病的主要原因。《屠户》中的恶霸孔大爷激起民愤后，被移交政府处理；《逼上梁山》中的王四被逼为匪后，被移交政府法庭公审；《过渡》的结尾部分也突出了政府惩恶扬善的贤明……在熊佛西的自我陈述中，此类模式化的结尾并非一蹴而就，而是戏剧性本身让位于戏剧社会功能的结果。譬如《逼上梁山》原来仅有3幕，其结尾是：

当王四被警察逮走时，王四狂喊：
——天知道呀！只有天知道谁是杀人放火的土匪呀！只有天知道谁是杀人放火的土匪呀！只有……天……天……天知……天知道呀……

---

① 熊佛西：《戏剧大众化之实验》，本书编委会：《熊佛西戏剧文集》（下），上海：上海文艺出版社，2000年，第728页。
② 熊佛西：《中国戏剧运动的新途径》，《民间》，1935年第16期，第7—9页。
③ 熊佛西：《戏剧大众化之实验》，本书编委会：《熊佛西戏剧文集》（下），上海：上海文艺出版社，2000年，第704页。

　　"先是愤慨不平的呼冤，继（而）是惨苦凄怨的呼救，最后是狂烈的反抗。我们觉得这样的结尾，从戏剧剧艺立场看，是极有力量的，因为王四既不愿为匪，而社会国家又不让他做一个安分守己的庄稼人。这是极富戏剧性的情调。"[①] 但社会功能不允许被这样设置，"有误引农民为匪的嫌疑"，于是加了一个第四幕，即县政府法庭公审。作者这一"戴着镣铐跳舞"的修改行为给整出戏接续了一个"向上"的"喜剧"之尾，直接导致了该剧由悲转喜的变调。尽管熊佛西等人一再声称他们在与政治保持距离，但是上述修改无疑旨在缓释底层民众与基层政权之间的矛盾，在赋予农民社会生活"向上"的动力之下，揭橥了剧作家"革命先革心"[②] 的考量，其最终目的则是养成一种"向上"的"崇敬"目光，养成一种"驯服"的民众。熊佛西倡导的"戏剧制度"颇能体现戏剧之教化功能与政治的关系，他在此时重提"把戏剧看成消遣品的时代早已过去了"，目的是强调戏剧的意义应落实到"教育民众，训练民众"上。从构建民族国家的角度上看，这里的"教育"既包括现代教育的启蒙内涵，也转圜到了古典戏曲的"教化"功能上来。[③] 无独有偶，孙伏园在定县工作期间，参与了"中国本位的文化建设"讨论，既不同于萨孟武、陶希圣等人将中西文化折中化的做法[④]，也不同于胡适的"新旧文化冲突"观[⑤]，而将自己的重心放在"国家"建设而非"文化"上。[⑥] 众所周知，"国家本位"构成了平教会与政府合作的基础，也是熊佛西"压力"的主要来源。1927 年 4 月南京国民政府成立之后，如何在精神层面增强国家的凝聚力成为国民党

---

　　① 熊佛西：《戏剧大众化之实验》，本书编委会：《熊佛西戏剧文集》（下），上海：上海文艺出版社，2000 年，第 729 页。

　　② 熊佛西：《戏剧大众化之实验》，本书编委会：《熊佛西戏剧文集》（下），上海：上海文艺出版社，2000 年，第 682 页。

　　③ 熊佛西：《定县农村戏剧的现在与将来——写在〈龙王渠〉演出之后》，《民间》，1937 年第 20 期，第 1—3 页。

　　④ 参见胡适：《试评所谓"中国本位的文化建设"》，《独立评论》第 145 号，1935 年 4 月 7 日。

　　⑤ 胡适说，旧中国的惰性很深了，文化的发展而应该向前看，世界文化与旧文化自由接触、自由切磋而来的文化结晶便是中国本位文化。（胡适：《试评所谓"中国本位的文化建设"》，《独立评论》第 145 号，1935 年 4 月 7 日）

　　⑥ 孙伏园：《论中国本位的文化》，《民间》，1936 年第 5 期，第 1—3 页。

念兹在兹的问题。按照李怀印的说法，乡村重组牵涉了两个截然不同却密不可分的目标，一是打破历代"皇权不下县"的治理困境，把权力不断下渗到基层乡民之中，以此培育现代国民；二是给乡民灌输民族国家观念，"通过这个过程，期望把'一盘散沙'的国度变成一个统一的社会，并由此确立它在公民中的合法性"。① 随着国民政府开始支持与参与县政建设，平教会在 1932 年第二次全国内政会议召开前后放弃了以纯学术的身份推行乡建，进入了"政教合一"的阶段。②

其实，造成熊佛西等人"压力"的根本原因在于，在政治力量之下，"国家本位"与"民族再造"③ 的追求之间产生了裂隙。就后者而言，从乡村教育入手解决中国的农村经济、基层治理、国民伦常等实际问题，接续的是"五四"以来社会改造的思路。这一思路典型地体现在瞿世英和孙伏园二人身上。从瞿世英 1919 年参与创办《新社会》杂志开始，无论是此后加入文学研究会、皈依泰戈尔的人生哲学、接受基尔特社会主义，还是信服罗素为中国开出先发展教育与实业的主张……其背后隐含的社会改造话题主导了他的选择。而就孙伏园而言，其对"民族再造"的思考与文学的关系更为密切。国民革命时期编辑《中央日报副刊》时，孙伏园曾将文字的趣味性指认为一个超脱于文学之上的重要组成部分④，这一主张与他在"五四"新文化运动及其后编辑副刊时的经验一脉相承。孙伏园对

---

① ［美］李怀印：《华北村治——晚清和民国时期的国家与乡村》，北京：中华书局，2008年，第 251 页。

② 在 1935 年 9 月 11 日平教会年会上晏阳初将平教工作分为四个阶段：一是文字教育。"平教会是第一个把识字教育打入到民间去的学术团体"。二是深入农村。知识阶级下乡是一个"创举"。三是"从社会的改造，进而研究政治的改造，尤其是与人民有切肤关系的地方政治的改造。我们有计划有组织的蹚到政治里去认识问题，研究问题，解决问题"。第四阶段刚刚开始，"即把学术与政治打成一片，研究所得的结果去训练人才"。外国训练人才多靠书本，而我们训练人才则是"先抓着基本政治，教育，经济的问题，去改革县政，促进县政"。（《简评：平教运动之演进》，《民间（北平）》，1935 年第 10 期，第 20—21 页）

③ 晏阳初：《农村运动的使命及其实现的方法与步骤》，《民间》，1934 年第 11 期，第 2—10页。

④ 孙伏园：《中央副刊的使命》，《中央日报副刊》第 1 号，1927 年 3 月 22 日。

"趣味"的开放态度在《语丝》时期表现为一种宽容的文体观①，这一观念的背后是对思想多元化的渴求。如果说这一时期在孙伏园的倡导下出现了一种颇具包容性的"趣味"，那么革命的语境下再写"开心话"则显示出过去开掘出的资源如今足以释放出"四两拨千斤"般的特殊力量。② 但是，在孙伏园看来，"趣味"不仅是一个修辞问题，也随着时代和读者的变化而有所深化。孙伏园此时一面激进地主张革命，另一面也基于对现实政治的反思③，赋予了"趣味"深厚的内涵，由文字层面沉淀至民族国家所匮乏的历史经验："文字的有没有趣味，并不关系于贵族或平民的文学的问题，而是关系于民族的一种习惯。日本人常说自己不懂得趣味，而中国人和英国人是懂得的。但我觉着中国人太不懂了。"④ 之所以提倡"趣味"，旨在以"文学"激发"革命"的力量，在革命文学的口号式呼喊之外显得别出心裁。孙伏园由"革命"激发出来的对新文化运动中未竟事业的反思，正是牵引他于 20 世纪 30 年代躬耕于平民教育的重要原因⑤。但是，经由政治革命回转至社会改造的思路，却也因运转形式不妥，构成了

---

　　① 他指出："有些人以为某种问题才合于语丝，语丝不应登载某种文体，都是无理的误会。我是主张扩大范围的一个人，至少是内容的扩大……"（孙伏园：《〈语丝〉的文体》，《语丝》，1925 年 11 月 9 日）

　　② 譬如孙伏园在《中央日报副刊》转载周作人影射"清党"期间吴稚晖、蔡元培、李石曾等人的《猫脚爪》一文，在发笑中审视知识阶级的"堕落"，其隐曲的发声方式是本文之"趣味"所在。（岂明：《猫脚爪》，《中央日报副刊》第 105 号，1927 年 7 月 9 日）

　　③ 1927 年宁汉合流以后，孙伏园在上海参与创办《贡献》旬刊，发表包括政论、文学作品和杂谈在内的文章，至 1929 年停刊。如果说武汉时期孙伏园以"登高一呼"的青年心态使《中央日报副刊》保持着前进的革命性，那么此时他试图调和激进与保守以保护"言论自由"，更接近一个持重的中年人了。不过，其时再与政治力量结合时，所谓的"言论自由"已脱离了武汉时期能够容纳"革命学术化"的语境，反思"革命"所得的教训仍需站在特定的立场上，因此上述看似独立的姿态，实际已经与国民党改组派产生了隐秘的关系。主编《贡献》期间，孙伏园发表了汪精卫的《武汉分共之经过》《一个根本观念》《汪精卫先生与林柏生先生讨论党务》等文，以"反共"作为其"言论自由"的出发点，但是"革命"的余绪仍以提倡民主、防止国民党内腐化堕落的形式展开。对于他而言，此时除了关心政治的清明，自五四运动以来深埋心中的"智识"问题也等待着时机开花结果。

　　④ 孙伏园：《中央副刊的使命》，《中央日报副刊》第 1 号，1927 年 3 月 22 日。

　　⑤ 国民革命之后，孙伏园在《我们的一九二八年》一文中谈及国民革命之后教育事业的消沉，而教育的源头问题正是知识的普及问题。（孙伏园：《我们的一九二八年》，《贡献》，1928 年第 4 期，第 1—18 页）

平民千字课、民众读物在真正的"平民"之间推行受阻的重要原因。而正如论者指出，孙伏园在定县"回向民间"的"难题"之所以能够通过熊佛西及其团队的农民戏剧实验得以解决，就在于后者弥补了孙伏园文学改良的弊端，将农民的视线重新引导至展演式的观看形式中。①

二、"平民"的彰显：农民剧的可能性与限度

反顾熊佛西"失衡"的说法，其核心观点在于现实的政治力量介入文艺后，知识分子如何平衡艺术性与现实观照的关系，保持理智的清明。然而，只有重新回到熊佛西清理"喜剧"中蕴含的思想资源这一脉络中，才能体会剧作"变调"背后所做的自我调适。实际上，熊佛西的"顾及"与"苦恼"背后，在对"政治正确"这一"镣铐"的牢骚之外，亦不能完全忽视其"国家"观念，也一直在寻找熨帖的安置方式。

20世纪20年代中后期，熊佛西发表了《洋状元》《甲子第一天》《一片爱国心》等以"爱国"为题材的剧本，与此同时，他也参与发起了国剧运动，主张戏剧的中西融合与改良旧戏，以至于向培良在其《中国戏剧概评》一文中将其斥为文化上的"国家主义"。② 投身定县平教会的熊佛西、瞿世英曾在20世纪20年代与闻一多交往甚深，这一点似乎并未充分进入研究者的视野。1925年1月，熊、瞿二人留美期间与闻一多、梁实秋、余上沅、赵太侔等人共同发起成立"中华戏剧改进社"，前者在闻一多归国之前便在报刊上为国剧运动造势③，后者更是直接担任"大江会"会刊《大江季刊》的撰稿人④。此外，孙伏园也参与撰写《北京艺术剧院计划大纲》，为国剧运动描画蓝图。如果说瞿世英和孙伏园还保持着与戏剧若即若离的关系，那么熊佛西的戏剧理念则与闻一多的"中华文化国家主

---

① 参见江棘：《"新""旧"文艺之间的转换轨辙——定县秧歌辑选工作与农民戏剧实验关系考论》，《中国现代文学研究丛刊》，2018年第12期，第172—192页。

② 培良：《中国戏剧概评》，上海：泰东图书馆，1929年，第129—130页。

③ 熊佛西、王建三：《中华戏剧社改进的新消息》，《晨报副刊》，1925年4月21日。

④ 菊农：《近年来美国教育哲学之趋势》，《大江季刊》，1925年第2期，第121—132页。

义"产生了更为隐秘而深层的对话。众所周知，闻一多在 20 世纪 20 年代主张"中华文化的国家主义观"，"谋中华文化之保存与发扬"。① 熊佛西与闻一多同美留学期间，常听见闻一多发表以下这类观点："诗人主要的天赋是'爱'，爱他的祖国，爱他的人民。"② 实际上熊佛西追求的"观众"本位③及其后的戏剧大众化实验都在这一思想脉络的延长线上。

事实上，在闻一多的视域，"地方色彩"是构成"理智上爱国之文化"的重要一极。④ 然而，其所谓"地方色彩"是将真正的"地方"筛出论域的产物，他认为："东方底文化是绝对地美的，是韵雅的。东方的文化而且又是人类所有的最彻底的文化。哦！我们不要被叫嚣犷野的西人吓倒了！"⑤ 闻一多将东方文化提升到道德主义高度，却忽略了东方文化非但不具备同质性的"美"，反而其本身就容纳了"叫嚣犷野"对"韵雅"的挑战。这种文化上的道德理想主义也同样存在于熊佛西身上，以至于当其"国家"观念暂时寄居于对国民政府的信任和民主政治的企盼后，却在真正遭遇了"地方"及非理想化的"平民"时，显示出张皇失措的一面。对于以喜剧创作见长的熊佛西而言，相比于为戏剧植入一个带有政治意味的"喜剧"结尾，更为困难却难以言明的则是如何处理"高级趣味"⑥中蕴蓄的喜剧因素与地方小戏中的"谐谑"及乡土社群中"不健康""道德败坏"等系列问题，换言之，如何平衡理想中的国家文化与现实乡土遭遇之间不协调的问题？如果说戏剧题材还能"因地制宜"，那么受众与演出目标改变后，喜剧中的"笑料"也必然发生改变，随之而变的则是"笑"的发生机制。

有论者注意到，在熊佛西的喜剧谱系中，从《洋状元》《一对近视眼》

---

① 《大江会宣言》，《大江季刊》，1925 年第 2 期，第 2—28 页。

② 熊佛西：《悼闻一多先生》，本书编委会：《熊佛西戏剧文集》（下），上海：上海文艺出版社，2000 年，第 1058 页。

③ 熊佛西：《观众》，本书编委会：《熊佛西戏剧文集》（下），上海：上海文艺出版社，2000 年，第 669 页。

④ 闻一多：《〈女神〉之地方色彩》，《创造周报》，1923 年第 5 号。转引自闻一多：《闻一多全集》（第 2 卷），武汉：湖北人民出版社，2004 年，第 121 页。

⑤ 同上，第 123 页。

⑥ 熊佛西：《戏剧应以趣味为中心》，《戏剧与文艺》，1930 年第 12 期，第 4—9 页。

《蟋蟀》《艺术家》到专为平教会创作的《裸体》《喇叭》等剧，都体现了以简约、怪诞、象征和概括为具体特征的"寓言化"美学风范。[①] 这样的概括虽指出熊佛西喜剧的延续性，却失之笼统，特别是谈及民教剧本的美学特点时，忽视了一个重要的历史细节——晏阳初、孙伏园、瞿世英等人放弃改良秧歌转而邀请熊佛西创作新的农民剧。这遮蔽了该细节背后更为关键的问题——知识分子如何看待秧歌中的喜剧元素以及新型农民剧如何制造"笑"的问题。

众所周知，秧歌是定县农民最普遍的消遣娱乐方式，"尤为妇女户外不易多得的娱乐"。[②] 但是即使在北方，秧歌的形态也各有不同。譬如，虽地缘上亲近，但定县秧歌与北京一带秧歌的表演方式与表现方式却存在较大差异。相比之下，定县秧歌的表演形式兼具凝固性与开放型，所谓"凝固"指空间上相对凝定——"有棚有台"而不在街上游行演唱，更由"坐唱"的形式发展为专演表现农民日常生活的小戏，而所谓"开放"则指弱化角色的行当意义，虽并不见北京一带地方秧歌剧中"傻公子""老作子""小二格"等专门负责插科打诨的丑角。[③] 定县秧歌中引人发笑的往往不是某个固定角色，而是人物鲜明的性格或由多个人物之间的对话所构成的情节与故事。也正基于此，戏台起到了凝聚观众注意力的关键作用，换言之，定县秧歌剧的"笑点"隐藏在人物性格发展和故事的起承转合之中，观众必须集中精力欣赏才能完全领会其中的乐趣。定县秧歌的这一特征也为彼时秧歌改良论者所注意，由李景汉、张世文等知识分子对定县秧歌剧的分类可见，对各类"题材"的"提炼"虽是现代性投视的结果，却意外契合了秧歌剧重视人物塑造和情节结构的特点。男女爱情、节孝、夫妻关系、婆媳关系等作为"关键词"，分别构成了他们进入该剧种的主要途径之一，其是否传递出农民的优秀品质，也被举为评判一出"纸

---

① 张健：《论熊佛西喜剧的寓言性特征》，《中国向现代文学研究丛刊》，1988 年第 1 期，第 245—259 页。

② 瞿菊农：《序》，李景汉、张世文：《定县秧歌选》，台北：东方文化书局，1971 年，第 3 页。

③ 李景汉：《定县社会概况调查》，上海：上海人民出版社，2005 年，第 324 页。

上的戏"是否为"好的平民文学"① 的基本标准。稍显特殊的是，《定县秧歌选》中收录的《锯缸》《王小儿赶脚》《武搭萨做活》《顶砖》《顶灯》《杨文讨饭》《王妈妈说媒》等 7 出"谐谑类"秧歌，既缺少其他 4 类秧歌剧目前的导读性文字，更涉及题材之外表演风格的形式层面。何谓"谐谑"？在定县秧歌的搜集者看来，"凡是表演滑稽，诙谐，挑戏，调情的秧歌，都归这一类"②。将其单独划归为一类，不仅标出了"笑"对于调节农民日常生活的重要性，而且反映出学术研究的客观态度："在学术上是无所谓卑猥或粗鄙的"③。然而，知识分子对于定县秧歌的矛盾看法也在这里最为集中。一方面，瞿世英在提及"秧歌改良"的前提时，对官方和乡绅提出的禁止秧歌的理由表示出不以为然，认为"因为秧歌多有淫词浪语，并且往往有乡村无赖份子借端生事。可是我们亲自看了几次秧歌，并没理会什么了不得的不良影响。"④ 此外，《定县秧歌选》收录此类秧歌时不设导读性文字也暴露了秧歌收集者的保留态度。另一方面，一向对旧戏宽容甚至将其视作民族文化复兴希望的熊佛西，转而将传统戏剧的内容斥为"腐朽的封建遗物"⑤。

其实熊佛西对"喜剧是民间的产物"⑥ 有着自觉的体认，更重视喜剧特殊的社会意义⑦，但是地方戏的芜杂使其区分喜剧中"通俗"与"粗鄙"的方法失效了，为了恢复喜剧对社会改造的力量，原本的道德精英主义直接以新文化本位的方式呈现。当然，事实远比这种言说复杂得多，剧作家如何在剔除定县秧歌剧中"不道德""不健康"成分的同时兼顾观众

---

① 《杨二舍化缘》这出戏题材涉及男女自由恋爱，被编选者定义为"好的平民文学"。（李景汉、张世文：《定县秧歌选》，台北：东方文化书局，1971 年，第 9 页）

② 李景汉、张世文：《定县秧歌选》，台北：东方文化书局，1971 年，第 7 页。

③ 《歌谣》（第一册），上海：上海文艺出版社，1962 年。

④ 李景汉、张世文：《定县秧歌选》，台北：东方文化书局，1971 年，第 4 页。

⑤ 熊佛西：《戏剧大众化之实验》，本书编委会：《熊佛西戏剧文集》（下），上海：上海文艺出版社，2000 年，第 697 页。

⑥ 熊佛西：《写剧原理》，本书编委会：《熊佛西戏剧文集》（下），上海：上海文艺出版社，2000 年，第 645 页。

⑦ 一方面，"喜剧完全是团体生活的表现，社会缩影的批评"，另一方面，"人愈多，笑愈大"，因此最能激发人的团体意识。（熊佛西：《戏剧与民众》，《大公报·戏剧》，1928 年 7 月 11 日）

的接受习惯成了关键。在此前提下，那些反映农民卑俗心理的芜杂之物悄然转化为剧作家的创作资源，而转化的关节点就在于利用喜剧的力量重塑民众认同感的形成基础。定县秧歌中的"谐谑"与"笑"的情绪反应之间反映的是"言不亵不笑"① 的民族心理基础，男女调情、二女侍一夫等"不道德""不健康"的内容虽看似有伤风化，却在乡村中具有约定俗成的功能：巴赫金对"笑"的"颠覆性"有出色的阐释，"谐谑"中隐含着的"狂欢节话语"，反映了底层民众逸出道德伦理规范与传统礼教的想象性实践，它诉诸公共性展演的方式，释放和分享着隐秘的内心冲动，也是利用"谐谑"作为"社会安全阀（a safety valve)"作用的结果。周作人将"笑话"分为"挖苦"和"猥亵"两大类，后者潜含的"力"或许对我们理解"谐谑"秧歌剧有启示作用："猥亵""另有一种无敌的刺激力，便去引起人生最强大的大欲，促其进行，不过并未抵于实现而一笑了事"。② 周作人在五四时期不仅发现了"猥亵"等性话语对"人"的觉醒有重要意义，而且主张改良旧戏以满足平民的日常生活需求。③ 但是，周作人也承认，在戏剧实践层面上调和精英与平民的趣味是不可取的，"艺术的统一终于不可期"④。这一点在熊佛西身上体现出弥合的态势，定县农民剧对民间的"活用"显然不仅停留在"学术"⑤ 的层面，而且涉及在实践层面利用"平民"中隐含的"力"，以及处理"平民"在现实与理想不同状态下相龃龉的状态。

　　"笑"关乎人的情感本能，在社会改造的目标下，如何触碰与重塑民

---

　　① 出自《金瓶梅》。

　　② 周作人：《〈苦茶庵笑话集〉序》，中国民间文艺研究会湖北分会：《笑话研究资料选》，中国民间文艺研究会湖北分会印，1984 年，第 169 页。

　　③ 周作人认为，"尽量地发展农村的旧剧，同时并提倡改良的迎会（Pageant)，以增进地方的娱乐与文化"详见周作人：《中国戏剧的三条路》，周作人：《周作人文类编》（6)，长沙：湖南文艺出版社，1998 年，第 630 页。

　　④ 周作人：《中国戏剧的三条路》，周作人：《周作人文类编》（6)，长沙：湖南文艺出版社，1998 年，第 631 页。

　　⑤ 周作人在《中国戏剧的三条路》一文中，认为中国戏剧有三条路可以做，分别是艺术的、学术的、社会的。详见周作人：《中国戏剧的三条路》，周作人：《周作人文类编》（6)，长沙：湖南文艺出版社，1998 年，第 631 页。

众这一情绪机制显然不仅仅是一个技术问题。就此而言，熊佛西的独幕剧《裸体》就是有关于此的一次大胆尝试：娘娘庙里端坐着一座女性裸体雕塑，但是"村里的道学家们恐怕她的形态会引起青年性欲的冲动，所以将她的面目及身体用布遮盖了"①。该剧中，"政大爷"这一角色显然担任了令人发笑的任务，他一方面满口仁义道德，另一方面却抑制不住自己的冲动揭开"娘娘"的真面目，最后被自己的儿子发现，被误认为"贼"后落魄不堪。该剧延续了熊佛西《艺术家》《一对近视眼》等都市剧采用的误会、巧合等喜剧手法，但明显诉诸戏剧的教育意义。熊佛西认识到，"唯有倒行逆施，虚伪狡诈，愚蠢癫狂，才能使人发笑。唯有反常的社会才能使人发笑"②。在这部剧中，"政大爷"这类乡民的"可笑"行为是被"塑造"出来的，其中性话语显然不再依靠"谐谑"的秧歌剧秘密地分享，而是打上"性解放"的"五四"标签后，"与传统观念抗衡"③正面地宣传。该剧最后，年轻一代唱着"我们要让她裸着体，这样岂不更美丽……"结束，其效力即在于讥讽乡村中的假道学、匡正农民的性窥探心理。整部剧虽然依托的是露天剧场的观演环境以及"打破幕线"的演出方法，但就在"笑"的过程中，观众在心理上将自己与台上的"政大爷"区隔开来了，通过接受剧作者设置的嘲笑对象，起到自我教育的效果。

综上所述，首先，《裸体》等剧在尽量贴近农民表演与观看习惯的同时，改变了"笑"的机制，这既是"国剧运动"的线索上提纯民间文化的结果，也体现了作者深入地方和民众心理的努力；其次，也应注意到，从《过渡》等作品开始，熊佛西显然将"喜剧"的重心放在结尾处理想的政府上了，体现了"提纯"与"活用"的有限性。定县的农民剧始终未给广大平民一种具体可行的安放身心的期许，这种"悬而未决"既是客观条件使然，也是他们在"国家本位"与"民族再造"的坐标系之间游移的结

---

① 熊佛西：《裸体》，《小说月报》，1930 年 11 月 10 日。

② 熊佛西：《喜剧》，本书编委会：《熊佛西戏剧文集》（下），上海：上海文艺出版社，2000 年，第 649 页。

③ ［美］洪长泰：《到民间去——1918—1937 年的中国知识分子与民间文学运动》，董晓萍译，上海：上海文艺出版社，1993 年，第 130 页。

果，正如时人所言"平教会的工作实包含着一个不能解决的矛盾。他们想不谈中国社会之政治的经济的根本问题，但他们所要解决的却正是这些根本问题，他们不敢正视促使中国国民经济破产农村破产的真正原因，但他们所要救济的却正是由这些原因所造成的国民经济破产与农村破产。"①上述状况在 20 世纪 40 年代延安鲁迅艺术学院排演的秧歌剧中得以扭转，在《夫妻识字》《兄妹开荒》等剧作中，不仅陕北秧歌中"骚情"的成分得到了一定的保留，给乡土生活留下了合法化的表达方式②，而且剧中注入的新型革命力量与之结合，成为动员、组织民众构建新型国家的巨大力量。

三、自我逃逸："趣味"的另一种表达

以王向辰（笔名"老向"）创作于定县平教会的幽默小说《乐园遇难记》为例，小说记叙了一位"代班"幼儿园教师被顽皮孩童捉弄的经历。其中有这样一个情节值得注意："我"因未扣好纽扣、不剪指甲而被学生们视作"不讲新生活"，由此遭到了"嘲笑"。③ 小说的情节看似十分简单，但这种有意翻转常识中教师与学生之间启蒙/被启蒙关系的做法，以及通过教师的落魄制造出的"笑料"，却折射出 20 世纪 30 年代复杂的社会历史和文学语境。在"新生活运动"的语境下，对"笑"本身的趣味性书写就十分值得深思。孩子对老师的"嘲笑"在何种情形下构成一个"问题"？作者又为何有意捕捉下这样"笑"的一幕？这里以《乐园遇难记》为例，旨在引出话题，即被称作"幽默小说家"的老向，其"幽默"的朝向与目标读者显然已经脱离了农民这一群体，滑向了对自我的审视和嘲讽。

---

① 千家驹：《中国农村建设之路何在——评定县平教会的实验运动》，《申报（月刊）》，1934 年第 10 期，第 41—46 页。

② 孟悦：《〈白毛女〉演变的启示——兼论延安文艺的历史多质性》，任文：《永远的鲁艺（上）》，西安：陕西师范大学出版总社有限公司，2014 年，第 270 页。

③ 王向辰：《乐园遇难记》，《民间》，1936 年第 2 期，第 17—20 页。

事实上，尽管知识分子竭力制造的"国民"教育逐渐向国民政府设计的"自治"靠拢，但吊诡的是，国家权力向基层渗透的设计方案中并未给他们留下一席之地，知识分子与乡村民众及乡绅之间陷入了微妙的关系。熊佛西的《过渡》一剧埋伏着双重寓言，时人一般能够抓住"在描述中国当前在过渡时代从事建设工作的现象，无论是政治，教育，经济，以及一切社会问题，无不是在过渡时代"①。"过渡"的深层文化意义其实在于，科举考试制废除后，如何处理其遗留下来的"士绅"问题，如何处理现代化冲击之下城乡人才循环系统的崩坏。这种"过渡"的思考体现了熊佛西衔接上层社会与民间的冲动，"到民间去"的动机已经由调查研究演变为基层社会文化力量的组织者。随着县政改革的实行，平教会与乡绅阶层温情脉脉的互助关系②逐渐被打破，平教会凌驾于乡绅阶层的冲动愈发明显。这一努力典型地体现在王向辰的小说《这一天到了》中，这篇小说作于1935年10月作者在定县参加民主选举后，借一位鼓吹县政的青年之口抨击乡村绅士："我们要办学校，他们绅士们怕我们有了知识，编（变）着法子不教我们成立学校。"③尽管王向辰一再声称自己是"乡下人"，但他实际上很难凭借自身力量融入乡村旧有的文化权力体制，而就在新旧乡村精英"换班"之际，知识分子不得不投靠政治力量自上而下地进行渗透，以至于被定县乡绅讥讽为"斯大林"④。

平教会现代化的社会改造思路与梁漱溟以乡绅阶层维持社会秩序的出发点不同，取消乡绅的尝试与国民党地方"自治"的进路⑤并无冲突。这

---

① 陈豫渡：《定县的农村话剧——"过渡"公演参观记（附照片）》，《民间》，1936年第18期，第7—12页。

② 比如定县乡绅将考棚借给平教会办公。

③ 王向辰：《这一天到了》，《民间》，1936年第23期，第17—18页。

④ 燕树棠：《平教会与定县》，《独立评论》，1933年第74期，第3—11页。

⑤ 李怀印认为："国民党政权所设计的'自治'，与帝制时代和民国早期的传统治理方式形成了鲜明的对比。以前的政权利用内生性惯例，且依赖宗族组织的农村经营的非正式领导身份来进行地方治理；与以前的政权不同，在1930年以后，国民党把这些因素看成自治事业的障碍。在国民党的政治话语中，不但与乡村精英有着千丝万缕联系的'土豪劣绅'被列入新政权的主要敌人，而且与家族和村社有关的传统观念和制度也成为攻击的目标。"参见［美］李怀印：《华北村治——晚清和民国时期的国家与乡村》，北京：中华书局，2008年，第250页。

带来的一个问题是，虽有意将自己定位于"国"与"民"之间搭建的"桥梁"，但正如前文分析，在熊佛西的农民戏剧中，政府往往作为矛盾的调停者成就戏剧圆满的结局，这样光明而严正的"尾巴"不仅突出了政府治理的效益，也削弱了剧本的民间与知识分子二重立场下形成的反讽性。另外，定县民众也渐渐从对平教会"神仙般崇拜信仰"逐渐转变为失望和怀疑。① 与启蒙思想的背离、与民间和政府政策的相互隔阂都使他们生成一种无力感，以至此时的"趣味"中也夹杂着一层苦味。

另外，乡村建设者预备改造的"社会"被国家话语垄断后，知识分子的初衷与独立性也随着"社会"的丰富内涵被磨损而受到质疑。蒋廷黻虽然为平教会辩护，认为平教会的工作是一种"乡村革命"，但他也同意燕氏所说平教会造成"教党"对"非教党"的压迫。② 彼时"定县"作为一种"主义"③，其中的"专制"色彩虽有人提及④，却一度混淆在"民主与独裁"论争中被视作舆论界对高明政府的期许。然而正如胡适在 1934 年的双十节所言，距离辛亥革命"二十三年了，却有不少的人自以为眼界变高了，瞧不起人权与自由了，情愿歌颂专制，梦想做独裁下的新奴隶！这是我们在今日不能不感觉惭愧的"⑤。就孙伏园等从五四运动走来的新文化人而言，一旦被裹挟进国民政府的极权统治却无力反抗，便无法理解他们付诸心血的事业为何引来彼时在新文化运动并肩作战的"战友"的默然——相比蒋廷黻和胡适的一针见血⑥，俞平伯参观定县后给周作人的信中所言更堪玩味："弟日前去定县一次，非但没有什么话可说，并感觉有些话实在不必说也。又岂可不沉寂乎！"⑦

---

① 李明镜：《"平教会与定县"（通信）》，《独立评论》，1933 年第 79 期，第 16—20 页。

② 蒋廷黻：《跋燕先生的论文》，《独立评论》，1933 年第 74 期，第 8—13 页。

③ 巫宝三：《"定县主义"论》，《独立评论》，1934 年第 96 期，第 7—14 页。

④ 譬如吴宪在论及政府力量对乡村建设的支持时说道："政府果然是有力量的，并且是光明正大的，就是专制一点也无妨"。（涛鸣：《定县见闻杂录》，《独立评论》，1933 年第 4 期，第 13—17 页）

⑤ 胡适：《双十节的感想》，《独立评论》，1934 年第 122 期，第 2—4 页。

⑥ 胡适在 1933 年第 79 期《独立评论》的《编辑附记》里说："我也是没有到过定县的人，但我对于平教会的态度大致是和蒋廷黻先生一致的。"

⑦ 俞平伯：《俞平伯书信集》，开封：河南教育出版社，1991 年，第 350 页。

　　面对上述种种困境，知识分子笔下的"趣味"在一定程度上也偏离了政教与民间的轨道，成为新文学家"自我逃逸"的场所。譬如，"鬼"的影子频频出现在平教会文艺骨干笔下，与该组织一贯主张的"科学"观格格不入。孙伏园的《谈鬼》①与王向辰的《乡人说鬼》②都发表于《论语》半月刊上，二人谈鬼的作品颇符合林语堂提倡的"幽默"文体之审美诉求，大有"养晦""藏晖"之超然姿态，二人更是一并被列为林语堂其后创办的另一"小品文刊物"《人间世》的"特约撰稿人"。与"正经文章"和"正经事业"相比，这些"闲笔"中的"低徊"的趣味似乎更接近周作人所谓的"游戏文章"了。③当然，林语堂主张的"闲适""幽默""性灵"既是一种区分于鲁迅杂文体的刻意标榜，也是针对"九一八"事变后日益紧缩的舆论空间的一种"佯狂"，虽未能完全解脱现实之苦，但亦不失为一种"后退"与"迂回"的"战术"。

　　而此类"迂回"的"战术"更为明显地体现在孙伏园帮助《潇湘涟漪》复刊一事上。《潇湘涟漪》原是几位湖南籍文艺女青年编辑的一个文学刊物，其编者之一李芳兰来定县工作后在孙伏园的指导下重整锣鼓，第二卷第一期起由周作人题字、孙福熙设计封面④，其阵容几乎全部置换为平教会同人，颇有改换旗帜的意味。赵水澄、老向、堵述初等平教会同人纷纷撰文。随后，擅长"拉稿"的孙伏园又为刊物"拉"来周作人的《常谈丛录》、陈衡哲的《南猿与北猿》、许寿裳的《怀旧》等文。写风月的浪漫情调、文人趣味与平教会之务实的组合看似南辕北辙，却也释放出一些关键信息。一方面在原有的浪漫情调中注入健康的气味，证明一种始于理想的"改造"包容万象，不仅能够在现实教育层面展开，也能够蔓延至对文学观念和趣味的洗刷上来；另一方面，"拉"来的稿子绝不仅停留在李芳兰所谓的"深入民间"、"注意农村大众文艺"，还包括表露个人心绪的

①　孙伏园：《谈鬼》，《论语》，1933年第9期，第294—319页。
②　老向：《乡人说鬼》，《论语》，1936年第91期，第16—17页。
③　周作人：《谈俳文》，《周作人文类编》（7），长沙：湖南文艺出版社，1998年，第428页。
④　松：《关于潇湘涟漪四个字》，《潇湘涟漪》，1936年第7期，第53页。

新诗、记名物的散文、文学写作指导、讨论鲁迅旧体诗的文章等，无一不体现出平教会与"京派"文人的亲密关系。事实上，平教会虽迁入定县工作，但主要参与者的关系网络仍留在北平，足见北平作为 20 世纪 30 年代文化中心的辐射力。沈从文就把平教会在定县的实验放入京派"从事研究与试验"一脉中去，与改编平民读物的顾颉刚、编纂国语词典的黎锦熙视作同盟。① 《潇湘涟漪》在孙伏园的指导下重新开张，却未形成明确的纲领，亦未完全匍匐于刊物鼓动大众救亡情结的宣言，反而时常将文人趣味混淆进去。其中孙伏园所作《金未伯集序》一文即影射钱玄同整理《刘申叔遗书》时遭遇的困难重重，钱玄同在文中化身不得志的"陈大令"，整理、刊行《金未伯集》的过程一波三折，令人啼笑皆非。孙伏园笔下的陈大令怀有一腔古道热肠却处处碰壁，颇有漫画的味道，钱玄同读后称赞此文"颇妙"②，而不晓得个中典故的普通读者当然无法完全领会其妙。1931 年以后的孙伏园处处主张深入民间、鼓吹平民教育，主编《农民报》、识字课本、平民读物以及创办《民间》等讨论农民运动的学理性刊物③，此时写作、发表《金未伯集序》时蒙着"平民"面纱确摆出的"幽默"面孔说明他暂时回避了时代责任，遁入林语堂式的"隐士"做派。由此可见，在《农民报》《民间》等平教会的"机关刊物"以外，这一刊物更有利于以孙伏园为代表的知识人在为乡村建设摇旗呐喊的舞台外，逃逸进新文学开拓的广阔疆域，便于换下说理时穿着的长袍显露出自己最为熟稔的本色当行。

余 论

1936 年 5 月，瞿世英在《河北月刊》发表了一首夹杂着旧式文人趣

① 沈从文：《从"小学读经"到"大众语问题"的感想》，《沈从文全集》（第 14 卷），太原：北岳文艺出版社，2002 年，第 68 页。

② 钱玄同 1936 年 9 月 3 日日记，杨天石：《钱玄同日记》（整理本）下，北京：北京大学出版社，2014 年，第 1219 页。

③ 有关孙伏园在定县的事迹可参见胡博：《孙伏园定县事迹钩沉》，《鲁迅研究月刊》，2014年第 10 期，第 49－56＋68 页。

味的作品《浣溪沙·不逢》，与彼时的平教会工作相比，他的这一行为显得十分"脱轨"。这首作品掺杂在一众山河沦陷的哀音当中，却意外地应和了燕赵大地此时被压抑在地表之下的"悲歌"：

> 白首犹郎止自悲，那堪老少与时违，不逢遭际怨阿谁。经济文章空满腹，从人舍用尚何为，当年豪气渐成灰。

在这首词中，瞿氏的生不逢时之感溢于言表。以此反观"谈鬼"、改造《潇湘涟漪》之举，不难猜想曾参与过国民革命的孙伏园、王向辰在个人理想受阻后而退回到文学场所"避难"的无奈，在那狡黠的"笑"中，负重又受挫的精神理想得以缓释。

"趣味"一词诉诸知识分子的生命感受，关联着对人生的思考；也能够从中演绎为"反讽"的文化立场，以"笑"为依托超离内面自我的发现，触着广阔的社会现实。现代中国文学中"绅士鬼"与"流氓鬼"[1] 的游魂交杂缠绕，在定县，它们一并以"趣味"为媒介得以呈现。毋庸置疑，从具体的历史情境出发可以发现，在 20 世纪 30 年代定县的文艺实践中，"趣味"具有结构性的作用，更值得注意的是其中内蕴着丰富而驳杂的思想资源。而以此反观和透视 20 世纪 30 年代"幽默"文学的形态与格局，或许会打开更为宽阔的视角与复杂的历史细节。

---

[1]　周作人：《两个鬼》，《语丝》，1926 年第 91 期。

从"废娼问题"到"人的文学"

——1918 年周作人的进德会活动与文艺思想

梁　仪

　　1918 年（民国七年），这一年对于周作人而言非常关键。34 岁的他，刚到北京大学担任文科教授不久，他与刘半农、沈尹默等人热心歌谣征集运动，他编的文学史讲义《欧洲文学史》由商务印书馆出版，他翻译的《贞操论》引发热烈讨论，他在《新青年》杂志发表了《人的文学》。这一年的周作人在新文化阵营里初露锋芒，为他后来不断发展的文艺思想和一系列文学活动奠定了重要基础。考察周作人 1918 年的思想状态和社会文化活动，很少有人注意到加入北大进德会给他带来的微妙影响。这件看似微不足道的事情，其实可以折射出许多问题。北大进德会对于周作人而言意味着什么？周作人参加进德会活动，对他后来的文学思想和文学活动产生了怎样的影响？这种影响又是如何渗透进新文学的发展脉络的？通过这些问题，我们既能管窥周作人文艺思想的萌芽和走向，又能捕捉到新文学诞生之初的脉息与征兆。

一、"废娼问题"：周作人与北大进德会的交集

1918 年 1 月 19 日，时任北大校长蔡元培发起北大进德会，他在《北大进德会旨趣书》里详细阐发了进德会的成立缘由、会约戒律、入会条件等。北大进德会的发起，根源于蔡元培对于民国初年社会道德混乱状况的忧虑，特别是作为高等学府的北京大学也出现腐化堕落、风气败坏的情况，被戏称为"两院一堂也，探艳团也，某某等公寓之赌窟也，捧坤角也，浮艳剧评花丛趣事之策源地也"[①]。蔡元培任北大校长后，便有改革校园道德风貌的想法，他借鉴自己早年参加的"进德会""六不会""社会改良会"等道德社团组织的经验，终于在 1918 年初在北大发起进德会。北大进德会发起之初，规定会员分为三种："甲种会员：不嫖、不赌、不娶妾；乙种会员：于前三戒外，加不作官吏、不作议员二戒；丙种会员：于前五戒外，加不吸烟、不饮酒、不食肉三戒。"入会条件也非常简单，只需要"题名于册，并注明愿为某种会员"并"次第布诸日刊"，而且明确"本会不咎既往"[②]。北大进德会发起后，吸引了很多北大师生以及部分校外人员加入，据《校长致进德会会员公函》披露，截至 1918 年 5 月 18 日，北大进德会发起仅 4 个月之后，会员已经有 468 人，其中职员 92 人，教员 76 人，学生 301 人[③]。1918 年的《北京大学日刊》几乎期期都有北大进德会报告公布入会者名单，在北大文化圈中的声势和影响不可谓不大。

周作人是较早加入北大进德会的会员之一，据《周作人日记》1918

---

① 蔡元培：《北大进德会旨趣书》，《蔡元培全集》（第三卷），北京：中华书局，1984 年，第 127—128 页。

② 蔡元培：《北大进德会旨趣书》，《蔡元培全集》（第三卷），北京：中华书局，1984 年，第 127 页。

③ 蔡元培：《北大进德会旨趣书》，《蔡元培全集》（第三卷），北京：中华书局，1984 年，第 172 页。

年 1 月 23 日"进德会记名为乙种会员"①，他的名字出现在《北京大学日刊》1918 年 1 月 25 日公布的入会者名单里。同一期刊布的会员名单里，还有甲种会员刘师培，乙种会员傅斯年、康白情，丙种会员梁漱溟、苏甲荣等②。周作人在北大进德会是乙种会员，戒约包括"不嫖、不赌、不娶妾、不作官吏、不作议员"5 条，与当时尚在教育部任职的大哥鲁迅相比，加入进德会体现了他不同的个人志趣和人生选择。周作人自 1911 年从日本归国后，曾在浙江省军政府教育司任职 3 个月左右，但更多的时候是在浙江省立第五中学等学校教书，并从事翻译、编辑等活动。1917 年 4 月，经鲁迅向蔡元培引荐，周作人进京并开始在北京大学国史编纂处工作，主要负责收集英文资料。这中间还有一个小波折，周作人听说暂时不能在大学任职，以后又只能担任国文教授之后，已经动了回乡的念头，好在蔡元培极力挽留。直到 1917 年 9 月，周作人才收到北京大学聘书，正式担任文科教授兼国史编纂处纂辑员。考察周作人 1918 年初加入进德会的动机，其实不难发现，除了个人对进德会旨趣会约的认同之外，或许有出于对北大校长蔡元培的感恩之情，也有融入北京大学文化圈的现实考虑。周作人在进德会最重要的活动，便是翻译了《废娼问题之中心人物》（日本油谷治七郎著），这篇文章作为"进德会译著"在《北京大学日刊》1918 年 2 月 25 日（第 76 号）到 3 月 4 日（第 82 号）一共连载 7 期。

《废娼问题之中心人物》这篇文章详细介绍了当时美国、英国、法国、瑞士、德国及北欧的挪威、丹麦、瑞典等国废除娼妓运动的情况。19 世纪末 20 世纪初，欧美掀起废娼运动的热潮，根据文中介绍，当时美国废娼运动主导力量为新派宗教和教育界人士，"凡有教会及学校势力之地，妓寮无论矣，即可疑之旅馆亦不得设立"，英国的废娼运动成效显著"公娼制度之改革已告成功"，法国的废娼运动虽然不甚理想，但是"继承新教之严肃之道德的感情者，其家庭清洁之精神甚强"，作者更是盛赞北欧等国"少有颓靡之风"，"其于廓清事业，实如沃土嘉花，灿烂竞美"。而

---

① 周作人：《周作人日记》（影印本）上册，郑州：大象出版社，1996 年，第 729 页。
② 《进德会报告》，《北京大学日刊》第 55 号，1918 年 1 月 25 日。

此时，中国的废娼运动还未掀起热潮，虽然民国初年曾有公娼改良的呼声，1912 年 4 月 8 日召开的女子参政同盟会成立大会就通过了"公娼制度之改良"的决议，但是社会舆论关于"废娼问题"的热烈讨论，则要等到 1919 年以后。据目前可查资料，周作人翻译的《废娼问题之中心人物》是国内最早关于世界废娼运动潮流的详细介绍，可以算是中国废娼运动的先声。在此之前，只有 1917 年 1 月 5 日《时报》登载的《世界废娼会》（署名絜辑），同年《新民报》第 4 卷第 8 期也有一篇同题的《世界废娼会》（署名大光），但这两篇文字都极为简短，不足以造成声势。在此之后，直接推动废娼运动的是旅居上海的外国人。有意思的是，旅沪外国人在 1919 年也发起成立了一个名为"进德会"的组织，提倡不嫖主义，并促成上海成立救济娼妓的机关"济良所"。这个同样名为"进德会"的组织，与 1912 年吴稚晖、李石曾等人在上海成立的进德会以及 1918 年的北大进德会的宗旨显然不同，算是世界废娼运动在中国的蔓延，引起了国内舆论对废娼问题的热烈讨论。1919 年 4 月，李大钊在《每周评论》发表了《废娼问题》，从"尊重人道""尊重恋爱生活""尊重公共卫生""保障法律上的人身自由""保持社会上妇女的地位"等 5 个方面主张废娼，希望"中国主持正义的男子和那自觉的妇女联合起来，发起一个大运动。不令社会上再有娼妓妾婢这等名辞存在"。此外，1920 年《新人》月刊第 1 卷第 2 册开辟"上海淫业问题"专号，登载了上海娼妓的调查材料，以促进废娼。一时间，《晨报》《民国日报》《益世报》《华北新报》《妇女杂志》《新妇女》《解放画报》《妇女声》《女星》等报刊纷纷讨论妇妓问题，形成了当时舆论宣传的一个热点。①

那么，在国内知识界尚未关注"废娼问题"的 1918 年，为什么周作人能独得风气之先，翻译了《废娼问题之中心人物》一文呢？查阅《周作人日记》，上面并无相关记载，只有 1918 年 2 月 19 日"下午得蔡先生函又《大学评论》一本为译"，2 月 23 日"访蔡先生交译件"② 等零星记录，

---

① 张超：《民国娼妓问题研究》，武汉：武汉大学博士论文，2005 年。
② 周作人：《周作人日记》（影印本）上册，郑州：大象出版社，1996 年，第 734—735 页。

似乎与此文相关。再查《蔡元培日记》1918 年 2 月 14 日内容："阅日本《大学评论》第二卷第一号，中有：《日本美术之过去、现在及未来》——文学士中井宗太郎，《近代世界的新运动之中心人物》《禁酒运动与世界之大势》——安藤太郎，《废娼运动之中心人物》——油谷治七郎，《平和运动之过去、现在及未来》——川上勇〔附剪报：《新智囊》《医学谈薮》〕。"① 将上述两则材料联系起来，不难发现，周作人翻译《废娼运动之中心人物》正是受蔡元培之托。接到这个任务后，周作人的反应也非常迅速，短短 4 天之后就交出成稿。蔡元培选取这篇文章放在"进德会译著"栏目，可谓极具智慧与眼光。一方面是为了给刚成立不久的北大进德会造势，在《北京大学日刊》开辟"进德会报告""进德会译著"等栏目，紧锣密鼓地开展一系列的活动以扩大影响力；另一方面，翻译并连载这篇关于各国"废娼运动"的介绍文章，既非常敏锐地把握了世界废娼运动的潮流前沿，又响应了北大进德会的一条重要会约戒律——"不嫖"。

北大进德会的戒约之中，首先引起强烈关注和讨论的就是"不嫖"。早在 1918 年 1 月 22 日，《北京大学日刊》就刊载了一篇学生写给蔡元培的信《陈君仲与来书》，陈仲与在来信中盛赞北大进德会的创立，并认为"戒嫖"一条尤为重要，"窃以为八戒之中以嫖为万恶之首，而嫖者之罪以学生为最重。夫妓女均是人也，或迫于饥寒，或为人残害……"建议"作一剀切详明之告诫，连登日刊上一二星期，稍作鼓钟之警"②。《废娼问题之中心人物》的翻译和连载，与这条建议也许不无关系。在蔡元培看来，对于大学精英知识分子而言"不嫖"应是"厉禁"，他在《北大进德会旨趣书》中声明"会中戒律，如嫖、赌、娶妾三事，无中外，无新旧，莫不认为不德，悬为厉禁，谁曰不然"③。他发起北大进德会，也是痛感一些北大师生经常出入风月场所，流风所及、影响恶劣，导致社会舆论对北大谣诼纷纷，所以他称北大进德会的效用即为"绳己""谢人"和"止谤"。

① 蔡元培：《蔡元培全集》（第十六卷），浙江：浙江教育出版社，1998 年，第 49 页
② 陈仲与：《陈君仲与来书》，《北京大学日刊》第 52 号，1918 年 1 月 22 日。
③ 蔡元培：《北大进德会旨趣书》，《蔡元培全集》（第三卷），北京：中华书局，1984 年，第 126 页。

因此，他把"不嫖"戒约作为北大进德会集中探讨的第一个问题，敦促周作人翻译这篇《废娼问题之中心人物》并作为北大进德会成立后"进德会译著"的重磅作品，自然是在情理之中。

"废娼问题"与"不嫖"属于一个问题的两个方面：一方面是从社会治理的外力入手主张"废娼"，另一方面是从个人内在道德修养的角度提倡"不嫖"。这两面的背后都共同指向具有现代意义的命题：女性解放、人道主义、人权问题等，而这些命题都指向他后来形成的"人的道德"观。1918年周作人翻译的《废娼问题之中心人物》，虽然是受蔡元培之托，但是通过这次翻译活动率先触及的这些命题，对他后来形成的"人的道德"观具有重要启示意义。

二、"贞操论"：周作人独特道德视角的形成

考察周作人在北大进德会的活动，会发现一个很有意思的现象，他对进德会的活动似乎并不积极热心，除了完成蔡元培交代的这篇翻译文章之外，其他进德会活动他一概很少参与。北大进德会发起后，在1918年5月28日正式召开了成立大会。这次大会在校长蔡元培的力推下可谓非常隆重，早在1918年5月15日《北京大学日刊》（第137号）上就刊登了会议预告，5月24日蔡元培又发表《校长致进德会会员函》，宣告了北大进德会会员已达468人之多并说明选举评议员及纠察员之办法，再次为成立大会预热。而早在北大进德会发起几天后就题名入会，并且连载发表第一本"进德会译著"的周作人并未参与此会。据《周作人日记》：廿八日晴，上午寄家信，又银元百。下午起草编两种讲义讫。晚抄了紫佩来阅小笺运命，至十二时睡[①]可知，周作人并未参会。其未参会之原因，无处可考。但是从另外一件事也可以看出周作人与北大进德会活动的疏离。北大进德会在5月中下旬进行了评议员和纠察员选举，由校役分送会员名册，按照职员、教员和学生三类分别选举后"别纸加封"送校长室。从1918

① 周作人：《周作人日记》（影印本）上册，郑州：大象出版社，1996年，第751页。

年 6 月 3 日《北京大学日刊》（第 153 号）公布的评议员和纠察员名单来看，评议员包括职员部的蔡元培、陈独秀，教员部的章士钊、沈尹默、刘师培，学生部的傅斯年、罗家伦、区声白等；纠察员包括职员部的李大钊，教员部的胡适、钱玄同、马寅初、李煜瀛，学生部的康白情、朱一鹗等。从这份不完整的名单可以看出，当时活跃在北大的知识分子几乎都榜上有名。在随后公布的《进德会报告》（第 155 号、第 159 号）中，可以查到"教员被举为评议员而未当选者"和"教员部被举为纠察员而未当选者"名单，周作人得票数分别为 8 和 21，这个票数与教员部当选的评议员、纠察员都相差甚远。例如，在当选评议员的教员中，章士钊的得票数为 111、沈尹默为 49、刘师培为 37；而在当选纠察员的教员中，胡适的得票数为 66，钱玄同为 47。周作人与北大进德会的这种疏离，自然有客观原因，彼时周作人刚到北京大学担任文科教授不到一年时间①，社会名望也不及胡适、钱玄同、沈尹默等人，但是从另一个角度来看，周作人确实无意于积极参与进德会活动。翻阅周作人 1918 年的日记，不难发现，除了题名入会外，鲜有关于他参加北大进德会活动的记载。至于他是否收到了评议员纠察员的选举名册以及是否关注北大进德会成立大会，在其日记中也未见任何记载。

那么，我们是否可以据此断定，北大进德会对周作人影响甚微呢？事实并非如此。相比于热心参加进德会活动的沈尹默、李大钊、胡适等人②，当时的周作人更多忙于文学活动，如参加文科国文门研究所小说科研究会，收集歌谣、翻译外国小说以及编辑文学史讲义等。例如，1918年 1 月 18 日，教员周作人、刘半农参加了国文门研究所第三次小说科研究会，刘半农演讲了《通俗小说之积极教训与消极教训》，研究员则选取了《留东外史》《老残游记》《二十年目睹之怪现状》等通俗小说开展研究。再如，周作人 1918 年 4 月 19 日在国文门研究所第七次小说科研究会

---

① 胡适和刘半农来北京大学任教都晚于周作人。

② 以上 3 人都出席 1918 年 7 月 4 日召开的进德会评议员纠察员第一次讨论会。在这次讨论会上，李大钊频频发言建言献策；沈尹默、钱玄同、李大钊、康白情被推举为《北京大学进德会杂志》编辑员。

做的专题演讲《日本近三十年小说之发达》在《北京大学日刊》第 141 号（1918 年 5 月 20 日）至第 152 号（1918 年 6 月 1 日）连载 12 期，又在《新青年》杂志第 5 卷第 1 号（1918 年 7 月 15 日）登载。

这个时期周作人对文学活动的关注和参与，自然有担任国文门文科教授的职责使然，更重要的是确有"欲招谬撒，欲造'蒲鞭'"之意（即有意在文学及批评方面一展身手）①。但有意思的是，与北大进德会的一次偶然"交集"，却让他的文艺思想产生了某种奇妙的化学反应，使得他对新文学的关注点产生了微妙变化，并在新文化运动中独树一帜。

继《废娼问题之中心人物》这篇译文后，周作人在《新青年》第 4 卷第 5 号（1918 年 5 月 15 日）发表了另一篇翻译作品《贞操论》（日本与谢野晶子著），他在译者前言中写道：

> 我译这篇文章，并非想借他论中国贞操问题，因为中国现在，还未见这新问题发生的萌芽，论他未免太早。我的意思，不过是希望中国人看看日本先觉的言论，略见男女问题的情形。
>
> 《新青年》曾登了半年广告，征集属于"女子问题"的议论，当初也有过几篇回答，近几月来，却寂然无声了。大约人的觉醒，总须从心里自己发生。倘若本身并无痛切的实感，便也没有什么话可说。而且不但女子，就是"男子问题"，应该解决的也正多，现在何尝提起。男子尚且如此，何况女子问题，自然更没有人来过问。
>
> 但是女子问题，终竟是件重大事情，须得切实研究。女子自己不管，男子也不得不先来研究。一般男子不肯过问，总有极少数觉了的男子可以研究。我译这篇文章，便是供这极少数男子的参考。②

从这段论述中可见，周作人对"女子问题"和"贞操问题"的关注和思考十分敏锐。与谢野晶子在文中，反对与现代生活不符合的旧道德，揭

---

① 刘半农：《除夕》，《新青年》第 4 卷第 3 号，1918 年 3 月 15 日。

② 周作人：《贞操论》翻译前言，《新青年》第 4 卷第 5 号，1918 年 5 月 15 日。

露传统贞操观念的种种自相矛盾，并且反对把贞操问题看作道德问题，将是否遵守贞操看作个人选择。这篇译文发表后引发了很大的反响，引起了一系列关于贞操问题的讨论，如周作人与蓝志先互通书信讨论贞操问题，《贞操问题》（胡适）、《我之节烈观》（鲁迅）等文章的发表，等等。这些关于贞操问题的讨论深入探讨了"女子问题"和"道德问题"，在新文化运动史上具有重要意义。

在这里，我们需要关注的是，周作人是在什么样的思想脉络下翻译《贞操论》的？又是什么触发了他对"女子问题"的强烈关注，进而引发其对道德问题的思考？对此进行一番考察，我们不难发现，他为北大进德会翻译《废娼问题之中心人物》一文，对他个人留下了深刻的影响。

据《周作人日记》，周作人在 2 月 23 日翻译完《废娼问题之中心人物》后不久，3 月 8 日"至广学会购《性之教育》一本"；3 月 18 日"得蔡先生函及廓清一本为译"并于 3 月 20 日"访蔡先生交译件"①；3 月 30 日"译《人及女トシテ》中文至十二时睡"。。可以看出，翻译完《废娼问题之中心人物》后，周作人在短短一个月之内对"性道德"和"女子问题"进行了集中关注和思考。这样的关注和思考在他以后的文艺思想中持续延展，推动他翻译《爱的成年》并撰写《中国小说里的男女问题》《猥亵论》《文艺与道德》《与友人论性道德书》《娼女礼赞》等，形成新文化运动中独树一帜的道德观察视角，也为新文学与道德问题的内在深刻联系提供了理论参照。周作人经由"废娼问题"到"贞操问题"，对性道德和女子问题持续关注和思考，初步形成了独特的道德观察视角，这个独特的视角对于其"人的道德"观的形成可以说非常重要。

三、"人的道德"：思想脉络与历史坐标

继译作《贞操论》在《新青年》杂志一石激起千层浪之后，周作人在1918 年底再次引起文化界的注目——他在《新青年》第 5 卷第 6 号

---

① 廓清运动即废娼运动。

（1918 年 12 月 15 日）发表了《人的文学》。在这篇文章里，他提出了让时人耳目一新的观点："我们现在应该提倡的新文学，简单的（地）说一句，是'人的文学'。应该排斥的，便是反对的非人的文学。"他提倡"兽性与神性，合起来便只是人性""人的灵肉二重的生活"的人道主义的文学观①。关于人的文学观的研究已经很多，在此不必赘述，但是，研究者们较少注意到周作人在"人的文学"中注入的浓烈道德关切，这样的道德关切往往被放置在人道主义、无政府主义、女性问题等思想脉络中去考察，在一定程度上消解了周作人道德观的完整性和独特性，同样也忽略了这种道德观与人的文学观的深刻内在联系，以及对新文学发展的深远影响。

在《人的文学》中，周作人非常鲜明地提出并论述了"人的文学，当以人的道德为本"的观点，以往的研究往往集中于关于"人"的论述，但如果我们换一个角度思考一下问题：为何"道德"能成为"文学"之本，什么是周作人理解的"人的道德"，他为什么这样理解"人的道德"，"人的道德"与"人的文学"构成怎样的关系，这种关系又为新文学发展带来了什么？

要回答这些问题，突破口在于如何理解周作人提出的"人的道德"？从微观层面，有必要对周作人的道德思想脉络进行一个梳理。在《人的文学》中，周作人谈道："这道德问题方面狠（很）广，一时不能细说。现在只就文学关系上，略举几项。"他所举的例子，一是"两性的爱"，二是"亲子的爱"，这两个例子毫无疑问都切中当时社会最敏感的道德神经。在此，仅以"两性的爱"做考察：

> 譬如两性的爱，我们对于这事，有两个主张：（一）是男女两本位的平等。（二）是恋爱的结婚。世间著作，有发挥这意思的，便是绝好的人的文学。如诺威伊孛然（Ibsen）的戏剧《娜拉》（Et Dukkehjem）《海女》（Fruen fra Havet），俄国 Tolstoj 的小说 Anna

---

① 周作人：《人的文学》，《新青年》第 5 卷第 6 号，1918 年 12 月 15 日。

Karenina，英国 Hardy 的小说《台斯》（Tess）等就是。恋爱起原
（源），据芬阑（兰）学者威思德马克（Westermarck）说，由于"人
的对于我快乐者的爱好"。却又如奥国 Lucan 说，因多年心的进化，
渐变了高上的感情。所以真实的爱与两性的生活，也须有灵肉二重的
一致。但因为现世社会境势所迫，以致偏于一面的，不免极多。这便
须根据人道主义的思想，加以记录研究。却又不可将这样生活，当作
幸福或神圣，赞美提倡。中国的色情狂的淫书，不必说了。旧基督教
的禁欲主义的思想，我也不能承认他为是。①

如果把这段关于两性道德的论述放在周作人 1918 年的思想脉络里去
考察，这样的认知与"废娼问题"和"贞操论"是一脉相承的，除了直接
继承《贞操论》"精神和肉体上都从一的结婚，除了恋爱结婚，绝不能
有"② 的观点和两性平等的呼吁，整体道德观也深受其影响。对比《贞操
论》"我们所要求的将来的道德，是一种新自制律，因了这新道德，能将
人间各自的生活，更加改善，进于真实自由正确幸福的境地"③ 与《人的
文学》"关于道德的生活，应该以爱、智、信、勇四事为基本道德，革除
一切人道以下或人力以上的因袭的礼法，使人人能享自由真实的幸福生
活"④，不难发现其直接影响之大。

从宏观层面，把"人的道德"放在伦理道德革命的历史坐标中去考
察，从梁启超"发明一种新道德者而提倡之，吾恐今后智育愈盛，则德育
愈衰，泰西物质文明尽输入中国，而四万万人且相率而为禽兽也"⑤ 的道
德革命呼号，到 1912 年吴稚晖、李石曾等人在上海成立的进德会，刘师
复在广州成立的"晦鸣学社"和"心社"进行道德实践；1916 年陈独秀

---

① 周作人：《人的文学》，《新青年》第 5 卷第 6 号，1918 年 12 月 15 日。
② ［日］与谢野晶子著，周作人译：《贞操论》，《周作人文类编》（5），长沙：湖南文艺出
版社 1998 年，第 427 页。
③ ［日］与谢野晶子著，周作人译：《贞操论》，《周作人文类编》（5），长沙：湖南文艺出
版社 1998 年，第 427 页。
④ 周作人：《人的文学》，《新青年》第 5 卷第 6 号，1918 年 12 月 15 日。
⑤ 梁启超：《论公德》，《新民说》，北京：商务印书馆，2016 年，第 23—24 页。

的断言"伦理的觉悟，为吾人最后觉悟之最后觉悟"①；再到 1918 年蔡元培发起成立北大进德会，关于道德的思考和革命呼声不断，不同代际、思想各异的知识分子都在进行道德革命探索。

那么，在这样的伦理道德革命坐标中，周作人关于"人的道德"的论述，其独特性何在？显然，"人的道德"更聚焦于具有现代意义的"人"，强调灵肉合一的完整人性，这一点区别于梁启超的"道德革命"，区别于陈独秀的"伦理觉悟"，也区别于蔡元培等人的"进德会"主张与实践。如果把周作人的"人的道德"与北大进德会倡导的道德做对比，便能理解周作人与北大进德会疏离的潜在原因。北大进德会可以说是精英知识分子自我道德规约的产物，蔡元培强调，"德者，积极进行之事，而本会条件，皆消极之事，非即以是为德，乃谓入德者当有此戒律。即孟子人有不为而后可以有为之义也。"② 这样的道德规约与古代知识分子"修身内省"的要求类似，并不具有尖锐的革命性，所以北大进德会成员也"兼容并包"，既有傅斯年、罗家伦、康白情等思想新潮的青年学子积极活跃的身影，又能得到刘师培、梁漱溟等思想各异的知识分子的道德认同。与这种兼容并包相对应的是北大进德会相对不足的革命性，这使其很难持续而深刻地产生影响。相比而言，周作人经由废娼问题与贞操问题而形成的"人的道德"观，不是一个宏阔的道德呼号，却是一个具体而微且连续深入的道德考察，特别是关于性道德的思考，在当时十分新锐、前卫，能够真正推进社会进行深入的道德思考。

四、"人的文学"的道德内涵：文学革命的突破与转向

以上是关于"人的道德"的考察，还有一个关键的问题：为什么"人的文学"要以"人的道德"为本？要回答这个问题，便有必要把"人的文

---

① 陈独秀：《吾人最后之觉悟》，《青年杂志》第 1 卷第 6 号。
② 《进德会报告》，《北京大学日刊》第 150 号，1918 年 5 月 30 日。

学"放置在文学革命坐标中考察。以胡适《文学改良刍议》和陈独秀《文学革命论》为开端，文学革命的论争大多聚焦于白话与文言之争，而周作人在 1918 年发表《人的文学》则预示着文学革命的转向——从语言文字革命转向道德革命和思想革命。《人的文学》发表后不久，周作人在 1919年 3 月 2 日发表了《思想革命》，认为"文学革命上，文字改革是第一步，思想改革是第二步，却比第一步更为重要"①。从最初的语言文字革命，到文学"思想革命"的这种自觉意识，是周作人早期文艺思想的重要突破与贡献。在《人的文学》中，周作人首先聚焦于"道德问题"，指出道德革命是文学革命的关键因素，文学革命也最终指向道德革命，两者形成既彼此纠缠，又深度互动的关系，同时也构成相互背驰的一种张力。

　　"人的文学"与"人的道德"的互动关系在《人的文学》中主要体现在两个层面：一是文学作者层面，周作人特别强调作者的道德态度，他认为"写非人生活的文学"不一定是"非人的文学"，关键在于"著作的态度"，也就是说，作者的道德态度应是"严肃"而非"游戏"。文中对比列举了莫泊桑的《一生》（"写人间兽欲的人的文学"）与中国的《肉蒲团》（"非人的文学"），库普林的《坑》（写娼妓生活的人的文学）与中国的《九尾龟》（"非人的文学"）②。二是文学内容层面，周作人提倡写作内容符合"人的道德"，他列举了"两性的爱"与"亲子的爱"两种"人的道德"，提倡"世间著作，有发挥这个意思的，便是绝好的文学"，而对于"畸形的所谓道德"，"只感著恐怖、嫌恶、悲哀、愤怒种种感情"，可以"根据人道主义的思想，加以记录研究，却又不可将这样的生活，当作幸福或神圣，赞美提倡"③。

　　那么，为什么在周作人"人的文学"观里，"文学"与"道德"能够获得如此高度的统一性呢？从哲学层面而言，文学与道德有着不可分割的天然联系，但是并不是所有文学观念都把道德视为"文学之本"。为何周作人在此如此强调道德之于文学的意义？考察这个问题，我们需要注意到

---

① 周作人：《思想革命》，《谈虎集》，石家庄：河北教育出版社，2002 年，第 9 页。
② 周作人：《人的文学》，《新青年》第 5 卷第 6 号，1918 年 12 月 15 日。
③ 周作人：《人的文学》，《新青年》第 5 卷第 6 号，1918 年 12 月 15 日。

《人的文学》中的这段论述：

> 我们立论，应抱定"时代"这一个观念，又将批评与主张，分作两事。批评古人的著作，便认定他们的时代，给他一个正直的评价，相应的位置。至于宣传我们的主张，也认定我们的时代，不能与相反的意见通融让步，唯有排斥的一条方法。①

由此可见，周作人"人的文学"观的思想根基，便是"抱定'时代'这一个观念"，"宣传我们的主张，也认定我们的时代"。既然将"文学"与"时代"紧扣，那就无法回避这个时代的核心问题：伦理道德革命。伦理道德革命最能触动文化的敏感神经，正是陈独秀所说的"吾人最后觉悟之最后觉悟"。在这样的时代背景下，伦理道德革命与文学革命必然相互渗透，所以在《人的文学》末尾，周作人所希望的也正是"绍介、译述外国的著作，扩大读者的精神，眼里看见了世界的人类，养成人的道德，实现人的生活"②。在这样的论述中，已经很难分清，他究竟是为了提倡"人的文学"而主张"人的道德"，还是为了宣传"人的道德"而借用"人的文学"？

"人的道德"与"人的文学"的这种深度互动关系，对于新文学产生了深远影响。一方面以人的道德作为基础的人的文学，为新文学发展注入了道德内涵，同时也注入了感情内涵。新文学初期，充沛而真实的道德情感宣泄形成非常鲜明的文学特征，不管是问题小说、白话新诗技巧如何稚拙，但是道德感情借助文学形式尽情抒发，构成新文学初期真切、鲜活的独特风格；另一方面，周作人对性道德的独特持续关注，在很多关键节点上助推了新文学发展，包括他后来为汪静之《蕙的风》与郁达夫《沉沦》所做的精彩批评，让文学发展极大地突破了传统道德的束缚，在道德革命与文学革命上都影响深远。

---

① 周作人：《人的文学》，《新青年》第 5 卷第 6 号，1918 年 12 月 15 日。
② 周作人：《人的文学》，《新青年》第 5 卷第 6 号，1918 年 12 月 15 日。

从另一个层面来说，道德与文学的高度互动，既是周作人文学思想的特殊之处，同时也构成一种局限性。正因为把"人的道德"作为"人的文学"之本，不管是什么样的道德观，必然会对文学自身造成某种制约，所以在《人的文学》中不难发现一种自相矛盾的论述。一方面，他认为"写非人生活的文学"不一定是"非人的文学"，关键在于"著作的态度"，也就是作者的道德态度应是"严肃"而非"游戏"。但是，在文中另一处，他却对"写非人生活的文学"持保留态度，著作者的道德态度被悬置，而文学的道德内容成为决定性因素。他列举了俄国陀思妥耶夫斯基的一篇小说："说一男人爱一女子，后来女子爱了别人，他却竭力斡旋，使他们能够配合。""Dostojevskij 自己，虽然言行竟是一致，但我们总不能承认这种种行为，是在人情以内，人力以内，所以不愿提倡。"① 在这种前后矛盾的论述裂隙中，可以看出其道德观对文学观的制约和渗透，当他宣称"人的文学，当以人的道德为本"的时候，其道德观已经在不经意间凌驾于文学观之上，这也构成周作人"人的文学"观念的局限性。过度强势的道德视角，必然在某种程度上遮蔽了更多元的思想与文学，这也是新文学发展的一条潜隐的线索，深刻地影响着后来的文学发展。

此外，道德观本身是多元的，道德于文学之影响也存在主流与支流的区别，周作人"人的道德"观显然成为一支主流，那我们是不是可以再进一步思考，文学发展史上那些因为不属于道德主流而无法进入文学主流的思想和创作，也许暗含着更丰富的道德思考与文学景观？这算是一个延伸的问题。

---

① 周作人：《人的文学》，《新青年》第 5 卷第 6 号，1918 年 12 月 15 日。

专题二
"区域间"的文学

革命的漩涡：洪灵菲的流亡体验与文学叙事

文　宽

　　洪灵菲一般被认为是中国现代早期革命文学中的代表作家，我们一般把他置于早期革命文学创作的范式中来认识，对这位作家的探讨也多集中在"革命＋恋爱"的模式中，旨在突出其文学创作中革命与恋爱等因素的表达与纠缠，以此为把握和理解其文学世界的切入口。不过，从个体经历来看，洪灵菲与早期革命作家有些不太一样，他的流亡经历与他的文学作品发生了一种勾连。

　　在中国现代文学史上，流亡是一些革命作家的某种生存状态，如茅盾、郭沫若在 1927 年国共关系破裂之后，都曾因被南京国民政府通缉而流亡过。① 不同作家对待流亡态度与方式也不一样，流亡本身对他们的影响也有大有小。相对于茅盾、郭沫若而言，洪灵菲的流亡经历不仅直接被写入小说、诗歌等文学文本，而且在一定程度上还参与了其精神建构，尤其是革命精神的建构。本文试图以洪灵菲的流亡体验为切入点，讨论流亡与作家的关系。本文主要关注如下问题：洪灵菲的流亡经历与他的文学创作之间构成了一种怎样的关系，流亡体验给洪灵菲的文学叙事带来了什么，在早期的革命文学创作中，它又为其提供了哪些特别的文学经验并开创了一种怎样的革命书写？

一、流亡体验与洪灵菲

流亡是人类文化史上常见的一种生存状态。根据《现代汉语词典》，"流亡"一词是指因灾害或政治原因被迫离开家乡或祖国。学者朱骅指出，流亡"是人类跨越地理与政治空间的流动性的一部分，主要是个人（在某些情况下也可以指特定的群体）因为差异性的政见、种族、宗教信仰等，为逃避迫害而逃出故土，或被当权者驱逐出境"②。从这里可以看出，对于流亡者而言，被迫性与流动性是"流亡"这一生存状态的突出特征。

流亡体验则是指流亡者对流亡的直接感受及这种感受内化为一种精神性影响的过程。笔者在这里不用"经历"一词，更多是想突出"体验"对于观照个体精神世界的重要性。尤其对于作家的创作而言，"体验"更能突出其中精神性的建构意义，"经历"作为对一个存在事实的客观描述则难以涵盖上述这一内容。

---

① 1927 年 8 月，"由于南京政府通缉茅盾，本月起，就隐居在家，足有十个月，足不出户，并对外宣扬：'雁冰去日本了。'……茅盾隐蔽后，只能以卖文为生。"（请参看万树玉：《茅盾年谱》，杭州：浙江文艺出版社，1986 年，第 125 页）1928 年 12 月，郭沫若因被国民党政府通缉，不能再在国内久住，后因赴苏联的轮船出故障，加之患上斑疹伤寒，于是转道去了日本，一直到 1937 年 7 月才归国，也是这时国民党当局才取消对郭沫若的通缉令。[请参看龚继民、方仁念：《郭沫若年谱》（上），天津：天津人民出版社，1992 年，第 217、345 页]

② 朱骅：《流亡文学的本体论思考》，《江苏大学学报（社会科学版）》，2015 年第 6 期，第 73—78 页。

关于洪灵菲的生平，20 世纪 80 年代的学者们已进行过多方挖掘与考证。由于从事与当时政局相左的革命工作，洪灵菲 1927 年后长时间处于被通缉的状态，他生前的一些资料也很少留存，所以我们只能通过与他交往密切的人所留下的只言片语来了解他的过去。通过对现有史料的梳理，我们大致可以把握洪灵菲的流亡轨迹：

> 1926 年 7 月，由许甦魂推荐，洪灵菲进入国民党中央执委会海外部工作。洪灵菲以个人身份加入中国国民党左派组织，担任好几个科的干事。
>
> 1927 年 4 月以后，蒋介石发动了政变，公开限制工农运动。4 月 15 日，在广州进行了反革命大屠杀。
>
> 1927 年，6 月登报通缉，洪灵菲在被捕之列，开始了他的流亡之路。
>
> 1927 年 5 月，回乡避难；6 月因被通缉，开始乔装流亡新加坡。8 月开始辗转流亡至暹罗，寄居同乡处。9 月转途新加坡至上海，之后赴汕头，与戴平万欲追随贺、叶南昌起义的部队。10 月至陆海丰参加农民起义，失败后又奔赴上海，从事文学活动及革命工作。
>
> 1928 年，8 月，第二次被通缉。1933 年 2 月，被派往北京从事革命领导工作，7 月被捕。①
>
> 1934 年夏，被秘密枪杀于南京的雨花台。②

由上可知，洪灵菲流亡的时间并不长，且集中于 1927—1928 年间，但在他短暂的 32 年的生命历程中，这段经历占据了重要的位置，因为这两年也是他文学创作的高峰期。1928 年，洪灵菲相继出版了他的代表作《流亡》《前线》《转变》。1929—1930 年间，他出版了短篇小说集《归家》以及《气力出卖者》等。

---

① 卫公：《洪灵菲生平及著译年表》，《广州研究》，1984 年第 4 期，第 84 页。
② 张晓阳、孙繁勋：《洪灵菲传》，南京：江苏人民出版社，2016 年，第 144 页。

1927 年流亡海外的经历应该是洪灵菲流亡生涯中最为重要的一段，在这次流亡中，他对流亡的感受和认识也最为直接。1927 年 5 月，他在给妻子秦静的信中写道：

> 月明如雪，孤照无眠；灯细如豆，坐对有恨。往事如烟，回首都成幻梦；来日似海，低头顿增凄凉。试思竹丝故居，泪痕笑声，何日再到认取？低徊白石穷村，孤愤酸情，几时和君细话？是用独坐垂泪，望天半似泣之云；蹰步怆神，听户外如诉之雨（1927 年 5 月 18 日）。①

洪灵菲在信中表达了对新婚妻子的思念，也表现了在逃亡过程中感受到的一种世事无常的幻灭感。后来，在生活稍稍稳定之后，他在另一封信中写道："暇辄到草水际天处游玩，亦无可奈何中之乐趣也（1937 年 6 月 4 日）"，表达出稍稍轻松的心情，但他无奈的情绪也是非常明显的。同时，在这封信中，洪灵菲还提道："……迩来顿兴归真返朴之念，日前成一诗云：'乡关犹在眼，客思已三年；听雨情何似，看云意欲仙。归真弃里巷，抱拙守园田；皓月共千里，宵深未忍眠。'……嗟夫！寒烟孤月，同为异乡旅客；断叶寒蝉，忍做落魄词人。……弟慧心人，姊生平第一知交，亦有支离飘泊之感，否乎？"② 尽管洪灵菲暂无性命之忧，安逸于乡野生活，但我们在信中还是可以看出他伤怀与支离的情绪。

1927 年 6 月，洪灵菲欲"绝意进取，拟暂治文艺，以寄幽忧"③，但报纸上已经刊载了有关他的通缉令，他被迫逃往新加坡。

洪灵菲在新加坡的处境与其在故乡潮州时大不相同："居此渐适，惟苦无侣，每于残照街头蹰步，怀念脉脉成愁，未尝不临风寄其哀怨也。崇兄未尝晤面，素之进止未定，困于经济，厄于环境，预计进展殊非易事

---

① 洪灵菲：《大海》，广州：花城出版社，1984 年，第 396 页。
② 洪灵菲：《大海》，广州：花城出版社，1984 年，第 397－398 页。信中的弟姊之称是为了隐蔽之需。
③ 洪灵菲：《大海》，广州：花城出版社，1984 年，第 399 页。

也"（1927 年 8 月 1 日）①。根据洪灵菲在新加坡的流亡经历，我们可以看出其孤独、思念亲人的情感状态，可见，生活的困窘、环境的陌生，令一个流亡他乡的知识分子感到异常焦躁、烦闷与无助。

1927 年 8 月，洪灵菲赴暹罗（今泰国），因为缺乏第一手史料，我们很难推测洪灵菲的内心状态，但他在暹罗有同乡，能得到众人的帮助，所以，就流亡体验而言，在暹罗的流亡生活与在新加坡时还是有很大区别。翻阅陈贤茂《洪灵菲传》的相关叙述，可以得到如下体会：洪灵菲在暹罗期间至少没有生存的忧患，更多的还是精神上的不满足。洪灵菲在其诗歌《躺在黄埔滩头》中直接表达了对这段流亡海外经历的感受：

> 唉！唉！慈爱的母亲啊！被摈弃的妻儿啊/你们知道我的流亡生活是怎样悲苦吗？/唉！唉！我便在雪窖下面，/哼着最后的几个呼吸隔着苍天大海告诉你们吧！//我度着流亡的生活已经快一年了，/这一年的我，栖息着在这甲板和那甲板上，/栖息着在这十字街头和那巍峨的洋屋之旁！/栖息着在这富人的庭园外，和那荒郊的坟墓之间！②

尽管这些诗句中的"洋屋""富人"仍旧包含着显著的阶级隐喻，但它还是表达出洪灵菲在流亡途中流落他乡、无所依存的生存之苦。

1927 年 9 月，洪灵菲归国，"菲素匪健，累月奔波，益见疲惫"。同年 10 月，洪灵菲辗转到广东的陆海丰，参加农民运动，最终失败。他在给秦静的信中倾吐了自己的苦闷：

> 亲爱的芳妹！……我的心开始地又在破碎了！我对于自己的生命，开始地又在摧残着了！亲爱的芳妹！你听到这个消息，一定十二分的悲哀。但，我是太苦了！我的苦真是太来得猖獗了！这时候，我

---

① 洪灵菲：《大海》，广州：花城出版社，1984 年，第 400 页。其中的"崇兄"指的是许超循，"素"指的是洪灵菲的字"素佛"。
② 洪灵菲：《躺在黄埔滩头》，《我们》创刊号，1928 年 5 月 20 日。

正在浓醉欲死的时候！我的心灵是万分的凄寂；我的悲哀的记忆，又
是阵阵地压逼着我的心头。芳妹啊，你将怎样地来安慰我呢？唉！我
全然失了感觉！全然失了智慧！全然失了意志！我对于世界上的一切
又是怀疑起来了；我不知道未来的生涯，怎样受命运的支配。

革命遇阻令洪灵菲异常消沉，他面临着对革命的重新认识，这对把革
命当作志向与事业的洪灵菲来说，是一个沉重的打击。除此之外，他在这
封信中，还提到了他与秦静的婚姻遭遇旁人非议的情况，他安慰秦静道：

芳妹！我们不要因此失望，不要因此灰心，我们必须更加浓烈的
爱下去！……我很热心地希望你来沪！来沪后说不定很困苦。但我们
不要因为这种困苦而退缩，我们，我们应该从这种困苦中，去证实我
们的爱的力量！①

通过上述内容，我们可以看到洪灵菲在革命与爱情同时遭遇困境的状
态下，表现出来的一种自我鼓励。

从上面的梳理，我们大致可以看到洪灵菲在流亡过程中的体验变化。
首先，归乡与离乡是其流亡的外在表现形式。流亡期间，洪灵菲有两次回
乡再离乡的经历，而这两次回乡都有躲避追查与暂时安顿的目的，因为洪
灵菲家乡潮安红砂村（今广东潮州市潮安区江东镇红砂村）相对比较偏
僻，便于躲藏。

其次，爱情是洪灵菲流亡过程中非常重要的精神力量。洪灵菲有过一
段包办婚姻，这令他在追求爱情的道路上异常痛苦，他和秦静通过自由恋
爱走到一起，但两人结婚没多久就遭到了当局的追捕。我们可以看到，洪
灵菲在逃亡过程中给秦静写过多封信件，信件中都透出他对妻子浓浓的思
念之情。所以，传统的家庭伦理观与个人的爱情追求，在洪灵菲的流亡过
程中，产生了一种碰撞。尤其是几次归乡的经历，在他的作品中经常被

---

① 洪灵菲：《大海》，广州：花城出版社，1984 年，第 402 页。

提及。

最后，"革命"是洪灵菲流亡体验中的基础内容，它既是造成其流亡的原因，也是促使他往前走的动力。洪灵菲之所以会遭遇流亡，是因为他参加了不被当局认可的革命活动。我们很难从现存的史料中去探寻他当时的心态。根据钱杏邨的叙述："在故乡被人知道了，于是他逃到了新加坡。然后又逃到暹罗。生活这才安定下来。但之菲不安于这种生活，听到 W 地的政府很革命，便又回国。"① 秦静后来也回忆道："一九二七年周恩来同志和朱德同志领导了'八一'南昌起义。消息传到国外，灵菲同志便偕戴平万同志（当时平万被海外部派在暹罗工作）一道归国。"② 我们大致可以知道，洪灵菲之所以从暹罗辗转去武汉，是因为国内革命的感召，此后他也一直从事革命工作。作为革命流亡者，他对革命的认识及在革命过程中感受到的挫折体验，无疑是深刻的。不过，他对革命的体验是以一种怎样的方式渗透到文学叙事中的，还需要我们细细辨析，因为发生于 20 世纪 20 年末的革命文学潮流具有十分明显的意识形态要求。

二、流亡书写与"离乡/归乡"叙事模式

1927 年底，洪灵菲开始创作长篇小说《流亡》，1928 年 4 月，在郁达夫的推荐下，《流亡》由上海现代书局出版。1928 年 5 月，上海现代书局在《申报》刊载广告推介了这部作品：

> 本书为洪灵菲先生所著，全书计十万言，是革命文学上之巨著。书中叙一革命青年失败后，亡命四方，历遭家庭和社会各方面之冷眼，穷苦备尝，境遇凄凉；而后来更能坚然决然，再上革命之前线去；真足以代表现代青年之反抗精神也！书中材料，十分丰富，南至南洋，北至北京，各地的社会情形，均有叙述可不读；关心文艺者尤

---

① 钱杏邨：《"流亡"》，《我们》，第 3 期，1928 年 8 月 20 日。
② 秦静：《忆洪灵菲烈士》，洪灵菲：《大海》，广州：花城出版社，1984 年，第 8 页。

为不可不人手一篇也。每册实价七角。①

这篇推介书评，应该是关于《流亡》最早的评论了。当年 6 月，钱杏邨撰文对这部小说做出了如下评价："《流亡》确实是一部代表去年三月而后的'小有产者的流亡者'的全生活的创作。""作者的精神太侧重于流亡生活的叙述了。……全书的表现幻灭的地方也不很多。这是作者太忠于事实的结果。因为作者太忠于事实，所以表现得仅止于'本事'的范围。……当然免不了许多的缺陷。"他最后引用藤森成吉的观点道："要真的置身社会的正中，才能理解真的彻底的文艺。又把它和其他的社会现象或文化现象比较联络起来，才能够究极它的本质"。②

上面两篇针对《流亡》的评论代表了当时读者不同的关注点。前者作为广告，受众为普通读者，故重点突出了小说中革命流亡者的遭遇及对其反抗精神，把小说的传奇性与精神意义作为看点。后者为革命文学的倡导者所撰，立足于阶级视野，把"革命青年"具体为"小有产者"，同时从文艺价值功能上认为《流亡》的缺陷在于太拘泥于事实，缺少对社会现象的关联与挖掘。不过，上述两篇评论都关注到了小说中对流亡生活的直接观照。纵观洪灵菲的小说，我们会发现他在小说《流亡》中，开创了其小说叙事中常见一种模式，即"离乡/归乡"模式。

洪灵菲的小说大都在表现阶级压迫的革命主题的包裹下书写被压迫阶级的生存困境或精神遭遇，这些被压迫阶级具体可以为分为革命知识青年和底层劳动者，我们可以在"离乡/归乡"的叙事结构中来理解他们的遭遇。"离乡/归乡"这一叙事模式不仅是对小说中人物活动轨迹的概括，还是对人物内在心理渴求的表达。作为以直接叙写流亡生活为主要内容的流亡文学，作者通过"归乡"或者"还乡"所表现出来的精神渴求往往有怀乡情结。"流亡是基于故土的存在、对故土的热爱，以及同故土千丝万缕的联系；在流亡者和精神家园间的裂痕可能永远无法愈合，其根本性伤痛

---

① 《申报》第 5 版，1928 年 5 月 12 日。

② 钱杏邨：《"流亡"》，《我们》，第 3 期，1928 年 8 月 20 日。

可能永远无法超越，这已成为现代性发展后期流亡文学的重要美学品性，有时甚至是悲剧性的。"① 这种对故土、故国的怀念与无法割舍的情感，在流亡者身上往往也有着多层含义。不过，正如前文所提到的，洪灵菲作为一名革命流亡者，他的大部分活动都是在"革命"的笼罩下进行的。因此，洪灵菲的体验中，因"离乡"而造成的怀乡情感并不明显，"归乡"所形成的喜悦与快乐等情感，则很难用单一的积极情感来表达。正如前文所言，在洪灵菲的流亡经历中，两次归乡都是为了躲避追逃和暂获安宁，而"家"给予洪灵菲的情感体验是复杂多元的，他思念他的家人，但内心又畏惧他的父亲。他的婚姻又让他逐渐感受到家庭的压迫。这些复杂的体验进入具体的文学叙事中，就形成了两种具体的表现。

第一种是对革命知识分子的描写，即在"离乡/归乡"感受中，突出革命与家庭伦理、新旧思想间的矛盾。在《流亡》中，沈之菲归家避难，在回乡的路上，他感到快乐，同时又认为家是一个坟墓，"他恐怕这坟墓，他爱这坟墓。他想起他的父母的思想的和时代隔绝，确有点象（像）墓中的枯骨。他恐怕这枯骨，他爱这枯骨。"② 这个"坟墓"一是指自己的包办婚姻，二是指父亲所代表的传统思想。这反映出沈之菲复杂的情感，他对乡下的妻子心怀愧疚，又无法替她找寻一条出路，自己又不得不坚持自我的爱情追求，不愿和她一起成为包办婚姻的牺牲品。至于父亲，从亲情角度上说，作为儿子，他极想获得父亲的认可，但他对父亲的观念是极度反对与厌恶的，却又不能不妥协。因此，他对"归家"的描写突出了一种内在的矛盾。

第二种是对底层人的描写，即在物质生存压力的背景下展开关于"离乡/归乡"感受的叙述，紧扣革命主题，强调个体对家乡的复杂体验。《归家》讲述了百禄叔从南洋务工归乡的故事。这位番客，村童都还能认出来，但是回到家，年幼的儿子把他当作乞丐轰出去，妻子则用打骂的极端方式表达着内心的怨恨与喜悦，经过邻居的劝解，妻子的情绪才得以平

---

① 朱骅：《流亡文学的本体论思考》，《江苏大学学报（社会科学版）》，2015 年第 6 期，第 73—78 页。

② 洪灵菲：《洪灵菲选集》，北京：人民文学出版社，1982 年，第 71 页。

复。百禄叔在归乡路上的心情是害怕，到了村头又觉得"他没有回家的权利"。小说整体上没有离开"生存困难是遭遇了阶级压迫"（如小说中强调的纫秋爷的谷租）的革命叙事，但百禄叔试图通过做番客的方式改善生活的做法最终失败，其归乡时内心除了无奈与愧疚，也充满思乡的情绪，这些复杂的情感表现整体上丰富了小说的苦难叙说，引发读者对人的苦难普遍意义上的思考。与《归乡》相比，恋乡情绪表现最突出的是《在木筏上》。小说中旭高数"番批"时的快乐，与黑米叔、得源之间的聊天，都可以看出这群在南洋以租他人木筏讨生活的离乡人对家乡的思念，尽管小说仍旧在革命的主题下强调木筏老板爽聘的刻薄。此外，"生存困难是遭遇了阶级压迫"的革命叙事在《金章老姆》《在洪流中》《在俱乐部日子里》等小说中也有所体现。

我们通过洪灵菲"离乡/归乡"的叙事模式可以明显感受到"乡"在洪灵菲流亡体验中的意义，他对家乡人事的认识以及离乡漂泊的感受是其小说的重要组成部分。

三、自传体与自我的言说

陈茂贤在《洪灵菲传》的后记中写道："这本书的材料来源，主要有两个：一是秦静同志和洪灵菲的亲友所提供的材料，二是取自洪灵菲的自传体小说《流亡》《前线》和《转变》。当然，这三部小说都是文学作品，难免有许多虚构的成分。我在秦静同志的帮助下，小心地进行辨别，并利用了其中的一些真实材料。"① 这种辨别其实有相当大的难度，从叙述学的角度来看，小说的叙述者、隐含作者及真实作者之间都存在着巨大的差异，因此从小说中去摘取真实细节就显得极为困难，因为读者很难辨明哪些是作者个人真实体验而不是文学想象。但不可否认，自传性确是洪灵菲小说突出的特征。

可以说，"流亡三部曲"让洪灵菲找到了叙述故事的基本方式，即以

---

① 陈茂贤：《洪灵菲传》，上海：学林出版社，1989年，第188页。

自我故事与体验为基础的自传叙述。无论是沈之菲（《流亡》主人公）、霍之远（《前线》主人公），还是李初燕（《转变》主人公）、"我"（《家信》主人公），都是洪灵菲真实经历的写照，在现实中都可以寻到其中的"本事"。

蒋介石1927年发动的"清党运动"，对中国共产党造成了巨大影响。不仅使政党内部纷争四起，也造成了整个社会的动荡不安。广大青年产生了迷茫的情绪，茅盾的《蚀》正是这种情绪的直接叙写。在当时被国民党当局追捕的洪灵菲是否也产生了这种情绪？通过前文的梳理可以看出，海陆丰农民运动失败后，作者的革命失落情绪是极为明显的，但反映此次事件的小说《大海》（1930）则呈现了一个成功的革命前景，带有浓厚的革命理想色彩。我们梳理了洪灵菲从1927年到1930年间所有描写革命的文学作品，发现它们基本传达了一种具有坚定信念的革命情绪。如《流亡》（1928）的结尾："他脸上溢出一点笑容，他最后的决心，似乎因他的情人这封信愈加决定了！他站起身来，挺直腰子，展开胸脯，昂着头，把那几句题在相片上面的诗句，像须生一样的腔调，唱了又唱。"[1]《在俱乐部里面》（1929）的结尾："我仍然要生活下去，虽然他们看不起我，这有什么要紧呢。我的交际的场合是更加广阔了，被践踏的这一群都可以做我的朋友，他们的人数是怎样的广而且众啊！"[2]《大海》（1930）的结尾："群众在呼喊着口号。群众在唱着革命歌。群众在游行着。于是这大海是在翻腾着，咆哮着，叫喊着了！"[3] 在此，我们不免要追问，这种情绪是作者早期受革命文学理论影响的体现，还是其内心自我的真实传达？笔者更倾向于两者兼而有之。洪灵菲在1930年写的《普罗列塔利亚小说论》中认为："艺术是阶级斗争的武器；那么，怎样痛快淋漓地去指斥着敌对阶级的罪恶，怎样去使本阶级的人们觉醒，怎样地去教着他们，自然是这阶级艺术中最重要任务了。"普罗列塔利亚小说是普罗列塔利亚文学里面的一部分，和普罗列塔利亚的任何艺术一样，它的特性是唯物的，集团的，战斗的，

---

① 洪灵菲：《洪灵菲选集》，北京：人民文学出版社，1982年，第153页。
② 洪灵菲：《大海》，广州：花城出版社，1984年，第286页。
③ 洪灵菲：《大海》，《拓荒者》，1930年第3期，第35—54页。

大众的。其次，它的观念形态的艺术，在普罗列塔利亚的解放运动中，它有了很重大的斗争和教养的作用。① 这篇文章引用了哥根、鲁那卡尔斯基等人的观点，其基本立场与革命文学倡导的新写实主义是一致的，突出了文艺对革命工作的推动作用，强化了文艺的革命启蒙意义，根本上还是在"工具论"的框架中谈文艺。洪灵菲在 1930 年创作的小说《新的集团》《大海》可以说就是这种文艺观的产物。而其 1930 年之前的创作，我们则很难说清楚。爱情元素在 1929 年之后逐渐在洪灵菲的作品中消退，但自传体的叙写方式则贯穿始终。笔者以为洪灵菲的这种叙写方式不单是作者艺术趣味的表现，背后也蕴含着一个重要议题：探寻自我以及自我与革命的关系。前者集中在对爱情的叙写中。"流亡三部曲"有一个共同点——主人公面临包办婚姻的困扰。主人公对自由恋爱的追求，体现的是作者自主的价值观念。小说中的主人公在追求自由爱情时，内心总是经历一段自我煎熬、自我反省的过程，最后无一例外都选择了自由恋爱。这表现出作者对自由恋爱的肯定。再来说后者，关于"自我与革命"的关系，作者更多的是通过描述"革命于个体之意义"来体现，这是由逐渐认同上升到精神追求的过程，在小说中被具体化为"革命与爱情"关系的探讨，主人公因革命而成全了爱情（《流亡》《前线》），又因爱情而走向了革命（《转变》）。

我们从以上论述基本可以看出洪灵菲自传体的叙写方式，与他的自我表达有着密切的关系。当然，这一自我的表达，除了上述内容之外，还有另外一些游离于革命主题之外的日常生活式的书写，如《爱情》《里巷》等。

结　语

"流亡"在 1927 年是革命知识分子常见的处境。"九一八"事变之后，另一种因战争而流亡的现象普遍出现，如果从这样的角度进行梳理，我们

---

① 洪灵菲：《普罗列塔利亚小说论》，《文艺讲座》，1930 年第 1 期，第 199—219 页。

会发现"流亡"在中国现代知识分子当中有一段很长的历史，但直接书写这种体验的作家并不多见。1927年，郭沫若在流亡日本期间，主要进行学术研究，其重要的文学创作就是他的自传，《少年时代》《反正前后》《创造十年》《北伐途次》都是在此期间写成的。洪灵菲和郭沫若这两位曾经流亡的知识分子都选择了以对"自我"回顾与观照的方式介入文学叙事，我们不难体会这背后隐藏的反观自我的意义以及在流亡过程中被激发出的自我认识与选择。本文从"流亡体验"的角度来回顾洪灵菲的小说创作，也是试图以精神探索的方式把握早期的革命文学，从而尝试去把握在"革命"主题下作为个体的作家身份与一个革命家身份是怎样交织并融汇在文学叙事中的，并借此认识早期革命文学中个体情感与革命之间具体的关联过程。

艾芜南行系列作品中被消弭的"灰调"

——以布拉德利的《老滇缅路》为参照

左存文

　　在通常的文学史叙述中，艾芜是被作为流浪文豪介绍的，相应地，流浪文学、漂泊文学的标签也与其紧密地联系了起来。例如，2017 年人民文学出版社出版的《南行记》① 封底内页的作品介绍，说《南行记》"是中国现代文学史上最具特色的流浪汉小说。在《南行记》中，艾芜以绮丽的西南边塞风光，浓郁的异域情调，写出了一幕幕人间悲剧，刻画了'那些在生活重压下强烈求生的欲望的朦胧的反抗的行动'"。这种表述已经被大家公认，也符合艾芜的文学史定位。艾芜也多被冠以"流浪文豪"之

---

　　① 艾芜：《南行记》，北京：人民文学出版社，2017 年。此版根据《南行记》的最早版本，即 1935 年上海文化生活出版社的版本，收录以下 8 篇小说：《人生哲学第一课》《山峡中》《松岭上》《在茅草地》《洋官与鸡》《我诅咒你那么一笑》《我们的友人》《我的爱人》。

称，如张效民的《艾芜传·流浪文豪之谜》①、廉正祥的《艾芜传——流浪文豪》② 以及王毅的《艾芜传》③ 等书中，都强调了他"在路上"的状态。艾芜对边地少数民族的民俗风情和自然风光的描写，以及对特定历史环境和社会背景之下下层人民的劳苦状况的描写，确是其小说最重要的特征。但是，这种对小说内容的突出，以及对他流浪经历的强调，反而遮蔽了他作品中民俗风情书写的独特性和对人性中灰色地带的开掘。之所以提到民俗风情，是因为学界已经公认，在艾芜的南行系列作品中，浓郁的民俗风情是其主要特征，这种特征与劳苦人民的生活相得益彰，构成了他相关文字的独特魅力。事实上，艾芜的南行系列作品中民俗风情的书写是不尽然统一的，人物的形象亦然（无论从塑造手法还是从形象本身），甚至有时候呈现出极大的差异性，尤其是时间跨度较大的《南行记》《南行记续篇》和《南行记新篇》。即使是《南行记》中的作品，写于20世纪30年代和40年代的作品，其民俗风情书写也有较大差异。表面上看，这种差异性与这些作品的形成时间直接相关，《南行记》中的作品大多是在新中国成立前（集中在20世纪三四十年代）创作的，《南行记续篇》大多是在1961年，《南行记新篇》大多是在1981年。但深入分析，就会发现这种差异的产生有着更为深刻的原因，不仅仅是对照文本形成的历史环境，或者同时期其他作家相关主题的作品④，更重要的是从作者的内在经验入手。

---

① 张效民：《艾芜传·流浪文豪之谜》，成都：四川民族出版社，1997年。
② 廉正祥：《艾芜传——流浪文豪》，太原：北岳文艺出版社，1992年。
③ 王毅：《艾芜传》，北京：北京十月文艺出版社，2005年。该书共11章，其中第二章为"在路上（上）：从川西到滇东"，第三章为"在路上（下）：滇缅群山中"，第七章为"流亡路上（上）：上海到桂林"，第八章为"流亡路上（下）：桂林到重庆"。
④ 如郁达夫：《浙东景物记》，杭州：弘文印书局，1933年；郑振铎：《西行书简》，上海：商务印书馆，1937年；冰心：《平绥沿线旅行记》，平绥铁路管理局，1935年；等等。这些都是走马观花的体验式写作，而且上述作家的生活没有受到饥饿、居无定所等方面的威胁，不同于艾芜在流浪结束后根据最切身的、从生活本身发掘出来的经验进行写作。限于篇幅，以上作家作品本文不深入探讨。

一

　　说到民俗风情，必须提到滇缅路所在地区的自然环境，受地貌兼亚热带气候的影响，瘴气对滇缅边境一带的居民造成了致命的威胁。艾芜在《南行记》中对这一威胁进行了大量的描写，如《红艳艳的罂粟花》中，当作者问山上的住户为什么不住在低处的坝子上，因为那片原野上也有人住，这时候，"做母亲的立即说：'那是摆夷哪！他们怪得很，不怕瘴气。'摆夷就是傣族。她走了一会，又再说道：'山头，傈僳，崩龙和我们汉人都怕哪，全都上山来住'"①。可以看出，这一带，为了免受瘴气之扰，除了部分傣族人住在平缓的坝子上，其他人都是住在山上的。即便如此，那些山上的寨子中几乎没有青年男性，他们因为赶集或其他原因，经过低处的坝子时死于瘴气。值得注意的是，艾芜在路过这些地方时，完全是一个流浪者，他不得不混迹于马帮、私烟贩子和抬滑竿的队伍中，所以他也无时无刻不面对着瘴气的威胁，加之他如影随行的饥饿感、风餐露宿的境遇，导致在他笔下的风景大多是生活重压下的情绪外现。如《私烟贩子》中的描写："雨季的时候，天空仿佛低矮了许多，铅色的胸膛，直向小小的山谷，压了下来。四周布满森林的高山则把头伸入云雾里面，向藏着虎豹野象的地方，就越发显得凶险不测了。有些时候终天飘着丝丝细雨，树叶上，都凝结起了水珠。有些时候，又哗啦哗啦下着，兼有雷电助威，好像房屋都要下子倒塌似的。"② 即使像《山官》中比较轻松的景物描写，也并未展现出热带风光的特殊性："天空异常晴朗，没有一片云朵，只是蓝得像海水一般。四围岭上的森林，都给夜来的大雨，洗得非常翠绿，叶上凝着水滴，反映着早晨的阳光，像饰起无数的珠子似的。即使远处没一点风吹来，也使人感到清新凉快，仿佛周围的山林都是新生的一样。流过屋侧的江水，碰在大石上面，就发出声响，这天也格外显得宏大。"③

---

① 艾芜：《艾芜全集》（第1卷），成都：四川文艺出版社，2014年，第497页。
② 艾芜：《艾芜全集》（第1卷），成都：四川文艺出版社，2014年，第240页。
③ 艾芜：《艾芜全集》（第1卷），成都：四川文艺出版社，2014年，第197页。

　　如果就此将艾芜的风景描写方法简单地概括为"一切景语皆情语"，未免显得太过武断。事实上，如果我们仔细分析《南行记》中他描写风景的特点，会发现这些风景描写中"夜色"居多，而且往往是在月夜，比如被认为是其代表作之一的《山峡中》，主要故事情节就是在月夜发生的。《南行记》中描写雨天的篇幅也多，但很少写到动植物，或者说很少用细节的方法去描绘动植物。因此，艾芜笔下的风景，有其自身的特点，正如马克思所说："植物、动物、石头、空气、光等等，一方面作为自然科学的对象，一方面作为艺术的对象，都是人的意识的一部分，是人的精神的无机界，是人必须事先进行加工以便享用和消化的精神食粮。"① 不过艾芜笔下风景的特殊性，与传统现实主义"典型环境中塑造典型人格"的方法不同，结合"风景叙事"的理论，他并不是以"风景审美"② 的思维来描写风景，而经常使用远景推近视角，在风景中切入"人"的痕迹。这种剧本式的写法，有时是静态的，有时是动态的，但都会很自然地引入人的活动。艾芜的风景描写可谓是"灰调"③ 风格，他在写风景时不是"明调"的赞美，也不是"暗调"的气氛渲染，而是一种俯瞰的视角，仿佛用灰色的滤镜将眼前的一切镀上了一层无法抹去的"朦胧"感，虽然他并不用"灰色"这个词，甚至很多时候使用颜色鲜艳的词，但并不影响他风景书写中的整体"灰调"特性。

　　比如小说《荒山上》，作者是这样引出"茅屋人家"的："可是这儿却是荒山！整天遇见的，全是望不尽的古老松林。朝山顶上望，是松林，朝

---

　　① ［德］马克思：《1844 年经济学——哲学手稿》，刘丕坤译，北京：人民出版社，1985年，第 52 页。

　　② 现代的风景叙事与传统的风景审美之不同，风景叙事"是根植于民族集体无意识深处的具有遗传基因的影像"。见黄继刚：《"风景"背后的景观——风景叙事及其文化生产》，《新疆大学学报（哲学人文社会科学版）》，2014 年第 5 期，第 105－109 页。

　　③ "灰调"源于绘画理论，后来扩展到音乐、文学等泛艺术领域。在绘画中，色彩的纯度分为鲜调、中调和灰调，但是在实际的艺术批评中，灰调经常与明调相对，本文亦采取这一视角。直到当下，灰调分析仍是常见的手法，虽然不尽如人意。音乐方面，参见罗易菲：《"灰调叙事"缘何流行？——2019〈中国好声音〉音乐观察》，《中国文化报》，2019 年 9 月 21 日。文学方面，参见张森的《简论〈繁花〉的灰调叙述特色》，《北方文学》，2017 年第 6 期，第 23－24＋33页。

山壕里瞧，也是松林。这在近处看起来，松针映着阳光，还显得通明翠绿，令人怡悦。如向四周远眺呢，却又有些怕人，处处黑压压的，气象十分蛮野。山路则全是绛红的泥土，颜色崭新，仿佛自开天辟地以来，就没人走过。路上也的确少遇行人，只在挨晚边时候，才有黄土筑墙的茅屋人家，从松林中现了出来，招人进去息宿。这种人家，多半是挨近种点山地，兼做牧羊生活的。"① 令人怡悦的、在阳光下通明翠绿的松针，却处于十分蛮野的黑压压的荒山之中，甚至给人自开天辟地以来就没人走过的荒凉感，"灰调"特色十分明显。此外，艾芜虽然提到了"茅屋人家"，但这些人家是模糊不清的，无法表现出当地人的生活状态，或者说，这种"茅屋人家"变成了风景，形成了米切尔所说的"空景"。空景"即荒地、旷野或空洞的空间，是一种偶像破坏的符号，它摧毁了丘坛，粉碎了土著或原住民居住过的痕迹"。② 不过，从单纯的风景描写引出民俗也是艾芜惯用的笔法，但是这些风景往往不是绚丽的自然风光，也不是直接用来衬托边民的生活、风俗，更不是与他处境相对应的压抑沉闷的暗色调，而是布满着"灰色的"风格。这种灰色风格更多地表现在景与人的"对话"中，在写到一些残忍的民俗时，作者甚至会使用近乎"冷色调"的笔法，如《乌鸦之歌》的开头：

> 林里突然起着可怕的呼啸，狗也跟着阵阵凶叫起来。原来一带静寂的山，淡淡抹着向晚烟霭的，也在谷里，反送出强烈的回声。这时正是山行的人，担忧找不着下宿处的时候，哪还受得住这么一下突如其来的惊恐！赶紧加快脚步转过坡去，天空忽然开敞，大片平整的山地现了出来。上面种有尺多高的旱谷苗，正密密地铺排着，看来仿佛碧绿的湖水一样，山风吹过，还波也似的荡漾起来。正要朝山地尽头探望有什么人家的当儿，背后的人喊声、犬叫声，更加逼近拢来，且听见了两下枪响。还来不及掉转身子看时，一只负伤的鹿子，就没命

---

① 艾芜：《艾芜全集》（第1卷），成都：四川文艺出版社，2014年，第62页。
② ［美］W. J. T. 米切尔：《风景与权力》，杨丽、万信琼译，南京：译林出版社，2014年，第297页。

地朝谷地上奔跑过去。后面尾追着一群黑色的狗，一面跑，一面还在嚎叫。接着，便有两个拿枪，一个拿叉子的年轻人，从林里钻出，一看见了狗已咬着了鹿子，就一齐欢叫起来，不管践踏不践踏禾苗，就赶了过去。首先给鹿子肚上一刀，取出肠子肝脏之类来，丢给狗些，然后拿绳子捆着，两人便抬了起来，朝右边走去。①

　　静寂的山谷中突然出现的围猎场面，有电影镜头的画面感，但整体以冷色调的氛围呈现出来；作品中对打猎场景的描写，虽然是以客观的视角，但读来却让人觉得非常残忍。值得注意的是，艾芜在他的作品中对打猎这类民俗并没有表现出明确的态度。有论者认为艾芜的《南行记》充满人道主义的关怀。确实，在他的笔下，下层人民的苦难总能触动人心，但同时艾芜也写出了他们落后、愚昧、残忍的一面。此外，小说中提到的"幺店子"，是老滇缅路上的特殊存在，从这些细节确实可以发现很多已经消失的"历史现场"。据编者注，幺店子"是指大路上的小店子，卖点茶水点心，可以临时借宿一两个客人。"② 显然，幺店子与客栈这一类专门提供住宿的地方是没办法比的。其实，在艾芜南行的年代，老滇缅路上除了幺店子、客栈，还有驿站，英国传教士内维尔·布拉德利的《老滇缅路》亦有所记载。《老滇缅路》是日记体回忆录，作者布拉德利于1930年3月9日至4月18日从云南昆明经老滇缅路到达缅甸八莫，路线与艾芜所走的大部分一致③，虽然比艾芜晚了两年多，但是这一带的民俗风情和生活状况并没有改变。如果对比布拉德利《老滇缅路》中对民俗风情的记录，就更能发现艾芜"灰调"风格的独特魅力。

---

① 艾芜：《艾芜全集》（第1卷），成都：四川文艺出版社，2014年，第70页。
② 艾芜：《艾芜全集》（第1卷），成都：四川文艺出版社，2014年，第78页。
③ 艾芜与布拉德利都是走老滇缅路，不过艾芜没有经过大理，而是经弥渡从云县到达保山。具体路线为：昆明—楚雄—弥渡—云县—保山—腾冲—八莫；而布拉德利的路线为：昆明—楚雄—大理—保山—腾冲—八莫。

二

布拉德利的文字充满英国式的优越感，他在记录老滇缅路风俗人情的同时也描写了这些地方的落后面貌。布拉德利对少数民族的描写有很多矛盾的地方，他一方面赞美少数民族服饰装扮的艳丽，另一方面又在感叹他们恶劣的卫生情况。比如，他在描写傣族女性的时候，认为她们正直、健康，生性乐观，给人一种生机勃勃的印象："在一处村落，我们看见那儿的女人们服装特别艳丽，她们的袍子上绣着繁密的花纹，头巾上缀满了装饰品。"[①] 他多次赞美傣族女性艳丽的服饰，如："掸族妇女的着装鲜艳如画，多为红底或蓝底，很像吉普（卜）赛人。她们周身银饰，手臂上戴着银手环，肩膀上是一圈圈厚重的银链子，颈子和胯上则挂着硬质的银圈，耳朵上还坠有夸张的银耳环，一直垂到肩膀。远远望去，她们的盛装队伍绚丽而迷人。"但突然笔锋一转："但走近一看，唉，她们太脏了，头发没梳洗，牙齿也因长年嚼槟榔而发黑。"[②] 令人惊讶的是，艾芜对傣族女性也有类似的描写，例如，小说《在茅草地》中，他这样写道："她们的装饰显然着裙不着裤，而裙又极短，膝以下全露出，缠着黑漆细藤数十圈。头上包黑布，竟有尺多高，有点使人想到城隍庙中的地方鬼。"[③] 虽然这可能是艾芜的真实感受，但也可以看出来作者在此流露出的一种潜意识深处的"偏见"。所以，在他的小说中，除了对风景进行"灰色调"的处理，艾芜对山民的生活状态，以及各种谋生的过路人，也并不像学界所认为的全然是同情，除了与他有深入接触的人，他对待那些世居民族的态度经常是"灰色调"的，对此，笔者将在后文中深入分析。

人们通常认为艾芜的《南行记》着重描写了边疆地区少数民族的民俗风情，但与布拉德利相比，艾芜对民俗风情的书写其实并不丰富。或者可

---

① ［英］内维尔·布拉德利：《老滇缅路》，庄驰原译，成都：天地出版社，2019 年，第212 页。

② 同上，第 222 页。其中"掸族"为各系傣族的统称。

③ 艾芜：《南行记》，北京：人民文学出版社，2016 年，第 68 页。

以说，艾芜笔下记录了赶马人、抬滑竿的、偷卖鸦片的、偷马贼等一系列容易被人们误解的人物，但对民俗的关注相对薄弱。与其相反，布拉德利不仅描写了客栈、驿站、市集、建筑、梯田等生活场景，还描写了土匪、猎人等人物形象，祭祀、丧葬等民间习俗及信仰，谚语、乐器、书画、象棋等民间娱乐方式，以及当地的动植物，等等，可谓勾勒出了一幅老滇缅路沿线的民俗风情全景图。他用特有的英国式幽默笔调，将沿途风闻记录下来，有些记述让人忍俊不禁，比如他提到当地男人的"坐月子"风俗①，以及有关抢劫的趣说："土匪们尤其欣赏'镶金牙'这种时尚，最令他们兴奋的莫过于'友好地'拦下一位行路人，不问'要钱还是要命'，只要简简单单的一句：'你的牙，谢了！'"② 笔者做这样的对比，并不是要让他们在文笔上一决高下，也不是要分析他们民俗风情观照视角的差异性，而是想通过布拉德利的文字，探索艾芜"灰调"叙述的内在原因，从而更加全面地了解边疆少数民族 1930 年前后的生活状态。

与艾芜着力于各色劳苦人民的刻画不同，布拉德利以更为宏观的视角观察这一带的民俗风情。当然，作为游客的布拉德利，不可能像艾芜那样深入了解当地人民的生活状态和内心世界。但是，他的笔触从另一个方面印证了艾芜的所见所感。例如，他写道："随处可见风景如画的小山村。不过走近一看，却是一片荒凉萧索、令人失望的景象。"③ 这种强烈的反差感，是布拉德利在这段旅途中一成不变的体验，过楚雄市时，他发现，"这个伟大国度里存在着巨大的反差——这里有巍巍青山，到处山花烂漫；有凉风习习的山谷，有郁郁葱葱的山丘，有一望无垠的平原，有险峻幽深的峡谷，还有飞瀑和激流，抬眼望去，在灰紫色的远山映衬下，无边的美景一览无余……但与此同时，这里大部分人只能住在破破烂烂的房子里。愚昧、疾病和死亡，仿佛挥之不去的幽灵，始终缠绕着他们。他们的生活

---

① ［英］内维尔·布拉德利：《老滇缅路》，庄驰原译，成都：天地出版社，2019 年，第 169 页。

② 同上，第 164 页。

③ 同上，第 141 页。

里，除了吃饭，似乎没有其他任何盼头或动力"①。早在过苍岭镇时，他就已经有了这样的感受："他们悲惨的命运与这片土地上的美景相比，实在太让人心碎了。"② 如果说这种强烈的对比是布拉德利观察老滇缅路沿线的主要经验，那么，艾芜笔调的独特性就更加显而易见了。在他的笔下，并没有像布拉德利那样对风景的直接赞美，正如前文所分析的，大多数时候他描写的风景是充满灰色调的。这固然与艾芜的流浪状态有关，饥饿和瘴气随时威胁着他的生命，但是反向思考，正是他作品中的灰调，让我们感受到了他以及他笔下人物在贫苦环境中的生命律动，那种真实的来自生命本身的痛感。重读《南行记续篇》和《南行记新篇》，我们会发现，在这两部作品中，艾芜的笔调由灰调变成了布拉德利那种游客式的"明调"，尤其是风景描写。

例如，《南行记续篇》中的《野牛寨》，有大量的风景描写："山上山下，全是绿叶茂密的树林。整天就在树林里走。从树林稀疏的地方望出去，近处的山，布满了树林，现出一片浓绿。远处的山，也布满了树林，现出一片苍黑。天上一点云也没有，阳光明亮亮地射了下来，使人觉得这像是夏天。可是树林里也偶然出现几棵青冈树，叶子现出金黄色，你一眼看见了，不能不想起深秋和初冬。但近边的长穗桦，刚刚落了穗，新鲜的嫩叶正发了出来，叫人又想起了初春。依我国的时令算来，现在正该是严寒的冬季，可是南方的边疆却是这么样种景色，使人感到奇异，新鲜，愉快。"③ 这样的场景和笔调让人很自然就想到了布拉德利的描写，而"奇异""新鲜""愉快"这样的词，在《南行记》中是不曾出现的，文字中呼之欲出的轻松和欣喜，也是《南行记》中感受不到的。《南行记续篇》的色调与《南行记》形成了鲜明的对比。关于风景的明调描写，在《南行记续篇》中比比皆是，甚至在同一篇文章中也会反复出现，比如，在《野牛寨》中，除了前面这一段文字，还有这样的描写："我闻着一股浓烈的花香，便向园里望去，原来草房侧边一棵橘子树，开着小朵小朵的白花，香

① 同上，第 62—63 页。
② 同上，第 55 页。
③ 艾芜：《艾芜全集》（第 1 卷），成都：四川文艺出版社，2014 年，第 333 页。

气正从那里随风送来。还有一树石榴花，开得不多，但却红得惹人注意。麻桑蒲围着树身，结满了果实，可是并不怎样大。芭蕉也结得小小的。这大约是在山上，没有坝里那么热，成熟得慢吧？再望远一点，布满绿树的山谷，正给阳光照着，叶子上闪着点点的金光。斜坡的尽头，蜿蜒着道江流，现出一片银色的光辉。江那面的山峰，抹上蓝色的烟霭，显得十分美丽。"①

其实，从《南行记》到《南行记续篇》和《南行记新篇》，不仅风景描写由灰调变成了明调，就连作品的结构也发生了大的"变异"。最主要的表现是在每篇作品的开头，《南行记》中作品风格多样，单纯以风景描写开头的，29篇中②仅有10篇：《人生哲学第一课》《流浪人》《乌鸦之歌》《月夜》《森林中》《山峡中》《山官》《私烟贩子》《印度洋风土画》《海岛上》。其中一些文章并非取材于老缅滇路，例如，《人生哲学第一课》是作者在昆明所作，《印度洋风土画》《海岛上》是作者从仰光（原缅甸联邦共和国首都）归国途中所作，《山峡中》则作于从四川赴昆明途中。与《南行记》相反，在1961年成书的《南行记续篇》中，除了《玛露》，其他13篇文章均以风景描写为开头。③从表面上看，艾芜的这一转变跟时代相关，正如美国学者达比所说，"随着趣味的相应转变，过去令人害怕并予以回避的山区风景变成了极具美学价值的胜景"④。但是这种统一的结构和风格，使得《南行记》中的那种景物的丰富性和人性的复杂性都不见了。这些文章虽然在语言技巧上更为成熟，但在思想深度上，尤其是在表现人性复杂方面，却不如之前。正如米切尔所说："虽然恢复风景记忆、挖掘风景深度显然非常重要，但人们也必须记住，在某种意义上风景就是

① 艾芜：《艾芜全集》（第1卷），成都：四川文艺出版社，2014年，第333-334页。
② 此处依据《艾芜全集》（第1卷）（成都：四川文艺出版社，2014年）统计。
③ 依据《艾芜全集（第1卷）》（成都：四川文艺出版社，2014年），这13篇分别是：《玛米》（327页）、《芒景寨》（350页）、《姐哈寨》（370页）、《边寨人家的历史》（379页）、《野樱桃》（397页）、《群山中》（408页）、《澜沧江边》（443页）、《攀枝花》（456页）、《雾》（468页）、《边疆女教师》（478页）、《春节》（487页）、《红艳艳的罂粟花》（494页）。
④ ［美］温迪·J.达比：《风景与认同：英国民族与阶级地理》，张箭飞、赵红英译，南京：译林出版社，2011年，第64页。

与遗忘相关，与以令人惊异的错位方式远离现实相关。"① 1981 年成书的
《南行记新篇》，风景描写的明调风格得到延续，以风景描写方式为开头的
文章结构也得到了延续，如《边城》《大山下的目闹·纵戈》《大青树下》
《两姊妹》《归来》《柑子花香的时候》《山村之夜》《青春》等都是以风景
描写为开头。《南行记新篇》总共有 13 篇文章，以风景描写为开头的就占
了 8 篇。不过，在《南行记新篇》中，关于民俗的描写较之前更为丰富，
而且出现了风景与民俗融合的书写方式。比如，在《大山下的目闹·纵
戈》中有如下描写：

> 　　在巍峨的大山脚下，有一处坡地，斫去了树木荆棘，形成一个不
> 大平整的广场。中间竖立四个高大的木牌子，绘上五彩的符号，有的
> 牌子画着谷子玉米麦子，有的牌子画着鸡鸭牛羊。旁边还搭成一座小
> 小的彩楼，挂着各种颜色的彩旗。从前在这样的广场上开"目闹"大
> 会，举行几千人以上的跳舞，奏乐的人，是坐在彩楼上吹吹打打的，
> 现在却用喇叭代替了，只消下面打开录音机，通过电线，乐曲声音便
> 从彩楼上传播下来。这是景颇人召开的大会，大山话称为"目闹"，
> 小山话称为"纵戈"。会一开始，放鞭炮，放步枪。四个元帅穿长袍，
> 头戴孔雀毛野鸡毛的帽子，手捧画有符咒的木牌，进入广场。成千成
> 万的男男女女，跟在后面，男的拔出雪亮的长刀，竖在面前，随着乐
> 声，有节奏地摆动。女的穿着花裙上身穿的黑绒短衣，从肩到胸，缀
> 着许多圆形的银锭。双手绷着张花色的手巾，或者一片芭蕉叶，也随
> 着乐声前进一下，或向左，或向右，不断地摇动。四个元帅带头，或
> 绕圆形的圈子，或绕椭圆形的圈子，大都要到四个大牌子那里，绕来
> 绕去。②

　　从写作技法来看，艾芜在《南行记新篇》中更加娴熟地将风景与民俗

---

① ［美］W. J. T. 米切尔：《风景与权力》，杨丽、万信琼译，南京：译林出版社，2014
年，第 287 页。
② 艾芜：《艾芜全集》（第 6 卷），成都：四川文艺出版社，2014 年，第 394 页。

完美融合，虽然人文关怀更加明显，但具体的人物形象或人物个性却不那么鲜明了。相应地，《南行记》中的灰调风格也随之消弭。

三

回头来看，为什么布拉德利书写老缅滇路沿途民俗风情的明调模式在《南行记》中没有出现，而在《南行记续篇》和《南行记新篇》中出现了呢？由此反观艾芜《南行记》中弥漫的"灰调"，就会发现在他笔下不仅仅风景是"灰色的"，人性的灰色地带也被触及。比起"土司""山官"这一类作者直接批判的对象，艾芜笔下最吸引读者的，往往是一些被欺凌但是美丽善良的女性悲剧形象，以及盗马贼、私烟贩子、小偷、强盗等不被道德所认可但又具有一些美好品质的人物形象，作者在突出他们讲义气、重感情的同时也毫不回避他们残忍、卑劣的一面。也正是因为如此，学界认为艾芜的《南行记》是在记录自己所见所闻的同时为小人物立传的作品，而小说中无论是艾芜本人或者作为叙述者的"我"，却被忽视了。由风景的灰调视角去分析《南行记》中的"我"，就会发现他身上也充满灰色，这恰恰是《南行记》更为深刻的地方。最具代表性的是《我诅咒你那么一笑》，在这篇文章中，"我"因为懂英文而被茅草地的老板安排给印度人带来的英国绅士做"向导"，去欺凌住在店里的傣族少女；因为是八莫官家派来的，店老板就与印度人沆瀣一气，将住在店里的傣族姑娘推向火坑，但是"我"能"闭着眼睛让那些在生活上辛苦奔波的傣族少女给人蹂躏么？这于我，又是不可能的！绝对不能够！"[1] 于是，"我"机智地利用各种方法骗过了所谓的英国绅士，让他的奸计没有得逞。但因为这绅士"贪欲的火焰，尚未熄去，无论如何，还要到别家去游猎，我也趁一时的欢喜，便索性去玩个痛快，就带他到老刘那家店子走去"[2]。到达老刘的店子时，"我"却因为被老刘看穿把戏而涨红了脸，之后便悄悄溜回来了。

---

① 艾芜：《艾芜全集》（第1卷），成都：四川文艺出版社，2014年，第220—221页。
② 艾芜：《艾芜全集》（第1卷），成都：四川文艺出版社，2014年，第223页。

从表面上看，"我"是一个富有正义感和同情心的人，怕傣族少女被欺负而极尽保护之能，但是，"我"将这潜在的伤害转移到另一家店里，这是正义的表现吗？当真正需要以"勇敢和坚毅"来保护傣族少女时，"我"却红着脸溜开了。虽然其后"我"忏悔道："如今想起来，我是怎样的一个懦弱而又好动感情的人呵！倘若那一夜把那色鬼痛打一顿，跑回中国，或者不顾讥笑，坚定下去，那末（么）现在我的心上一定是清爽无垢，而也不会觉着痛苦的。"① 通过上述描写，"我"的懦弱和虚伪暴露无遗。

艾芜笔下的"我"，实际上是一个非常复杂的人物，既有着知识分子的悲悯心，也对某些事物或人物有着明显的偏见，甚至会不时地展露性格的弱点和人性的"灰色"。如果单纯以道德角度，或以饱含同情地为下层劳苦人民立传的视角去看待"我"，就无法理解人性复杂的深刻性。再读艾芜的《南行记》，我们会发现他写于 20 世纪 30 年代和 40 年代的作品，也有本质的差异。在 20 世纪 30 年代的作品中，"我"之人性"灰色"时常会暴露出来，其他人物形象的刻画也充满"灰调"；但到了 40 年代，"我"是很符合伦理道德要求的，小说中其他人物身上的善良与美德也得到了充分的挖掘。例如，写于 1948 年的《流浪人》突出描写了讲义气的矮汉子（专门等着还钱给"我"）；写于 1948 年的《私烟贩子》刻画了对"我"有"无限好意和关切"的陈老头②；写于 1947 年的《寸大哥》对赶马人善良厚道的形象进行了生动的叙述③；等等。上述作品都收录于《南行记》，但不同的写作时间使这些作品之间有着很大的差异，如果我们透过这些差异来感受时代的变迁，就更能以文学史的视角把握艾芜作品的历史现场感。同样地，如果我们重新审视艾芜写于 20 世纪 30 年代的作品（当然包括最早结集为《南行记》的八篇小说），就会发现他对人性的深刻把握，也能读到一个身负求学梦想却不幸沦为流浪者的知识分子的生命体验。此时，他的"灰调"风格独具魅力，在对人性的挖掘方面也更为深刻。

---

① 艾芜：《南行记》，北京：人民文学出版社，2016 年，第 104 页。
② 艾芜：《艾芜全集》（第 1 卷），成都：四川文艺出版社，2014 年，第 247 页。
③ 艾芜：《艾芜全集》（第 1 卷），成都：四川文艺出版社，2014 年，第 254 页。

具体来看，艾芜笔下的"我"在很多时候是矛盾的、纠结的，甚至会将人性的"灰色"自然地展现出来。如《森林中》"我"与同行人静观小麻子去偷东西①，以及《左手行礼的兵士》中，本来对"我"尊敬有加的一个憨直的新兵，"我"却因为众人的嘲笑，对他的态度从一开始的热情到后来的冷眼相待直到厌烦。小说中，那个用"左手行礼的兵士"对"我"敬礼之后，"我"的心理活动是这样的："我自己呢，假如是个军官，或是军医，也许是体面的上等人，倒能默默地沉着面孔，接受了他的敬礼的。但我却不过是在这边远地方的省会里做个慈善医院的杂役而兼号房的罢了，哪里受得起这么一个隆重的军礼呢？所以在他喊声'敬礼'之后，竟至全然弄红了我的脸，心上怪难为情的。"② 但其后众人都嘲笑左手行礼的吴大经，并在言语中伤了"我"的自尊："'哼哼，简直是在瞎敬礼！纸扎的人你也会向他敬礼吧。'他眨眨眼睛，理也不理地便走到医疗室去了。而我呢，听了这话非常难过，并且恨他起来。因为由他那傻头傻脑的举动，才顺带也把我弄成人们鄙视的目标的。""次日他又依旧对我敬礼，我便故意做点不高兴的嘴脸给他看，低着头像对一个陌生病人似的，而且加重了询问的语气。"③ 不像很多自传体的作品④，作者刻意将自己的化身尽量美化，置身于道德的高地，艾芜却有意无意地暴露出了人性中灰色的一面，展露出人性的复杂，这也是他"灰调"书写的魅力所在，在他的作品中，风景与人性的"灰色"构成了某种统一。

究其根源，其实在《南行记》的第一篇文章《人生哲学第一课》中，艾芜就学到了如何以"灰色"姿态对待苦难的生活："为了必须生存下去的事情，连贼也要做的，如果是逼得非饿死不可的时候。围绕我们的社

---

① 艾芜：《艾芜全集》（第1卷），成都：四川文艺出版社，2014年，第114-115页。
② 艾芜：《艾芜全集》（第1卷），成都：四川文艺出版社，2014年，第25页。
③ 艾芜：《艾芜全集》（第1卷），成都：四川文艺出版社，2014年，第26页。
④ 艾芜在1963年写的《〈南行记〉后记》中写道："《南行记》里面的小说，可以说是在祖国的南方和亚洲的南部，漂泊时候，把亲身经历以及所见所闻的一些人和事，用小说的体裁，描写出来，而且采取第一人称的形式。有些是用第三人称形式写的，因为不合'记'的体例，就仍然留在别的小说集内。"见艾芜：《艾芜全集》（第1卷），成都：四川文艺出版社，2014年，第320页。

会，根本就容不下一个处处露本来面目的好人。"① 以至于到后来，"我"的"灰调"特性越来越突出，如前文提到的对待左手行礼的兵士的态度，以及后来处理英国绅士欺凌傣族少女事件时的做法，再往后，在小说《我们的友人》中，"我"居然通过听其他人的苦难故事来取乐，比如其中写到老江为众人讲故事时的场景是这样的："'呃呃，红毛鬼哟，真像骚羊！有一天，我在竖磅的街上遇见一个醉得偏偏倒倒的红毛鬼，拦腰一抱，就把对面来的一个缅甸姑娘，紧紧搂着，尖起嘴唇，对着嫩脸上像盖印样地乱盖。那个姑娘吓个够，像杀猪似的叫起来……'都知道我们过的是艰难的日子，因此来往的人，自然少。在这寂寞的时光里，对这带着许多新鲜事件面来访的老汇，就并不过分的讨厌，有时竟使我们沉闷的生活上清染了些活泼的气象。"② 这篇小说作于艾芜到达缅甸仰光之后，作者在老滇缅路上对受欺凌的女性的同情与无能为力的纠结，到此刻似乎已全然麻木，以至于再听到这类令人愤慨故事时竟有找乐子的心态。其实，纵观"我"在南行中的遭遇，再对比生存境况对生命的威胁，这种人性的"灰调"反而表现得更为真实。艾芜在《南行记》原序中提道，他在仰光最落魄的时候，"心里没有悲哀，没有愤恨，也没有什么眷念了，只觉得这浮云似的生命，就让它浮云也似地消散吧"③。对活下去都不抱希望的时候，人性的灰色似乎就更不值一提了。

需要注意的是，艾芜的笔下突兀地出现过"人血馒头"这个词，在《山峡中》，野猫子与"我"有一段这样的对话："那末（么），规规矩矩地让我走吧！""不！你得让爸爸好好地教导一下子！……往后再吃几个人血馒头就好了！"④ 确实，如上文所分析，"我"在南行的途中，人性之"灰色"越来越突出，"再吃几个人血馒头就好了"这简直成为一句谶语。以此追溯鲁迅笔下的"人血馒头"，便会发现艾芜的"灰调"书写对鲁迅的

①　艾芜：《艾芜全集》（第 1 卷），成都：四川文艺出版社，2014 年，第 13 页。
②　艾芜：《艾芜全集》（第 1 卷），成都：四川文艺出版社，2014 年，第 261 页。
③　艾芜：《艾芜全集》（第 1 卷），成都：四川文艺出版社，2014 年，第 3—4 页。
④　艾芜：《南行记》，北京：人民文学出版社，2016 年，第 43 页。

某种回应^①，至于这"灰调"是艾芜有意为之还是无心插柳，并不重要，重要的是我们会发现《南行记》中在生活重压下无处不在的"人血馒头"。艾芜本来是受五四运动滋养的知识分子，但是通过他笔下的"我"，可以看到一个有理想的知识分子是如何被现实改造成"看客"的。其实，艾芜的南行并不是以作家的身份去体验生活的，而是求学梦想驱动下被迫的流浪。如果我们还认为艾芜最初漂泊于老滇缅路时就已经成为"墨水瓶挂在颈子上写作"的作家，那就太荒谬了。正是因为他在南行时并无写作的功利心，所以反而成就了《南行记》。这些作品大多数是他南行之后在上海写的，来自其最本真、最原始的生命体验，而非先入为主的体验式或者游客式的书写。

综上，笔者认为，《南行记》的文学价值高于《南行记续篇》和《南行记新篇》，虽然后面两者的语言技巧和结构布局显得更为成熟，但是如果审视艾芜南行系列作品的文学史价值，会发现这三者是密不可分的。经过对比我们发现，在《南行记续篇》和《南行记新篇》中，《南行记》那种发自生命深处的律动不见了，取而代之的是经由回忆投射的知识分子式的关怀，而非贫苦人民内心的呐喊，也非作者最真切、最切身的生命体验。后两次南行的书写类似布拉德利的"明调"，虽然也写出了1961年边疆地区人民进行社会主义建设和1981年迎接新时代到来的景象，但不够深刻。与其说艾芜从早期"灰调"的人性挖掘到后期"明调"书写是作家创作中内在经验的改变，还不如说是时代环境所迫的"灰调"特性被消弭的过程。^② 就此来说，将艾芜的《南行记》与布拉德利的《老滇缅路》进行横向对比，再将其与他本人撰写的《南行记续篇》和《南行记新篇》进

---

① 1921年，艾芜在四川省立成都第一师范学校读书时就开始阅读鲁迅作品，参见廉正祥：《艾芜传——流浪文豪》，太原：北岳文艺出版社，1992年，第16—17页。至于艾芜与鲁迅的交往，张效民在《艾芜传·流浪文豪之谜》（成都：四川民族出版社，1997年）一书中有较详细的介绍，其中有专节"在鲁迅的指引下"（第77—80页）；此外，王毅在《艾芜传》（北京：北京十月文艺出版社，2005年）中也有论述，详见该书第160—167页。

② 就这点而言，李笑的《艾芜经验与现代中国左翼文学的转折》一文从左翼文学的视角也发现了"艾芜经验在左翼文化语境中的价值缺失"，详见《现代中国文化与文学》，2019年第3期，第267—278页。

行纵向对比，就能够更深刻地透视《南行记》中风景书写和人性书写的
"灰调"，从而了解艾芜第一次南行时的切身生活体验和生命痛感，以及他
通过作品透射出的人性的"灰色"轨迹。透过他南行系列作品中风俗人情
描写的嬗变，我们也可以管窥一代知识分子的心路历程及生命体验，了解
其生命活力和人性书写被压抑、被程式化乃至"被消弭"的历史过程。

空间转换与艺术主体的精神嬗变

——论卞之琳的延安书写

任 杰

　　1937 年抗日战争（简称"抗战"）全面爆发之后，北京、上海、武汉等全国文化、政治中心相继沦陷。在诸多因素的合力下，西北小城延安逐渐成了进步青年心中的"圣地"。全国各地的青年不约而同地涌向延安，试图在这里找寻人生意义，汇入革命洪流。当时已享才名的卞之琳即是其中之一。1938 年 8 月底，卞之琳与何其芳、沙汀等一起从成都出发，辗转到达延安。在这期间，卞之琳于 1938 年 11 月 12 日加入"抗战文艺工作团"并随团赴晋东南、晋察冀等地进行访问、创作。次年 4 月，他回到延安，在鲁迅艺术学院（简称"鲁艺"）担任教员。8 月，卞之琳按原计划返回成都。在为期一年的延安行中，卞之琳完成了短篇小说《石门阵》《红裤子》等和报道类散文《晋东南麦色青青》《"日华亲善"》《渔猎》《钢盔的新内容》等，并开始写作战地报告《第七七二团在太行山一带》（于1939 年秋冬间完成）和诗集《慰劳信集》（于 1939 年 11 月完成）。

这些"延安书写"① 在卞之琳的整体创作中占有相当大的份额，但是除了《慰劳信集》受到一些重视外，其他作品鲜少被纳入研究视野，学者们对其延安书写的整体考察则更是付之阙如。这是因为，卞之琳的文学形象基本由其诗歌创作奠定，这里的"诗歌创作"具体指的是他在 20 世纪30 年代前后创作的"化古""化欧"等充满玄思的智性诗歌。延安书写并非他文学形象构建中不可或缺的要素。延安书写中，两个短篇小说被卞之琳视为"习作"，亦少有反响；《晋东南麦色青青》属通讯报告，创造性似嫌弱；受到卞之琳偏爱的《第七七二团在太行山一带》则被他不断强调"这不是我的创作，不是一本小说"②，而是"历史"③。而《慰劳信集》又在某种程度上成为对比验证卞氏此前诗歌艺术技巧之圆融的材料。在卞之琳的自我言说和研究者有倾向性的引述中，延安书写并没有获得研究上的独立性和整体性。然而事实上，延安书写是沉迷于"看风景"的卞之琳走出自我、参与抗战的创作实践之产物，也是他创作生涯的真正转捩。因此，只有把延安书写视作卞之琳创作生涯中不能缺少的重要一环，才有可能更深入、更全面地把握卞之琳的创作理念和情感世界。

一、"我还是我"与"另一个诗人"

《慰劳信集》动笔于延安，是卞之琳在抗战的大环境中为"响应号召"，"引发绵延不绝的感情，鼓舞人心"④ 而作。作为"卅年代文坛歌喉最动听的鸟"⑤，卞之琳认为《慰劳信集》无疑会受到时人关注。但与卞氏的期待相反，《慰劳信集》并未成为抗战时期文艺作品的典范。穆旦指

---

① 前述创作都直接肇发于卞之琳的延安之行，这些作品文体虽有不同，但内在联系紧密，故本文将其统称为"延安书写"。

② 卞之琳：《卞之琳文集》（上卷），合肥：安徽教育出版社，2002 年，第 396 页。

③ 卞之琳：《卞之琳文集》（上卷），合肥：安徽教育出版社，2002 年，第 397 页。

④ 卞之琳：《卞之琳文集》（上卷），合肥：安徽教育出版社，2002 年，第 5 页。

⑤ 司马长风：《中国新文学史》（中卷），香港：昭明出版社，1978 年，第 203 页。

出，"为了表现社会或个人在历史一定发展下普遍地朝着光明面的转进，为了使诗和这时代成为一个感情的大谐和，我们需要'新的抒情'!"这"新的抒情"就是"强烈的律动，宏大的节奏，欢快的调子"①。而他认为《慰劳信集》中"'新的抒情'成分太贫乏了"，"这些诗行是太平静了，它们缺乏伴着那内容所应有的情绪的节奏。这些'机智'仅仅停留在'脑神经的运用'的范围里是不够的，它更应该跳出来，再指向一条感情的洪流里，再激荡起人们的血液来"②。闻家驷则认为，卞之琳虽然到过延安，也亲临了前线，却没有给留在后方的人们"带回一点战争的氛围或者是一些血迹未干的战利品"，在他的《慰劳信集》中，战争"只是几个简单的手势、几幅轻淡的图景，如在梦中，如在雾里"，这说明延安之行"并没有使'诗人'在本质上发生什么变化"③。

穆旦等人的观察有其深刻的一面，的确，《慰劳信集》中卞之琳对诗歌形式的追求一如既往，所作的都是"严谨的格律诗""半格律诗"④，而且他依旧延续着以小见大、从局部把握整体的运思方式。根据卞之琳后来的说明，延安之行来去都在他的计划中："纵然时间有了长短，路线有了出入，结果也有了歧异。可是我还是我。"⑤ 上文中"我还是我"的说法为研究者发掘和验证卞之琳的"不变"提供了有力支持。有论者认为，这是卞之琳在文学观念上的自我持守："对文学艺术的'永久性'，卞之琳既不屈从于读者，亦不屈从于'时代'，而是有着一套自己的独特看法。"⑥也就是说，"我还是我"是卞之琳对其艺术与思想的坚持和标出，这显示出作为艺术主体的卞之琳对时代、战争的静观与疏离。

但是，作家的夫子自道往往是一种自我期许与定位，研究者也未必能

---

① 穆旦：《〈慰劳信集〉：——从〈鱼目集〉说起》，《大公报·香港版》，1940 年 4 月 28 日第 8 版。

② 穆旦：《〈慰劳信集〉：——从〈鱼目集〉说起》，《大公报·香港版》，1940 年 4 月 28 日第 8 版。

③ 闻家驷：《评卞之琳的慰劳信集》，《当代评论》，1941 年第 15 期，第 223 页。

④ 张曼仪：《卞之琳著译研究》，香港：香港大学中文系，1989 年，第 78 页。

⑤ 卞之琳：《卞之琳文集》（上卷），合肥：安徽教育出版社，2002 年，第 398 页。

⑥ 李超宇：《在个体与时代之间——试论卞之琳的战时写作》，《现代中文学刊》，2019 年第 1 期，第 7—16 页。

对其进行全面的观照。从实际情况来看，卞之琳"在大时代的变局中，洗尽了颓态，获得了新生"①。杜运燮在《捧出意义连带着感情——浅议卞诗道路上的转折点》一文中，根据《慰劳信集》，对卞之琳的"变"进行了如下阐释："他的'变'，在为广大人民而写方面给我们提供了方向性启示，在如何反映现实方面，提供了另一种写法的实例。"② 张曼仪也指出，《慰劳信集》在风格上有了巨大变化："抗战之初，卞之琳不继续在个人思维和感情的里巷里摸索，而写出风格一变的《慰劳信集》，是时代使焉。"③ 事实上，卞之琳在回顾自己的创作生涯时亦把延安书写当作自己的"转折点"："我写诗道路上的转折点也就开始表现在又是一年半写诗空白以后的 1938 年秋后的日子。"④ 有研究者就此认为卞之琳的延安书写是一种"转向"："第三阶段为 1938 年以后迄今的创作，是他'转向'之后的创作"，并且，自《慰劳信集》开始，卞之琳已经成为"另一个诗人卞之琳"⑤。

　　遗憾的是，尽管诸多论者根据《慰劳信集》指出了卞之琳的新与变，却并没有对此进行更为深入的探析。其实，从整体上来看，除了有意识地改变自己的诗歌创作风格之外，身处延安的卞之琳也在不断尝试新的创作文类，比如短篇小说和战地通讯。不仅如此，他还对"真人真事"的写作方式产生了极大兴趣，他曾如此自述《第七七二团在太行山一带》的写作："我在设法于叙述中使事实多少保留一点生气的时候，我并不曾利用小说家的自由，只顾文学的真实性。"⑥ 并且，最具文学意味的《慰劳信集》的写作本就源于真人真事。如果说"生之迷惘与感慨命运是卞之琳早期诗作的深层意蕴"⑦，那么在经过了延安的"洗礼"后所创作的《慰劳

---

① 江弱水：《卞之琳诗艺研究》，合肥：安徽教育出版社，2000 年，第 50 页。
② 袁可嘉、杜运燮、巫宁神：《卞之琳与诗艺术》，石家庄：河北教育出版社，1990 年，第 89 页。
③ 张曼仪：《卞之琳著译研究》，香港：香港大学中文系，1989 年，第 173 页。
④ 卞之琳：《卞之琳文集》（中卷），合肥：安徽教育出版社，2002 年，第 451 页。
⑤ 蓝棣之：《论卞之琳诗的脉络与潜在趋向》，《文学评论》，1990 年第 1 期，第 96 页。
⑥ 卞之琳：《卞之琳文集》（上卷），合肥：安徽教育出版社，2002 年，第 397 页。
⑦ 蓝棣之：《论卞之琳诗的脉络与潜在趋向》，《文学评论》，1990 年第 1 期，第 96 页。

信集》中，卞之琳的迷惘与感慨都得到了相当程度的缓解和消退。于是，在卞之琳眼中，"一草一石都有了新意味"，未来世界也成为一个值得期待的东西："等前头出现了新的里程碑，/世界就标出了另外一小时"（《给一切劳苦者》）。值得注意的是，在延安鲁艺任教时，卞之琳"并没有刻意强调自己的'诗人'身份，反而在文学系获得了指导学生写小说的机会"①。同时，卞之琳也重新开始了中断十年之久的小说创作（自 1929 年写完短篇小说《夜正深》后，他便没有再创作小说）。在延安真正体验了时代的脉动和抗战的力量后，卞之琳对文体的选择有了新的认识："时代不同了，现代写一篇长诗，怎样也抵不过写一部长篇小说。"② 如果不否认文学创作在本质上体现的是作家主观精神的话，那么完全可以说，在延安的卞之琳已然发生了精神和艺术上的嬗变。

在确认卞之琳延安书写之"变"后，需要追问的是，作为一个坚持自我的艺术主体，卞之琳在创作上为何能变，这种变从何而来，以及变了什么。如果从空间转换的角度对卞之琳的延安书写进行整体考察，可以看出，卞氏之"变"源于延安空间转换中的主体体验，延安书写和这种体验亦有直接的关联。

二、"另一个世界"的山山水水

20 世纪是一个"空间"的世纪，"空间本身既是一种'产物'，是由不同范围的社会进程与人类干预形成的，又是一种'力量'，它要反过来影响、指引和限定人类在世界上的行为和方式的各种可能性"③。在战火纷飞的年代，每个个体都被卷进"现代"的范畴，"空间"的范围和深度亦随之扩大和加深，成为个体确认自身存在、通联外部世界的三维坐

---

① 李扬：《延安鲁艺诗人及其创作研究（1938—1945）》，新北：花木兰文化事业有限公司，2019 年，第 122 页。

② 卞之琳：《卞之琳文集》（上卷），合肥：安徽教育出版社，2002 年，第 267 页。

③ ［美］菲利普·韦格纳：《空间批评：批评的地理、空间、场所与文本性》，阎嘉：《文学理论精粹读本》，北京：中国人民大学出版社，2006 年，第 137 页。

标系。

对卞之琳而言，"空间"是他敏感诗心的栖身之所与表达对象。相较于叙写久远而厚重的线性历史，卞之琳在创作时偏爱捕捉瞬间的动态空间情境，他的诗中经常会出现地图、车站、地名等具有地理、空间意义的意象，如创作于1935年的《音尘》一诗，想象奇特、意象丰富，表达了一种独特的空间体验："绿衣人"一敲门，"我"就想到他可能来自"黄海"或"西伯利亚"，紧接着，"我"将联想落实在"地图"上，地图成为"我"确定客人位置和身份的关键。之后，"我"又从地图上的某一地点出发，开始想象和猜测，"泰山顶""火车站""咸阳古道"等地名顺接而来。由此，诗人把虚空的情感投射至实在的空间上，幽微而动人。不仅如此，卞之琳还善于把难以把握的时间转换为空间的变动，如《航海》的最后几句："这时候睡眼蒙（朦）胧的多思者/想起在家乡认一夜的长途/于窗槛上一段蜗牛的银迹——/'可是这一夜却有二百浬?'"① "一夜的长途"用时间标示了空间距离之远，这也是文学和日常生活中常用的方式。但诗人对这"一夜的长途"并没有直接而切身的感受，直到他看到"窗槛上一段蜗牛的银迹"时才恍然大悟——"可是这一夜却有二百浬?"。在作者的感受中，"一段蜗牛的银迹"对应了一夜的二百浬，距离又重新从时间回归空间，卞之琳也由此对空间的变动有了真正的感知。换句话说，卞之琳的创作和他独特的空间体验密不可分，空间本就是他创作中的重要组成维度。

在延安之行中，卞之琳更是获得了迥异于前的强烈而奇特的空间体验。对这一空间的转换，卞之琳极为敏感，他反复申说延安对于他是"另一个世界"："当时延安生动活泼的局面就实在令人心醉，使我也飘飘然好像置身另一个世界。"② "我在这另一个世界里，遇见了不少的旧识，更多的新交。"③ 自然地，这"另一个世界"也影响以至改变了他的创作："一接触与'大后方'截然不同以至像另一个世界的地方，稍晚一接触前方的

---

① 卞之琳:《卞之琳文集》（上卷），合肥:安徽教育出版社，2002年，第31页。
② 卞之琳:《卞之琳文集》（中卷），合肥:安徽教育出版社，2002年，第114页。
③ 卞之琳:《卞之琳文集》（中卷），合肥:安徽教育出版社，2002年，第451页。

抗战实际，异乎寻常，竟然反应很快，笔头也快，尽管条件艰苦，尽管也不免粗制滥造，写出的文字节奏也轻松，有时还兴味盎然。"① 正是在这"另一个世界"的刺激和触发下，他的创作出现了诸多的新变。

这种新变也体现在卞之琳对时局的认识上，用他的话来说，去了延安后，"在抗战观点上来说，则我还是一个虽欲效力而无能效多大力的可愧的国民。所不同者，我现在知道了一点，虽然还是不太够"②。这显然是卞之琳的自谦之词，在"带着求知的渴望、往延安和前线转了一圈"后，卞之琳其实"是大有所获的，而这次见闻也影响了他以后的路向"③。延安之行带来的切身的空间体验，使卞之琳开始将眼光从自身投向外部世界，寻求一种新的理想。

对卞之琳而言，这种空间体验首先表现为"风景"的发现。在随军途中，翻越太行山之后，卞之琳看到的"风景"是这样的："气候比山西暖和的河北境内看上去已是一片金黄——麦熟了。房子也异样了，用大块大块浅红的花岗石叠起来，平顶，上下两层，开着拱形的窗户，叫人看起来不由得不说'洋气'。"④ 这些"风景"明显和抗战紧张而残酷的整体氛围有所龃龉。类似的"风景"还有很多，譬如：

> 初冬的垣曲城郊还只是晚秋景象，天气暖和。树叶还颇有些绿的。黑河流在城西，清极了。修长的白杨到处都是。站定了望望黄河南岸一座特别奇峻的蓝色的远山，听听近旁的水声，树声，你会想起这里有江南的秀丽而又是道地的北方。尤其是，一听到黄河湾里的特别多的雁声，看到像别处农家挂在檐前的红辣椒一样，一大串一大串挂在村树上，预备做柿饼的红柿子，那么鲜明的，你会想起这里又确是垣曲。⑤

---

① 卞之琳：《卞之琳文集》（上卷），合肥：安徽教育出版社，2002年，第380页。
② 卞之琳：《卞之琳文集》（上卷），合肥：安徽教育出版社，2002年，第398页。
③ 张曼仪：《卞之琳著译研究》，香港：香港大学中文系，1989年，第85页。
④ 卞之琳：《卞之琳文集》（上卷），合肥：安徽教育出版社，2002年，第451页。
⑤ 卞之琳：《卞之琳文集》（上卷），合肥：安徽教育出版社，2002年，第505—506页。

仅看此段，我们会觉得这分明是"风景"的礼赞，但这却是对经历过战争的小城的描摹。卞之琳就是在战地中看到了"风景"。在关注战争、将士和军中日常的同时，"风景"的发现与"欣赏"是卞之琳延安书写中的重要部分。在经历了数次炮火的断壁残垣里，卞之琳看见"从前的窗子现在还有未曾豁开，尚存完整的方洞的，仿佛镜框，由街上的过路人，随便镶外面一块秀丽的郊景，譬如说一株白杨，一片鹊巢，半片远山。有一家屋子里，现在应该说院子里了，一只破缸，里面还有些水，大开了眼界，饱看蓝天里的白云"①，这里不仅有着诗意的流淌，更和中国古代文人的审美理想相近，这不免引发人们的疑惑。但正如论者所指出的，"'残窗'、'破缸'与'风景'之间的转化，应该放置于'通畅'与'烧断'、破坏与再生、危机与转机的辩证关系中去理解"②，进言之，卞之琳发现的"风景"乃是一种新的生机的涌动，而非单纯的物象描摹。

实际上，与其说发现战争中的"风景"是卞之琳的一种艺术趣味，毋宁说卞之琳是在将自己所置身的空间"风景"化，以此缓释内心的焦虑和痛苦。"风景仅仅作为意义呈现的外层，意义叙事才是其思想内核"③，"风景"是不是风景，它意味着什么，其实都由作为主体的观者确定。在卞之琳笔下，"风景"并非剥离整体环境和时代局势而存在，书写"风景"也并不意味着卞之琳欣赏甚至沉醉于战争的暴力"美学"。通观卞之琳延安书写中的风景叙事，其笔调之闲适安逸、情感之柔软真诚，未尝不可视作他对太平生活的向往和想象。在发现"风景"后，卞之琳经常会将风景代入整体的抗战空间，如："一家破屋，看来原先是一家颇不小的铺子，门头还留着'陶朱事业'的字迹遥对斜阳。这个门洞从前该吞吐过多少日本货，整的进，零的出。敌人来烧断了他们自己的工业品的通畅的大出路。"④ 其实，卞之琳正是在对战后满目疮痍的"风景"的从容抒写中，

---

① 卞之琳：《卞之琳文集》（上卷），合肥：安徽教育出版社，2002 年，第 507 页。

② 姜涛：《动态的"画框"与历史的光影——以抗战初期卞之琳的"战地报告"为中心》，《中国现代文学研究丛刊》，2019 年第 5 期，第 87 页。

③ 黄继刚：《"风景"背后的景观——风景叙事及其文化生产》，《新疆大学学报（哲学人文社会科学版）》，2014 年第 5 期，第 105 页。

④ 卞之琳：《卞之琳文集》（上卷），合肥：安徽教育出版社，2002 年，第 507 页。

一再认同和强化抗战必胜的信念。换言之，"风景"的发现乃是卞之琳确认和肯定抗战必胜的信念的一种个人化的方式，并非所谓的"趣味主义"。

在空间的转换中，卞之琳不只发现了自然空间中的风景，也同样敏感地感知到了社会空间的独特。在列斐伏尔看来，"空间是社会性的"①，而地理位置偏僻、政治制度"先锋"的延安，当然可以说是"一个'不同'的社会"，进而"发明、创造、生产了新的空间形式"②。对延安这一社会空间的独特性，卞之琳有着极为深切的体会，他多年后仍然对其印象深刻："记得 8 月 31 日傍晚，到得延安南门，又见多少青年男女进进出出，不拘形迹，自由自在，边走边唱，又是一番感奋雀跃。"③ 在延安停留的时间越长，他的这种空间体验愈发强烈："当时延安生动活泼的局面就实在令人心醉，使我也飘飘然好像置身另一个世界。"④

延安在当时的确是一个新世界，光未然说，"延安的气氛是勤奋而欢快的，遍地都是歌声"⑤；与卞之琳同期到达延安的陈学昭说，在延安"每个人，无论担任哪一种工作，都可以自豪是为着革命而工作，为着抗战而工作"⑥。因此有论者指出，当时的延安存在一种氛围，这种"延安氛围""对于'闯入者'们来说有着更为深切和丰富的体验"⑦。其实，这种氛围就是由政治、文化和社会关系等有机组成的社会空间的一种体现形式。在这"另一个世界"中，卞之琳经受了从未有过的震动与冲击，他不仅见闻了将士们的英勇事迹，更获得了全新的空间体验，这激发了他"在邦家大事的热潮里面对广大人民而写"⑧、用创作响应时代的理想，进而

---

① ［法］亨利·列斐伏尔：《空间：社会产物与使用价值》，包亚明：《现代性与空间的生产》，上海：上海教育出版社，2003 年，第 48 页。

② ［法］亨利·列斐伏尔：《空间：社会产物与使用价值》，包亚明：《现代性与空间的生产》，上海：上海教育出版社，2003 年，第 55 页。

③ 卞之琳：《卞之琳文集》（中卷），合肥：安徽教育出版社，2002 年，第 111—112 页。

④ 卞之琳：《卞之琳文集》（中卷），合肥：安徽教育出版社，2002 年，第 114 页。

⑤ 光未然：《光未然脱险记》，上海：上海文艺出版社，2001 年，第 83 页。

⑥ 陈学昭：《延安访问记》，北京：中国国际广播出版社，2013 年，第 204 页。

⑦ 郭鹏程：《"延安氛围"的拒斥与召唤——以严文井小说为例》，《文艺理论与批评》，2019 年第 6 期，第 58 页。

⑧ 卞之琳：《卞之琳文集》（中卷），合肥：安徽教育出版社，2002 年，第 451 页。

改变了他创作中的情感指向和表达方式。可以说，卞之琳的延安书写就是延安空间的"生产"，在这一真实而非虚拟的空间中，情感新质和艺术新变悄然出现。

三、从"同一个方向"到"延安印迹"

与卞之琳同赴延安的何其芳等人，刚到延安就迅速捕捉到延安空间热烈、自由的气氛，并积极加入延安的文化、政治实践。与他们不同的是，卞之琳一直把在延安视作"客居"，延安之行其实一直在其"预定计划之内"①。其实，卞之琳奔赴延安，并不是为了参加革命，而是为了获得一些见识上的增益："我去年夏末离开成都，老远的出去走一年，主要的也就是为的想知道。"②"大势所趋，由于爱国心、正义感的推动"，卞之琳"也想到延安去访问一次，特别是到敌后浴血奋战的部队去生活一番"③。可见，他去延安的目的是体验而非融入。有论者指出，卞之琳去延安，不是像很多人一样抱着献身的目的参与到时代中去，而是"更多的把投身时代理解为自我磨砺的过程，其最终的目的只是达成自我的进步"④。亦有研究者认为，和何其芳的以延安作为"出游"的终点相比，"在卞之琳这里，'延安之行'似乎更多是为了'出去转一下接受考验'，在出游中历练自我、扩张生命经验""'延安'也只是螺旋式人生行程的一站，通过扩张经验的广度，以获得心智更高意义上的'成熟'，才是'螺旋'的主线"⑤。从卞之琳仅仅一年的"客居"事实和他后来的自述来看，这样的判断自然是颇为正确的，但如果不只瞩目于卞之琳去延安的目的，而更多地去关注延安究竟给卞之琳带来了什么，就能更细致深入地了解其延安之

---

① 卞之琳：《卞之琳文集》（上卷），合肥：安徽教育出版社，2002年，第398页。
② 卞之琳：《卞之琳文集》（上卷），合肥：安徽教育出版社，2002年，第397页。
③ 卞之琳：《卞之琳文集》（中卷），合肥：安徽教育出版社，2002年，第451页。
④ 李松睿：《政治意识与小说形式——论卞之琳的〈山山水水〉》，《中国现代文学研究丛刊》，2012年第4期，第60页。
⑤ 姜涛：《小大由之：谈卞之琳40年代的文体选择》，《巴枯宁的手》，北京：北京大学出版社，2010年，第197—198页。

行的实质性意义。

就空间体验而论，即使是相同的空间，不同的人也会有不同的认识和感受。"同样的历史空间并不一定被个体的人所同样感受，故每个人接收到的历史空间并不相同"，"空间只属于个体，不存在千篇一律的历史空间"①。与何其芳等"闯入者"相比，卞之琳的"变"似乎有限。但即便如此，这段体验却仍旧在他的精神和创作中刻下了不可磨灭的印迹。进一步而言，在空间的转换中体验到了空前的心灵震动和异样的人生况味后，卞之琳同样发生了艺术和精神上的嬗变。

这一嬗变极为鲜明地体现在卞之琳开始有意识地宣传抗战力量、参与文化政治上。置身于延安这一社会空间，卞之琳首先以写作慰劳信的形式为抗战尽力。如果说在延安时创作的两篇慰劳信多少还带有"应召"的味道，那么在他回到峨眉山，"起意继续用'慰劳信'体写诗，公开'给'自己耳闻目睹的各方各界为抗战出力的个人和集体"② 时，慰劳信不仅是卞之琳在真切感受和体验了延安空间之后的一种主动的艺术选择，更是其认同、鼓励抗战，向各方抗战力量致敬的独特方式。这 20 篇慰劳信，不仅写给前方神枪手、新战士、夺马的勇士，也写给工人、抬钢轨的群众、后方的姑娘以及实行空室清野的农民，更写给政治部主任、集团军司令等党政军领导，最后终结于"一切劳苦者"。在卞之琳这里，所有的抗战力量都被一视同仁，不论地位高低，不论贡献大小，也不论党派归属，团结抗战是第一要务，这也是卞之琳宣传抗战的基本立场。于是，我们可以看到，在《红裤子》中，卞之琳以幽默轻松的笔调赞扬了战争中普通民众的智慧；在《石门阵》中，他描画了老百姓在战争还未到来时轻松而又积极的抗战意志；而在"原先写它和发表它的意图无非是'宣传'抗战"③ 的《第七七二团在太行山一带》中，卞之琳更是不遗余力地称赞了八路军第七七二团在太行山内外的战斗事迹。通过叙写长生口夜袭、七亘村伏击、

---

① 周维东、邱月：《"民国空间"与"人的文学"——以新文学发生的"语言空间"为中心》，《理论学刊》，2013 年第 6 期，第 119 页。

② 卞之琳：《卞之琳文集》（上卷），合肥：安徽教育出版社，2002 年，第 4 页。

③ 卞之琳：《卞之琳文集》（上卷），合肥：安徽教育出版社，2002 年，第 385 页。

响堂铺拒敌和长乐村战斗等，卞之琳以极大的热情对八路军将士的英勇战斗进行礼赞和宣传。

在"大局底定"的 1949 年，卞之琳为《第七七二团在太行山一带》写了《未刊行改名重版序》，点明他"当初以无党无派的身份写这本书的动机和态度"是："人家忙于用枪杆为理想创造辉煌的史迹，我至少也总可以用笔杆忠实记录下他们如何创造史迹，让大家看了，多少可以促进当时在统一战线下的抗日战争以及共同实现新社会的努力。"① 虽然这是事后的追述，但从具体的创作可以看出，在抗战的大环境下体验了延安的"空间转换"后，卞之琳真的创作姿态已由"看风景"转变为投入抗战、向着未来。

卞之琳曾说，在 1937 年抗战全面爆发之前，"由于方向不明，小处敏感，大处茫然，面对历史事件、时代风云，我总不知要表达或如何表达自己的悲喜反应。这时期写诗，总像是身在幽谷，虽然是心在巅峰"②。因此，1937 年 5 月写完诗歌《灯虫》至 1938 年 11 月在延安写作第一篇慰劳信的这一年多时间里，卞之琳度过了不短的创作空白期。正是在延安的那一年，他开始用创作去融入时代、观照现实，无论是《慰劳信集》中对劳苦者的具体而细致的关怀，还是《第七七二团在太行山一带》中对抗战将士的赞美，抑或《晋东南麦色青青》中对"风景"的发现，都表明卞之琳不仅在主动尝试以不同的文体把握现实、介入社会，而且也确立了新的"方向"。可以肯定，此时的卞之琳已经走上了迥异于前的创作道路。

统观卞之琳的延安书写，具有内在一致性的是其对投身抗战的个人和群体的体认与赞美，这明显地呈现在他对抗战中的"手"的礼赞上。《第七七二团在太行山一带》中描述的持枪抗敌、投入战斗的"双手"自不必说，在《慰劳信集》中，"手"也成为卞诗中一个新出现且占据核心位置的意象："动员了，妇女的手指，/为了战士的脚跟"（《给一位刺车的姑娘》），"一千列火车，一万辆汽车/一起望出你们的手指缝"（《给修筑公路

---

① 卞之琳：《卞之琳文集》（上卷），合肥：安徽教育出版社，2002 年，第 393 页。
② 卞之琳：《卞之琳文集》（中卷），合肥：安徽教育出版社，2002 年，第 446 页。

和铁路的工人》)，"冲散了试探的急智，/齐涌上一个指头"（《给一位用手指探电网的连长》），"嫩手也生了硬肉茧，/一拉手，女孩子会直叫"（《给西北的青年开荒者》），这些诗句通过对"手"的描写，体现的是抗战力量的强大。在《给〈论持久战〉的著者》一诗中，卞之琳则直接以"手"起势，通过对"手"的联想和书写，赞美了毛泽东的指挥能力和抗战思想："手在你用处真是无限。/如何摆星罗棋布的战局?""最难忘你那'打出去'的手势/常用以指挥感情的洪流/协入一种必然的大节奏。"而在最后一篇慰劳信《给一切劳苦者》中，"手"更是成为各方抗战力量的标志和象征，"一只手至少有一个机会"，无限的手"一只牵一只，就没有尽头"，因此抗战终将胜利。

经由对"手"礼赞，卞之琳的延安书写展现出一种前所未有的力量。对内心敏感的卞之琳而言，己方将士和广大民众在战争中的英勇奉献和取得的胜利让他感到振奋，他不能、也不必再超然而静观，而是在情感上真正融入了抗战，因此，他开始站在"我们"的角度进行书写："我们也觉醒了""我们不要城墙了，要活路""我们的战略自然第一要灵活""我们现在决不会踏从前的覆辙"①，他还在不断想象着国家未来的模样。不仅如此，在感受了各方抗战力量后，卞之琳有了"向上"、向未来的底气："恰巧和地势大致相称，又可以画一条向上的曲线了。从这条曲线上我们可以看出一股成长的势，成长的力。"② 在空间的转换中，卞之琳一次次"看见了一股向上生长的势和力"③。于是，"希望"在前方召唤着他："初到时，我们在一片苍黄的冬野里看见那青青的一行行，就仿佛在一个否极的旧世界里看见了希望本身。"④ "一定的，春天也已经不至于太远。"⑤ 由此，"不同方向里同一个方向!"（《给一切劳苦者》）卞之琳的创作乃至人生都展现出一种新的样貌。

---

① 卞之琳：《卞之琳文集》（上卷），合肥：安徽教育出版社，2002年，第516-518页。
② 卞之琳：《卞之琳文集》（上卷），合肥：安徽教育出版社，2002年，第525页。
③ 卞之琳：《卞之琳文集》（上卷），合肥：安徽教育出版社，2002年，第549页。
④ 卞之琳：《卞之琳文集》（上卷），合肥：安徽教育出版社，2002年，第549页。
⑤ 卞之琳：《卞之琳文集》（上卷），合肥：安徽教育出版社，2002年，第550页。

后来，在回顾自己的创作历程时，卞之琳说："抒情诗创作上小说化、'非个人化'，也有利于我自己在倾向上比较能跳出小我，开拓视野，由内向到外向，由片面到全面，而在诗创作上为自己的写诗后期以至解放后写诗新时期，准备了新的开端。"① 这段描述未尝不可视为卞之琳对延安书写的一种自我体认。他还说，"说来像有点奇怪，《慰劳信集》这本诗，我自己经过半世纪的主观审读和客观反应，只从中仅仅删去了两首"②，一向好以不同标准对作品进行删改的卞之琳，却基本保留了《慰劳信集》的本来面貌，他对延安书写的认可于此亦不言自明。

离开延安之后，皖南事变爆发，卞之琳"幻想破灭，妄以为自己已无能为力"，于是他"另起幻想，从 1941 年暑假起，课余就埋头试写一部长篇小说"③。这就是《山山水水》的创作契机。在延安空间面对具体而又宏大的革命战争的经历，让卞之琳有了这样的认识："诗的形式再也装不进小说所能包括的内容，而小说，不一定要花花草草，却能装得进诗。"④《山山水水》是卞之琳更为主动和自觉的一个创作尝试，是延安书写的变化与延展。因为对国民党的极度失望，卞之琳"幻想破灭"，对政治也有了更为清醒的认识，此时，延安仿佛成为他心中的"圆宝盒"。在《山山水水》叙写知识分子参与延安"大生产运动"的章节《海与泡沫》中，卞之琳写了富有哲理性的一句话："对啊，海统一着一切。"⑤ 很明显，这是延安话语的艺术性表达，在这里"'海'的象征意义是多义的，有一定的弹性。比如，人民、阶级、党、领袖……，都可以比作'海'"⑥。并且，作者还以小说人物纶年的回忆调侃汉口参加春耕的一些女子"就像'黛玉葬花'"，是"象征派"⑦。而又借纶年之口说，同样的"象征"，他们在延

---

① 卞之琳：《卞之琳文集》（中卷），合肥：安徽教育出版社，2002 年，第 451 页。
② 卞之琳：《卞之琳文集》（中卷），合肥：安徽教育出版社，2002 年，第 559 页。
③ 卞之琳：《卞之琳文集》（中卷），合肥：安徽教育出版社，2002 年，第 102 页。
④ 卞之琳：《卞之琳文集》（上卷），合肥：安徽教育出版社，2002 年，第 267 页。
⑤ 卞之琳：《卞之琳文集》（上卷），合肥：安徽教育出版社，2002 年，第 345 页。
⑥ 钱理群："现代中国知识分子精神史"中的一页——卞之琳〈海与泡沫〉细读》，《齐鲁学刊》，1999 年第 1 期，第 60 页。
⑦ 卞之琳：《卞之琳文集》（上卷），合肥：安徽教育出版社，2002 年，第 350 页。

安劳动"却用了那么大的气力","他的两只手掌里指根处都起了泡,有一处已经破了,出了血"。在展示了劳动的双手后,"纶年很得意地觉得自己今天很强壮"①。不言而喻,这些开荒劳动留下的"伤痕"已然成为延安文人新生活的象征甚至荣誉。通过不同劳动形式的对比,卞之琳言明了个体在群体中的位置,即集体成为最终归宿:"一切都遗忘在集体操作的大海里了。"② 正是在延安的劳动的"大海"里,文化人获得了新的意义。由此,卞之琳进一步思考了"海"与"泡沫",即个人和集体的关系,并最终再次体认了延安的生产和生活方式。

除了《山山水水》,卞之琳还创作了不少作品,譬如短篇小说《一、二、三》《一元银币》,诗集《半世纪诗钞》和小说《水乡的翻腾》《风满旗》等。在这些创作中,卞之琳延续和发展了《慰劳信集》用诗歌介入现实、以浅语抒深情以及歌颂劳苦者、赞美人民力量的书写方式,他颂扬三献宝的金丽娟,称赞"采菱""采桂花""搓稻绳"的劳动人民,为十三陵水库献礼。不仅如此,他还以小说的形式关注现实,创作出如《水乡的翻腾》和《风满旗》等作品。其时的政治、文化环境对卞之琳的影响与规约或许更大,但显而易见的是,他的这些作品都与延安书写有着或明或暗的承接关系。"当年延安总使我难忘"③,正是有了延安的空间体验,卞之琳才转换了创作方向,并朝着这个方向不断探索,其间或有幻想的破灭,或有自我的怀疑,"延安印迹"却不可磨灭,成为卞之琳创作的一种新而长久的质素。

四、余论

对于从外地来延安的文人而言,1942 年之前延安的文艺环境较为宽松,他们可以相对自由地在延安活动。正如严文井所说:"延安的人、山和水对我都是新鲜的,这的确是另外一个世界。生活艰苦,人们却无忧无

---

① 卞之琳:《卞之琳文集》(上卷),合肥:安徽教育出版社,2002 年,第 350-351 页。
② 卞之琳:《卞之琳文集》(上卷),合肥:安徽教育出版社,2002 年,第 344 页。
③ 卞之琳:《卞之琳文集》(中卷),合肥:安徽教育出版社,2002 年,第 111 页。

虑；景色单调，天地却显得异常开阔。未来就存在于毫不怀疑的信心当中。从清晨到黄昏，青年们的歌声响彻了山谷与河川。我第一次从过去迷茫的雾中获得了方向感。"① 在这个"人、山和水"有机组成的自由空间里，卞之琳对自身艺术理念的坚守得到了允许和鼓励，他能够继续探究诗歌的形式美学，用格律体写慰劳信。同时，在抗战的大环境下，延安空间也正式召唤出了卞之琳主体性的另一面：以创作参与现实、响应时代，正因如此，他才对延安有着深切而久远的体验与记忆。

卞之琳的延安书写不再倾心于个人世界的悲欢，而是将观照社会历史、介入国家大事作为一种基本视野；此后的创作中，他还一直向这个方向探索、尝试。在这个意义上，卞之琳的延安书写既体现了延安这一特殊空间对其创作的巨大影响，也昭示出其扩大自我的诉求与观照现实的创作自觉。更进一步说，延安书写也是作为艺术主体的卞之琳在新的空间中产生精神嬗变的表征。不过，我们也应该认识到，"嬗变"并非全盘改变，延安的空间体验无疑使卞之琳的创作转向了新的方向，但却并未彻底改变卞之琳，而是给他留下了自我发展的空间。这也是我们说延安书写之后，卞之琳的创作中"延安"是"印迹"而非主导因素的原因。

---

① 严文井：《一个人的烦恼·再版前言》，胡汉祥：《严文井研究专集》，上海：少年儿童出版社，1994年，第98页。

错位的互文：陈学昭《工作着是美丽的》[①] 再考察

史子祎

　　《工作着是美丽的》作为陈学昭最具代表性的作品，有着强烈的自叙传性质，陈学昭试图以知识分子李珊裳为主线建构抗日战争（简称"抗战"）时期知识分子接受革命改造的成长叙事。在前人关于陈学昭的研究中，不乏将之纳入延安女作家群的范围，在延安文学的框架内对之进行研究，主题既包括延安女作家的革命认同与性别写作[②]、延安女作家创作中

　　① 《工作着是美丽的》写作跨度较大，上卷写于延安文艺座谈会后，出版于 1949 年 3 月，下卷写于 20 世纪 50 年代，于 1979 年与上卷合集出版，续集于 1982 年出版。本文关于《工作着是美丽的》的讨论包括以上三部分，在指涉不同的部分时均予以标出，如《工作着是美丽的》上卷。
　　② 唐晴川：《延安时期女作家的革命认同与性别写作——论陈学昭的〈工作着是美丽的〉》，《当代文坛》，2012 年第 5 期，第 111－113 页。

的集体与边缘叙事①，也包括陈学昭作为女性知识分子的革命化过程②。对《工作着是美丽的》的研究，有学者以李珊裳为中心，对文本加以解读，认为李珊裳生存于江南儒学文化、以法兰西文明为代表的西方文化以及现代中国政治文化这三重文化的夹缝之中③。同时也有将之置入后来"十七年"文学及知识分子改造的语境进行讨论的研究，认为《工作着是美丽的》奠定了此后知识分子"思想改造"主题小说的基本叙事模型。但由于拙于政治修辞，陈学昭无意中使作品保留了部分"原生态"的价值④。由此可以发现，对于陈学昭及其作品《工作着是美丽的》的讨论重点大多集中于"延安""革命""知识分子"等方面，这些关键词反映出陈学昭本人经历的丰富性及其创作的复杂性。《工作着是美丽的》上卷出版于1949年3月，即中华人民共和国成立前夕，这也是前人在研究中试图将其视为"十七年"文学中"历史剧变前的端倪之一"⑤的原因。但是，要通过《工作着是美丽的》对陈学昭的精神史进行更深入的考察，不仅要将之作为"十七年"文学某一支流的前奏，也要将之置于延安文学的延长线上加以审视，这不仅是因为陈学昭曾两次到访延安，与延安及中共关系匪浅，更是因为早在20世纪40年代初，陈学昭就已经开始酝酿这部长篇小说。无论是创作背景、创作过程抑或创作方式，这部小说都有着深刻的延安印记。从时间上看，《工作着是美丽的》上卷的写作与出版介于延安整风运动开展与中华人民共和国成立之间，因此，我们可以将其视为延安文艺向当代文艺过渡的一种尝试。而从题材上来看，知识分子"思想改造"这一话题不仅是对当时政治语境所作出的回应，也在某种程度上成为

---

① 赵学勇：《延安女作家群创作中集体与边缘的双重叙事》，《中国现代文学研究丛刊》，2015年第9期，第128—135页。

② 周锦涛：《抗战时期延安女性知识分子及其革命化》，《学术论坛》，2005年第1期，第135—140页。

③ 范家进：《三重文化夹缝中的李珊裳——解读陈学昭长篇小说〈工作着是美丽的〉》，《中国现代文学研究丛刊》，2015年第6期，第3544页。

④ 张勐：《"一个知识分子的道路"——建国初期思想改造对〈工作着是美丽的〉主题之规约》，《中国现代文学研究丛刊》，2014年第6期，第161—16页。

⑤ 张勐：《"一个知识分子的道路"——建国初期思想改造对〈工作着是美丽的〉主题之规约》，《中国现代文学研究丛刊》，2014年第6期，第161—16页。

一种政治意味浓厚的"文学预言",反映了政治风云涌动下陈学昭由普通知识分子向革命者"转型"过程中所经历的精神与写作的双重困境,以及这种困境在其生命中所留下的深刻痕迹。此外,由于《工作着是美丽的》写作的时间跨度较大,涵盖了不同的历史阶段及文学史分期,从结果上来看,该书每一阶段的出版都与前一时期的历史现场形成了一种错位的互文,这种互文的背后指向的是陈学昭在此一过程中的精神史变迁,以及"延安"如何作为一种语境,对其写作乃至生命产生的持续影响。

一、客居生活:知识分子的延安初体验

20 世纪 30 年代,中国出现了一股爱国青年奔向延安的浪潮,陈学昭首次进入延安(1938 年)时正赶上了这股浪潮。抗日战争全面爆发后,大批知识分子先后奔赴延安,他们被朱鸿召称为叛逆者、逃亡者以及追求者[1]。陈学昭作为其中之一,曾经两度往返延安。在当时"来去自由"的政策之下,陈学昭和丈夫于 1938 年到达延安,并于 1939 年 9 月离开延安返回重庆,后又于 1940 年底重返延安,在延安居留至抗战胜利。陈学昭第一次去延安,是以《国讯旬刊》特约记者的身份进入的,但她在 20 世纪 20 年代即已步入文坛,写作以散文和杂文为主。在进入延安之前,她曾经出版 7 本散文集、2 本小说[2]以及 2 本杂文集。在到达延安时,陈学昭已经是文坛小有名气的作家。不仅如此,她和丈夫何穆是当时延安仅有的两位博士(陈学昭为留法归来的文学博士,何穆为留法归来的医学博士)。在当时延安交际处的工作人员眼中,陈学昭"身材瘦小,一副理想主义文人风范"[3]。

第一次居留延安期间,陈学昭共创作了 15 篇通讯作品,后集结为

---

① 朱鸿召:《延安文人》,广州:广东人民出版社,2001 年,第 5 页。

② 据《陈学昭著译系年》,陈学昭著有 6 本小说。但在陈学昭参与校正的毛策版《陈学昭年谱简编》中对此作出了更正,声明由于《海上》《幸福》《待婚者》《西雅图》等 4 本是在何穆授意下写成,因此不能算作自己的作品。

③ 金城:《延安交际处回忆录》,北京:中国青年出版社,1986 年,第 160 页。

《延安访问记》出版。在此次短暂的延安生活中，陈学昭受到了组织无微不至的关心和鼓励，她以一种奇异的、审视的眼光观察着延安，罗雅琳将之称为接近"东方主义"的视角，即一面将他者作为美和惊奇的欣赏对象加以赞美，一面又以"科学"的态度加以审视①。在《延安访问记》开篇，陈学昭所使用的疑问句也体现出这种奇异眼光："延安是不是这样的神秘古怪？"②

在创作《延安访问记》时，陈学昭发自内心地认同着自己曾经的生活环境与生活方式，加之她对故乡乃至江浙地区的眷恋，她下意识地对与之不同的事物保持着怀疑和疏离的观望态度。这种奇异的、审视的眼光并不只是针对延安，陈学昭同样以这种眼光看待着去往延安路上的一切，不同于她生活经验中的一切。例如，她在描写成都的一家专镶银器的店铺时说道：

> 这家店铺镶工的精致是连在沪杭一代也难找到的，峥嵘先生也说可以比得上巴黎有名首饰店的镶工。③

此处的"沪杭"与"巴黎"分别作为故乡和都市，共同构成了陈学昭内心潜在的理想之地，这种对比同样也出现在她后来对延安的书写之中。《延安访问记》虽然是通讯作品的集结，但由于陈学昭游离的写作心态，使之具有了一定的游记特质，同时，其真诚直接的写作方式也较为清晰地展示出陈学昭当时几乎未经改造的思维方式与精神状态。首先，陈学昭一开始并未适应在延安的生活，虽然《延安访问记》中她如同其他将延安视为"东方的莫斯科"的知识分子一样，将延安的生活形容为只有美丽的诗才能形容于万一④，但在实际的延安生活中，她还是有许多不适应的地

---

① 罗雅琳：《西部中国的"现代"形象——1930年代范长江、斯诺与陈学昭的西行写作》，《中国现代文学研究丛刊》，2017年第12期，第32—45页。

② 陈学昭：《延安访问记》，香港：北极书店，1940年，第1页。

③ 陈学昭：《延安访问记》，香港：北极书店，1940年，第31页。

④ 陈学昭：《延安访问记》，香港：北极书店，1940年，第215页。

方。除了衣食居所之外，陈学昭与当地百姓的来往也不是很愉快，她不止一次描写过自己在延安买东西时被对方有意卖高价等情况。但这些问题其实与陈学昭自身的个性与生活方式有关，她虽然关心国家命运和革命问题，但归根结底，那时的她仍然是一个个人主义式的知识分子，强烈的自我意识影响着她的大部分思考和判断，这一阶段的她始终是以作为一个理性主体的"我"出发，去看待周围的环境和事物。因此，当陈学昭使用自己的生活标尺去衡量延安的实际生活时，就难免出现一些失望的情绪。尽管如此，陈学昭仍然对延安氛围赞美有加，认为延安是一个政治清明、光明纯洁的社会①。

　　总体来说，陈学昭的延安初体验使之对延安有了一定的认识，但这一阶段的她既没有深入地了解延安，也没有真正融入延安生活和延安语境，而是以一种旁观者的眼光浮光掠影式地对延安加以书写。此时的陈学昭在思想上呈现出具有个人主义和理想主义色彩的独立知识分子姿态，缺乏对政治的深入理解，也自觉与革命保持着距离，其延安写作也在一定程度上具有奇观化书写的色彩。也就是说，当时的陈学昭是以知识分子的眼光对延安加以审视和记录的。但一年以后，随着一系列生活变故的发生，陈学昭最终选择重返延安。1942 年 5 月，在参加完延安文艺座谈会后，基于新的文艺政策与政治形势，陈学昭开始着手写作《工作着是美丽的》。

二、文人"突转"：作为文本创作背景的延安整风运动

　　从陈学昭的既往写作史来看，在《工作着是美丽的》之前，她的作品多为私语式散文与评论性杂文，具有强烈的女性意识及个人倾向，而《工作着是美丽的》无论从题材或风格来看，在她的作品中都略显突兀，几乎可以视为其写作风格及主题的一道分水岭。这部作品之后，直至 20 世纪 80 年代，陈学昭的写作基本延续了同一路径。但如果将这种"突兀"还

---

① 陈学昭：《延安访问记》，香港：北极书店，1940 年，第 221 页。

原至延安整风运动的历史语境中，并置入同一时期的延安作家序列中加以审视，则能得到一个较为清晰的轮廓和合理的解释。

抗战后期，延安整风运动及作为其衍生物的延安文艺座谈会无疑令广大知识分子产生了精神上的"震荡"。整风运动开展之初，毛泽东所作的动员报告为整个运动定下了基调，整顿"三风"中的"反对主观主义以整顿学风"① 实际上已隐隐地将批评指向了党内的一些理论家及知识分子。其中，教条主义被作为重点批评对象。在对教条主义的批评过程中，"仅有书本知识的人"② 则被视为典型代表。如果说此时的批评仅指向党内知识分子，那么在稍后召开的延安文艺座谈会作为党内思想整风的自然延续及必要补充③，进一步将党外知识分子及文艺界人士纳入了讨论范围。作为延安整风运动的重要环节之一，延安文艺座谈会于 1942 年 5 月召开，毛泽东在会上的两次讲话后被整理为《在延安座谈会上的讲话》（简称《讲话》）于 1943 年 10 月公开发表，并由此成为中共领导下的文艺纲领以及文学发展的理论设计。延安文艺座谈会虽然是整风运动的内在逻辑在文艺界的进一步演绎，但其直接触发原因在于，1940 年到 1942 年春天，在延安形成了一股带有强烈启蒙意识、民族自我批判精神和干预现实生活的文学新潮④，不仅如此，当时延安作家之间时有发生的意气之争以及《野百合花》墙报的登出也同样坚定了毛泽东进行文艺整风的决心。基于上述情况，毛泽东决意对延安文人的平均主义观念及自由主义思想进行纠偏，并通过与何其芳、萧军、艾青、欧阳山等人谈话对延安文艺界的情况做了大量的调查研究⑤，为座谈会的召开进行了充分的准备。事实上，在作为文艺整风前奏的批判王实味事件开始以后，一部分延安作家的思想与态度

---

① 毛泽东：《整顿党的作风》，中共中央文献研究室、中国延安干部学院：《延安时期党的重要领导人著作选编》（上），北京：中央文献出版社，2014 年，第 161 页。

② 毛泽东：《整顿党的作风》，中共中央文献研究室、中国延安干部学院：《延安时期党的重要领导人著作选编》（上），北京：中央文献出版社，2014 年，第 164 页。

③ 黄科安：《延安文学研究：建构新的意识形态与话语体系》，北京：文化艺术出版社，2009 年，第 15 页。

④ 黄科安：《延安文学研究：建构新的意识形态与话语体系》，北京：文化艺术出版社，2009 年，第 3 页。

⑤ 房成祥：《毛泽东与延安整风运动》，西安：陕西人民出版社，1993 年，第 132 页。

已经开始发生变化，丁玲、艾青等人对王实味的态度转变被黄科安称之为"突转"①。在此基础上，《讲话》塑造了一条新的文艺路线，即文艺作为与军队并行的另外一支"军队"，被纳入战时动员及民族国家话语建构的功能体系。在这一体系中，文艺工作者的立场、态度以及工作对象都面临着相应的规约，简而言之，形成了以文艺服务于政治、为工农兵写作为导向的文艺路线。同时，毛泽东通过一系列对举关系如"暴露与歌颂""普及与提高""政治与艺术"等，进一步确立了以人民即工农兵为学习对象和服务对象的新方向。其中，"小资产阶级知识分子"在很大程度上被视为"工农兵"的反面参照物，要求知识分子应以工农兵为学习对象，逐步完成对自己的改造。在这种语境下，知识分子的思考与写作都面临着改造与重塑的问题。

> 这时，拿未曾改造的知识分子和工人农民比较，就觉得知识分子不干净了，最干净的还是工人农民，尽管他们手是黑的，脚上有牛屎，还是比资产阶级和小资产阶级知识分子都干净……我们知识分子出身的文艺工作者，要使自己的作品为群众所欢迎，就得把自己的思想感情来一个变化，来一番改造。没有这个变化，没有这个改造，什么事情都是做不好的，都是格格不入的。②

由此，五四运动以降知识分子作为"启蒙者"的精英姿态被由外而内地解构，其思维方式与写作内容都成为被审视和矫正的对象。伴随着上述思想上的"突转"，延安作家同样开始了行动上的"突转"，纷纷下乡深入体验生活，并以下乡经历为蓝本进行写作。《工作着是美丽的》亦属此"突转"之成果，但主题却大不相同。如果说这一时期大部分延安作家所进行的"为工农兵而写作"是对《讲话》作出的正面回应，那么陈学昭的知识分子书写，尤其是在文本中试图着重表现的知识分子改造，则从另一

---

① 黄科安：《延安文学研究：建构新的意识形态与话语体系》，北京：文化艺术出版社，2009年，第39页。

② 毛泽东：《在延安文艺座谈会上的讲话》，延安：解放社，1950年，第7页。

个角度迂回地对《讲话》作出了回应。但在知识分子普遍退出文学，工农兵作为主角大量涌入文学的环境里，她选择以知识分子改造为题材，本身也传达出一种别样的态度。

三、"是否值得写"：知识分子认知的瓦解与重建

《工作着是美丽的》上卷的写作始于整风运动后①，中间经历了主题的修改，直至 1947 年前后定稿，并于 1949 年 3 月出版。早在 1939 年陈学昭重返延安后，就萌生出以"五四"时代女性为主角的想法，书写她跨越几个伟大的时代仍然继续前进的故事，并以此反映出时代的一角②。然而，在参加延安文艺座谈会后，出于"是否值得写"的怀疑，陈学昭选择将已写成的两万多字的开头毁掉了③。由此可见，陈学昭一开始试图建构的是一个大时代背景下的女性知识分子的成长叙述，但在延安文艺座谈会后，她开始意识到这种叙述不合于延安文艺的语境，并且很有可能是"不值得写的"。可以看出，陈学昭的主题修改乃至后来的写作动机都与延安文艺座谈会有着密切的关联。此外，在陈学昭的自我陈述中，座谈会及《讲话》也被视为其写作生涯发生转折之推手：

> 当座谈会之后，我完全否定了自己过去的写作……在他的座谈会讲话以后，我才找到了我新的写作生命！④

> 我感到我是在为一个伟大的真理实践着……失掉的应当是非工人

---

① 据陈学昭自述，她曾想写一个以女性成长为主题的长篇小说，但在参加延安文艺座谈会后，觉得不值得写，于是将写成的两万多字毁掉了。后来在周恩来的启发下，她再次提笔并换为知识分子改造主题。详见陈学昭：《我是怎样写〈工作着是美丽的〉》，参见丁茂远：《陈学昭研究专集》，杭州：浙江文艺出版社，1983 年，第 277—278 页。

② 陈学昭：《〈工作着是美丽的〉前记》，丁茂远：《陈学昭研究专集》，杭州：浙江文艺出版社，1983 年，第 249 页。

③ 陈学昭：《〈工作着是美丽的〉前记》，丁茂远：《陈学昭研究专集》，杭州：浙江文艺出版社，1983 年，第 249 页。

④ 陈学昭：《对于写作思想的转变》，《人民日报》，1949 年 7 月 6 日。

阶级的东西，得到的应当是工人阶级的东西①。

这种叙述在当时的延安作家中间并不罕见，周立波在《后悔与前瞻》中也表达出类似的立场，认为"参加了这个会以后，我觉得受了很大的教育"②，何其芳则在自我检讨中称自己为"外国神话中半人半马的怪物"③，因此"急需改造"④。这正是陈学昭写作《工作着是美丽的》的一个重要背景，她同其他当时亟欲改造自己的延安知识分子一样，否定了自己过去的写作，并急于找到新的出路。这反映出延安知识分子在感受到一种政治规约后的普遍焦虑心态。延安整风运动通过一系列报告、学习形成了一套严密的话语体系，而这一体系的基础则近似于本尼迪克特·安德森所提出的"想象的共同体"⑤，尽管"工农兵""小资产阶级""知识分子"更多具有的是阶级色彩，但仍然可以与之进行类比。"工农兵"这一群体被确立为"想象的共同体"的主体地位，并迅速在延安内部形成了一种认同气氛，这种认同是以对资产阶级的拒斥为对比的，而知识分子则处于中间地带。尽管知识分子的精英心态此时已经被瓦解，但仍然游离于被延安认同或拒斥的两极之间，而《讲话》则为他们指明了方向——向工农兵学习并改造自己。因此，《工作着是美丽的》近似于陈学昭面对延安整风运动及文艺界时的一种激切的自我剖白。据陈学昭自述，在后来与工农兵接触的过程中，她再次萌生了写作的想法，并以法国谚语"Qu'il est beau quand on travaille"为之命名，即"工作着是美丽的"。但此时她仍未下定决心去写，在周恩来的鼓励下才于 1946 年行军途中重新提笔，写成《工作着

---

① 陈学昭：《为实践毛主席的文艺思想而奋斗》，丁茂远：《陈学昭研究专集》，杭州：浙江文艺出版社，1983 年，第 247—248 页。
② 周立波：《后悔与前瞻》，《解放日报》，1943 年 4 月 3 日。
③ 何其芳：《改造自己，改造艺术》，《解放日报》，1943 年 4 月 3 日。
④ 何其芳：《改造自己，改造艺术》，《解放日报》，1943 年 4 月 3 日。
⑤ 本尼迪克特·安德森对"想象的共同体的"界定如下：一种想象的政治共同体，并且它是被想象为本质上是有限的，同时也享有主权的共同体。详见［美］本尼迪克特·安德森：《想象的共同体》，吴叡人译，上海：上海人民出版社，2019 年。

是美丽的》上卷并于 1949 年 3 月出版①。在这一过程中，周恩来的鼓励是至关重要的，自陈学昭初访延安以来，周恩来即对她关照有加，深受陈学昭的信任和尊敬，因此，周恩来关于写点自己熟悉的知识分子的思想改造和经历的建议也被陈学昭欣然接受②。这种"主题先行"正是《工作着是美丽的》具有预言性质的真正原因。从女性知识分子的成长叙述到知识分子的革命改造叙述，主题的置换可以视为主流话语对于陈学昭写作的第一次规约，但这种规约并不是强制性的，而是通过延安这个语境对其加以影响，在这一过程中，陈学昭并不反感于这种规约，相反，周恩来的建议恰恰切中她苦于自己没有符合要求的作品的焦虑与犹疑。此一阶段的陈学昭也试图通过对自我的批评与反思来表达自己对中共及革命的进一步认识。例如，在《一个个人主义者怎样认识了共产党》中，陈学昭剖析了自己此前对党的态度，将之归结为"小资产阶级"的同情立场：

> 任何事情都用自己的尺度去衡量党……以前我对于党一直有着很大距离，而且自己愿意坚持这个距离的。③

陈学昭还坦承了由知识分子身份所产生的自我怀疑：

> 夜里睡在铺上仔细想想，确实有些懊悔自己成了个知识分子，要是年轻时从事农业劳动，我的大哥也许已经把我送给他的知己同事家做童养媳了……如果那样，生活上虽然艰苦，精神上的打击可能没有这么多和复杂。④

---

① 陈学昭：《我是怎样写〈工作着是美丽的〉》，丁茂远：《陈学昭研究专集》，杭州：浙江文艺出版社，1983 年，第 277—278 页。
② 陈学昭：《我是怎样写〈工作着是美丽的〉》，丁茂远：《陈学昭研究专集》，杭州：浙江文艺出版社，1983 年，第 278 页。
③ 陈学昭：《一个个人主义者怎样认识了共产党》，《解放日报》，1943 年 6 月 13 日。
④ 陈学昭：《天涯归客（文学回忆录）》，杭州：浙江人民出版社，1980 年，第 177—178 页。

上述文字写于延安大生产运动期间，一方面反映出整风运动使知识分子原有的一些认知被瓦解，另一方面也体现出知识分子在"精神重建"过程中所经受的痛苦。陈学昭试着将这种反思的心态带入对《工作着是美丽的》的创作之中，力图呈现出李珊裳这个个人主义知识分子从出生到成长再到向革命皈依的过程。

如前所述，《工作着是美丽的》具有强烈的自叙传特质，陈学昭之所以选择这种呈现方式，是为了延续其固有的写作习惯，其写于1929年的长篇小说《南风的梦》同样是自叙传。但更重要的原因在于，自叙传的体裁更适合于对自我的充分表达，政治上的自我剖白自然也不例外。因此，这一写作过程对陈学昭而言实际上既是一种自我回溯，她试图在这种批评性的回溯中找到自己在革命中的定位，适应"知识分子改造"这一话题，进而得到主流的认可，使自己滑向被认同的一端。但这种努力显然不算成功，《工作着是美丽的》并没有产生强烈的影响，甚至在出版之初受到了较多的苛求①。反观，杨沫以亲身经历为素材创作的半自传体小说《青春之歌》一经出版就成为畅销书，其同名电影更成为中华人民共和国十周年献礼片。两部题材相似的小说，出版后收到的反响却大不相同，这与两者创作的时间节点有一定关系。《青春之歌》的写作与出版是在知识分子思想改造运动之后，《工作着是美丽的》虽然也称得上"应运而生"，但在当时工农兵大量进入文学的潮流中，知识分子写作本身即显得有些格格不入。不仅如此，小说名"工作着是美丽的"译自法语，与中文的表达习惯有别，带着一种陌生的"洋腔调"。这些都显示出陈学昭无意之中渗透出的独属于知识分子的思维及表达方式。除此之外，《工作着是美丽的》上卷的反响平平也与其文本本身所呈现出的特质及其作者并不成功的自我建构有着重要关联。

---

① 丁玲：《致学昭同志》，《新观察》，1983年第24期。

四、文本裂隙：不成功的自我建构

　　尽管在周恩来的建议下，陈学昭决定以知识分子被改造以及走向革命的过程为素材，但从文本呈现上看，《工作着是美丽的》却更接近于其最初的写作构想，即一个女性知识分子的个人成长史。不仅如此，这种成长史还是以陈学昭的个人经历为底本的，全方位呈现了主人公李珊裳的心灵成长、感情经历以及对革命工作的参与。同时，这种全方位的呈现在结构上是线性的，整个文本叙述几乎完全沿着陈学昭的生活经历展开。值得注意的是，《南风的梦》虽然也是自叙传小说，但其在叙述方式上较之《工作着是美丽的》更为繁复，叙述时间时常交错，同时也存在大量的内心独白。因此，在写作方式上，《工作着是美丽的》也发生了一些转变，其原因一方面可能受作者"痛改前非"心态的影响，另一方面，这种全线性时间的写作方式也与陈学昭长期的工作经历有关，作为记者，速写、报道均需要直接明了地对事件加以描述。

　　此外，《工作着是美丽的》上卷的内容比例也是不均衡的，整个文本接近三分之二的内容都是关于李珊裳重返延安之前的生活经历，作者用大量的篇幅叙述其对于感情的困扰以及不幸福的婚姻等，却仅用三分之一的篇幅叙述李珊裳重返延安以及之后的思想变化。整体来看，"知识分子改造"这一主题在小说中不仅几乎没有凸显，反而被淹没在大量的生活细节中。在生活细节的铺叙中，陈学昭也试图尽力跟上主流话语的要求，这种努力通常以反思式的评论干预形式出现在文本中。例如，在写到李珊裳第一次进入延安之后对中级干部既脱离领导又脱离群众的厌恶时，作者是这样表述的：

　　　　她头脑中顽强地固守着自己的不正确想法和看法……她没有想过，如果没有号召，如果那些共产党员和非党员的积极分子不去响应号召，工作靠什么来完成呢？①

上文中"不正确的想法和看法"正是受到延安新文艺路线规约后的陈学昭对于知识分子李珊裳的批评和否定，这是一种典型的两种话语并置。这种革命话语的融入一方面体现出陈学昭对自我进行思想矫正的努力，同时也再次体现出她急于贴合主旋律的焦虑，以至于产生了一种近似于表忠心的姿态。可以看出，陈学昭试图努力向主流意识形态靠拢。这与其初访延安时的心态完全不同，反映出陈学昭与延安之间的"隔阂"正在逐渐消弭。之所以会出现这样的消弭，一方面是因为重返延安后陈学昭对延安的了解逐渐加深，周恩来夫妇的关怀使之对延安的亲切感不断加强；另一方面是因为整风运动以来，知识分子主体性得到了改造。

陈学昭着手写作《工作着是美丽的》时，其个人生活遭遇了连续的挫折。1939年底，陈学昭长子棣棣夭折，1941年女儿亚男出生，1942年与丈夫何穆因感情破裂离婚。通过对上述生活变故的考察，可以发现陈学昭在《工作着是美丽的》中隐含着一种强烈的自我辩护的愿望。二人的离婚事件因涉及第三者，在当时产生了一些影响。从《陈学昭年谱》的记录来看，何穆与二人第二次回到延安时从重庆带来的护士发生了婚外情，后向陈学昭提出离婚②。关于何穆与护士的感情问题，《延安交际处回忆录》中所叙述的陈学昭夫妇二人重返延安时的同行护士姚冷子是何穆第二位夫人③，以及《亲历延安岁月》中"何穆与姚护士有婚外恋"④可以作一旁证。此处无意对二人是否因婚外情而离婚进行考据，只是通过这一事件，考察陈学昭在《工作着是美丽的》中所呈现出的除了自我剖白之外的另一重自我辩护意愿的原因。

在《工作着是美丽的》中，陈学昭不仅详细叙述了以何穆为原型的陆

<hr>

① 陈学昭：《工作着是美丽的》，杭州：浙江人民出版社，1979年，第172页。
② 陈伯良：《陈学昭年谱》，海宁市政协文史资料委员会：《海宁人物资料第9辑 陈学昭纪念文集》，海宁市政协文史资料委员会，2001年，第261页。
③ 金城：《延安交际处回忆录》，北京：中国青年出版社，1986年，第163页。
④ 黎辛：《延安地平线丛书 亲历延安岁月》，西安：陕西人民出版社，2016年，第135页。

晓平自相识以来暴露出来的种种缺点，如爱占小便宜、爱争吵、自私自利、胸无大志等，也描写了陆晓平是如何教育李珊裳必须与共产党和革命保持距离的，甚至将李珊裳第一次离开延安的原因归结于陆晓平在医院的工作中争名夺利以致同事关系破裂，以及因嫉妒李珊裳更受到党的重视而心理不平衡等。但这些叙述与现实存在一些出入。实际上，二人当时在延安是仅有的两位博士，其中何穆是主攻肺结核的医学博士。由于当时边区的医疗条件很差，当地医院对肺结核病束手无策①，在二人第一次到达延安之前，何穆作为肺结核专家受到了较多的期待。但在《工作着是美丽的》中，陆晓平是病人口中"跟在老婆屁股后面走的人"②。除此之外，关于二人长子病故的原因，《延安交际处回忆录》中记录的是因经济拮据不能及时治疗③，而在《工作着是美丽的》中，则暗示陆晓平的自私冷漠和暴力行为导致了棣儿的夭折：

> 午饭时光，晓平推进门来，看见珊裳正在替棣儿换裤子"怎么？他又尿在床上了？"他每天都要找孩子的岔子，使珊裳害怕而又担心……他拉开他的被子，看见褥子上也有，就把棣儿一把拖下床来，打着，踢着。珊裳把孩子护着："你打我吧！"她恼怒了，喊着，可是被他这么地打着，孩子并不哭，也不出声。
>
> "你说不说？以后再不尿床了！'晓平又打了棣儿一巴掌。"④

小说中，陆晓平既不准孩子睡在床铺上，也不准孩子盖家里唯一的丝棉被，以致棣儿得了伤风后又得了麻疹，最后又患上脑炎。在整个过程中，作为医生的陆晓平不仅漠不关心，反而还毒打孩子，以致于孩子因贻误病情，不幸夭折。可以发现，小说中潜藏着陈学昭对前夫何穆的仇视情绪。陈学昭之所以在文本中极力塑造陆晓平的负面形象，可能是因为两人

---

① 金城：《延安交际处回忆录》，北京：中国青年出版社，1986年，第160—第161页。
② 陈学昭：《工作着是美丽的》，杭州：浙江人民出版社，1979年，第180页。
③ 金城：《延安交际处回忆录》，北京：中国青年出版社，1986年，第162页。
④ 陈学昭：《工作着是美丽的》，杭州：浙江人民出版社，1979年，第193—194页。

感情破裂后，陈学昭一度陷入流言的困扰。由于《工作着是美丽的》本身所具有的自叙传特征，小说成为陈学昭自我辩护的场所。但值得注意的是，这种自我辩护的行为背后实际上仍然是深刻的个人主义倾向，陈学昭在写作中无疑掌握了话语权，因此李珊裳被塑造成一个天真无助的母亲，而陆晓平则精明势利。此外，文本也呈现出通过矮化陆晓平衬托李珊裳的意图。而当这种意图过于明显时，就会产生不协调的叙述效果，降低文本的说服力。同时，大量家庭琐事以及个人情感的细节缠绕也令《工作着是美丽的》进一步偏离了知识分子改造这一主题。但在陈学昭看来，自己的改造与转向是较为真诚且成功的，因此，她此后的创作方式无一不延续这一路径。

五、错位的互文：难以摆脱的延安印记

中华人民共和国成立后，陈学昭服从分配先后参加了杭州和海宁的民主反霸运动及土地改革运动，又在胡乔木的启示下，到龙井茶区体验生活并参加劳动①，并以这些经历为写作素材，分别写成了中篇小说《土地》（1953）及长篇小说《春茶》的上部（1957）。如果说《工作着是美丽的》只是延安文学长河中的一粒细沙，那么1957年的全党整风运动则为其背景增加了另一重维度。全党整风运动可以视为延安整风运动在新时期的另一种演绎，陈学昭在整风之初即被定性为右派，《工作着是美丽的》下卷的创作也恰恰肇始于此阶段②，但直至1979年经过修改才与上卷合在一起出版。较上卷而言，下卷在经历了中华人民共和国成立后一系列政治运动的淘洗之后，主角李珊裳的改造显得更为彻底。如前所述，小说中大量的生活琐事被代之以革命工作的内容，这些事既说明了陈学昭生活重心转变，同时也反映出她的写作在规训之下变得更为老练。我们可以通过《工作着是美丽的》上下卷的目次表管窥其变化（见表1）。

---

① 陈伯良：《陈学昭年谱》，海宁市政协文史资料委员会：《海宁人物资料第9辑 陈学昭纪念文集》，第275—第276页。

② 陈学昭：《我是怎样写作〈工作着是美丽的〉》，丁茂远：《陈学昭研究专集》，278页。

表1①

《工作着是美丽的》上卷目次	《工作着是美丽的》下卷目次
一、海的一角	一、又开始了旅程
二、柚子树	二、"你是个理想主义者"
三、可纪念的日子	三、崎岖的道路
四、海	四、三进延安
五、旗子	五、难忘的日子
六、时代走着弯曲的道路	六、敌进我退，敌退我进
七、幻想	七、三渡黄河
八、天之涯	八、缴枪不杀的人们
九、不速之客	九、崔家坪
一〇、山城、水城、花城	一〇、女地主之死
一一、马赛一夜	一一、出乎意料的信
一二、一次小小的出卖	一二、行行不再行
一三、永恒的记忆	一三、沈阳、北平小住
一四、试试看	一四、第一次进厂
一五、拒绝他	一五、故乡，故乡
一六、决定	一六、一场虚惊
一七、生活	一七、在知识分子中
一八、爱和希望	一八、盯梢的人
一九、再见	一九、水仙的风波
二〇、破碎的河山	二〇、土改前后
二一、坐在门槛上	二一、坐下来的时侯
二二、女归	二二、狮岭的春天
二三、忆	二三、两进梅村
二四、乡居	二四、再写作，再体验
二五、家	二五、意外的插曲
二六、孤寂的夜	二六、在反右派斗争中

---

① 详见陈学昭：《工作着是美丽的》，杭州：浙江人民出版社，1979年。

续表1

《工作着是美丽的》上卷目次	《工作着是美丽的》下卷目次
二七、欺骗	二七、死，还是活着
二八、第一次轰炸	二八、不同的人
二九、战争	二九、斗门行
三〇、到重庆	三〇、农村新事
三一、路	三一、新时代的女英雄
三二、个人和集体	三二、故友重逢
三三、苦闷	三三、工作着，的确是美丽的
三四、失去的孩子	
三五、友情	
三六、往何处去	
三七、窑洞里	
三八、天下着雪	
三九、清算	
四〇、矛盾	
四一、离婚	
四二、体验劳动	
四三、下定了决心	
四四、征途	
四五、工作着是美丽的	

　　作为上卷的续篇，《工作着是美丽的》下卷延续了自叙传的形式。由上卷结尾处"工作着是美丽的"到下卷结尾处"工作着的确是美丽的"，以及目次的反映的小说内容上，都可以比较明显地看出，单纯的家庭生活正在退出李珊裳的日常，取而代之的是私人生活的革命化。下卷中实际上也不乏对生活细节的书写，这也是线性时间自叙传必然携带的特征，但此时李珊裳的个人生活几乎已经成为革命，或者说工作的附属品，仅有一些私人意识的流动，如偶尔出现的对家人及年轻时感情经历的回忆等。不仅如此，陈学昭在下卷的写作中，仍然没有放弃自我建构的努力，如对她临时在大学代课遭遇一些龃龉之后的内心意识的叙述：

历史是无情的，它总有一天会告诉那些不明真相的人：李珊裳就是这样一个人，她不会暗地里算计别人，不会耍两面派，也不会阿谀逢迎、吹牛拍马。①

总体来看，《工作着是美丽的》下卷以一种更加熟练的姿态建构着更易于得到"工农兵文学"认同的叙述，较之上卷，显然更加契合"知识分子改造"这一主题，是知识分子被改造的成果展示。但值得注意的是，下卷得以出版的 1979 年正好是另一个文学时期的开端，"工农兵文学"成为文学亟待矫正的方向。除此之外，从叙述时间来看，涵盖了李珊裳在中华人民共和国成立后到东北局报到至 20 世纪 50 年代末期被下放至绍兴文化馆，对应的事实时间则在 1948—1958 年之间。但值得注意的是，下卷的正式修改完成是在 1978 年 11 月初，也就是说，在下卷叙述时间线中，1958—1978 年被抹去了。这段时间发生的故事在 1982 年出版的《工作着是美丽的》续集中得到了补充，陈学昭在后记中坦承下卷的书写"限于形势"并"有所顾虑"②，因此合集出版后，"在老同志和读者们的鞭策下"③，陈学昭选择将之补齐，因而开始创作续集。实际上，"有所顾虑"已经充分反映出陈学昭在经历了自延安整风运动以来的历次运动之后所练就的高度的政治敏感以及书写表达的谨慎，续集的书写与其说是受到了鞭策，毋宁说是形势及自身处境的好转④使陈学昭再次获得表达的动力。但在新的文学语境中，陈学昭的创作已在很大程度上失去文学价值，其意义更多在于一个历尽时代变迁的革命老人的艰难书写。

---

① 陈学昭：《工作着是美丽的》，杭州：浙江人民出版社，1979 年，第 420 页。
② 陈学昭：《我是怎样写作〈工作着是美丽的〉》，丁茂远：《陈学昭研究专集》，杭州：浙江文艺出版社，1983 年，第 279 页。
③ 陈学昭：《工作着是美丽的》续集，杭州：浙江人民出版社，1982 年，第 223 页。
④ 陈学昭自 1979 年在文坛"复出"后，发表了大量作品，其中包括 56 篇散文及 6 本文学著作。

结　语

从文学史的角度来看，《工作着是美丽的》的写作始于抗战时期。在近 40 年的时间跨度下，不同时期的写作背景为同一标题下的写作增加了不同的理解维度。上卷、下卷及续集，其实是一种系列写作，其各个阶段的写作动机、写作过程以及文本呈现因此具有丰富的内涵与阐释空间。《工作着是美丽的》最初写于延安文艺座谈会后，正是陈学昭对于延安整风的一次回应，试图通过这种反思式的写作进行自我剖白与自我建构。但在知识分子形象正在大量退出文学作品的时候选择知识分子改造题材写作，与当时延安作家的"突转书写"对比，这种回应显得有些滞后。不仅如此，在这一过程中，陈学昭的自我建构并不成功，在大量生活细节的缠绕中，"改造"作为核心被彻底淹没。在陈学昭尚未熟练掌握的革命叙述的缝隙中呈现出的反而是其作为知识分子的思维乃至于"小资产阶级"的种种个人情调，这些在一定程度上构成了《工作着是美丽的》在当时反响平平的原因，另一方面也恰恰说明了这一时期陈学昭本人思想改造的未完成性以及她在这一"转型"过程中所遭遇的精神困境与写作困境。另外，超前与滞后都是相对而言的，从另一方面来看，《工作着是美丽的》上册出版于中华人民共和国成立前夕，从时间上来看，恰好处于延安文艺准备向新中国文艺转型的过渡期，战时文艺政策被固化并得到进一步的强调，知识分子的成长改造题材在此时恰与时代旋律相合，由此也为后来 1952 年更大规模的知识分子思想改造运动作出了文学预言。但基于前述的未完成性，《工作着是美丽的》上册未能在很大程度上契合主流话语，并未像后来杨沫的《青春之歌》一样获得巨大的反响。但同时，陈学昭在精神与写作的困境中并没有放弃探索，她选择将自己的写作彻底皈依革命，此时她的写作再次体现出一种迟滞性。尽管在 1958 年前后，陈学昭已经开始酝酿下卷的书写，但由于一系列政治运动及其个人经历的曲折，下卷直到 1979 年才面世。但此时文学的发展显然已经进入了新的阶段，20 世纪中国文学另一次重大"转折"，使"工农兵文学"迅速成为被抛弃的对象。

因此陈学昭此时"复出"的更多意义在于历尽沧桑的历史老人之书写。此外，在这一过程中，陈学昭逐渐熟练掌握了"工农兵文学"的生产方式，以生硬的套话传达固定的观念，其原有的写作风格及个人观点则逐渐消失，这正是自 20 世纪 40 年代以来所遗留的"延安印记"。

《工作着是美丽的》作为知识分子改造的系列写作，其写作动机与生产方式整体勾勒出了以陈学昭为原型的知识分子所经历的改造过程及最终的结果呈现。这之中既包括陈学昭在延安时期所面临的精神与写作的双重困境，也包括其改造阶段性的未完成以及最终被革命叙述吞噬的精神状态。同时，由于其政治敏感度及个人经历的曲折，其整体的书写具有迟滞性，与历史的发展形成了一种错位的互文，这也是这一系列写作未产生强烈影响的重要原因。

自我辩难：丁玲"女超人"的追寻与失落

张　敏

　　由女性视角介入社会问题的肌理是丁玲创作的重要特征，延安时期的丁玲延续了这一写作模式，创作了《我在霞村的时候》《在医院中》等好评与争议并存的小说。现有研究从女性角度解读丁玲这些作品的已经有很多，但女性视角作为一种写作方式本身却少有人关注。自莎菲开始，丁玲的女性写作始终以明确的女性意识和张扬的姿态表现时代女性的内心挣扎和精神苦闷，多情又伤感，倔强又坚韧是她笔下人物主要的精神特征，而与这些特征相呼应的是人物情绪无节制宣泄的潜在写作方式。丁玲与这种高调、自然的情感抒发告别是在延安时期。作为第一个从国统区到延安的知名作家，得力于其区别于延安其他作家的女性书写，丁玲笔下的女主人公总是在战争与革命的时代命题下承受着诸多苦难，但又通过精神上的自足以更加顽强的姿态面对苦难，并最终成长为拥有坚强意志的"女超人"。

丁玲在创作过程中展现出来的女性人物塑造方式和对女主人公有意识的精神锻造是理解丁玲延安时期写作和精神动态的重要依据。

一、"女超人"的生成

1937 年，范长江到延安采访后说起关于丁玲的一件旧事，"记得在去年她在北平曾经说过这样一套话，她说：一个现代女子要能作社会事业，必须第一克服'女性'，第二，克服'母性'，这次那位朋友特别问她说那句话的理由，她说这是为她一位已嫁的朋友而发，她的朋友一面很想作（做）事，一面非常痛爱他的丈夫和子女。她以为这样，两全是不可能的"①。从丁玲得出结论的语境来看，"女性"来自对丈夫的爱，"母性"指向对子女的爱，女性想要进入社会，做出自己的事业，就要克服这两种情感。但是这里的"女性"和"母性"明显不能简单理解为性别的自然属性，丈夫和子女都是家庭的代名词，克服"女性"和"母性"实际回应的还是女性囿于家庭而无法获得广阔社会空间和独立精神的问题。在这个意义下，克服"母性"也是克服"女性"。

接受采访两年后，丁玲创作了小说《新的信念》《我在霞村的时候》。这两篇小说的共同点是主人公陈老太婆和贞贞都被日本人掳去做了慰安妇，并且她们在回到家后面临身体和精神上的双重压力时又都表现出不同寻常的顽强。在这两篇小说中，主人公的痛苦很大程度上并不表现为一种实体，而是由观看者构成的压抑的氛围。观看者包括革命者、亲人、邻居，他们或是同情，或是嘲讽、咒骂，但他们都无法对她们进行救赎。与此相对应的是，无论是贞贞，还是陈老太婆，她们对于自身的痛苦和他人的眼光都保持了乐观和淡漠的态度。例如，周围人在对贞贞进行嘲讽的时候，文中的"我"为此感到很不愉快，甚至是"忍住了气"的，但作为当事人的贞贞却并不那样沮丧或生气，她"一点有病的样子也没有，她的脸

---

① ［美］里夫（Earl H. Leaf）：《丁玲——新中国的女战士》，叶舟译，上海：光明书局，1938 年，第 67 页。

色红润，声音清晰，不显得拘束，也不觉得粗野。她并不含一点夸张，也使人感觉不到她有什么牢骚，或是悲凉的意味"①。又如，陈老太婆看似处于一个比较理想的环境，她曾被日本人抓走的耻辱经历似乎并不被村里人所关注，仍然可以回归原来的生活。只是她自己却并不想就此沉默，她突然以强势的姿态主动宣传抗日，她爆发出来的生命力使家人和邻居感到震惊。在这里，观看者的眼光和谈论似乎被封闭在另外一个空间，它们不能直接从被谈论者身上显现出来，于是外在环境构成的压力也就无效。也就是说，女主人公贞贞、陈老太婆不借助外力，通过内在的克服意识获得了精神上的自足，解构了外在困境。这与丁玲以往由内而外的情感爆发模式完全不同，在人物意识内部的矛盾得到了形式上的和解，人物最终与环境达成了和谐关系。本文将这种由内部生发克服意识，凭借自身意志试图克服一切困难的女性人物称之为"女超人"。

最初注意到这种不寻常并对这种现象进行解释的是冯雪峰。冯雪峰认为："《新的信念》，不免使读者感到有浪漫主义的色彩。但姑不论浪漫主义是否需要的问题（当然需要的），我们如果不忘记敌人的残暴所引起的仇恨的深浩，人民战斗热情的疯狂般的沸腾，则所有战斗的人民包括我们自己在内，就都是在那样浪漫蒂克的战斗气氛中的浪漫蒂克的人物。""贞贞自然还只在向远大发展的开始中，但她过去和现在的一切都是真实的，她的新的巨大的成长也是可以肯定的，作者也以她的把握力使我们这样相信贞贞和革命。"② 冯雪峰论述的矛盾之处在于，他一方面认识到了丁玲在人物塑造时与现实的脱离，或者说过于理想主义，另一方面又以革命的神圣和权威使上述人物的行为合理化，竭力为其找到现实依据。事实上，后来的研究者也多注意到了这个现象，但也多囿于冯雪峰最初的论断，认为这是一种乌托邦革命。但问题在于，在这种论断下，人物行为也仅仅能在被动的革命环境中找到合理解释，外在的革命话语并不能充分说明引发

---

① 丁玲：《我在霞村的时候》，《丁玲全集》（第 4 集），石家庄：河北人民出版社，2001 年，第 224 页。

② 冯雪峰：《从梦珂到〈夜〉》，袁良骏：《丁玲研究资料》，北京：知识产权出版社，2011 年，第 254 页、第 299 页。

这些行为的深层原因。丁玲曾说，相比于陆萍，她更喜欢贞贞，因为："贞贞更寄托了我的感情，贞贞比陆萍更寂寞更傲岸，更强悍。"① 至少在同等革命浪漫主义的环境下，并没有诞生出贞贞这样"强悍"的人物。从丁玲的言语可以看到，丁玲很在意女主人公面对困难时候的承受能力和精神强度。所以，她在贞贞和陈老太婆的形象构建上还有一套自己的逻辑。

《我在霞村的时候》中有这样一幕：被日本兵掳走当慰安妇的贞贞患病回到家里，曾经的恋人夏大宝再次向贞贞求爱，但遭到了拒绝。文中的"我"对此不解，认为："当现在的贞贞被很多人糟蹋过，染上了不名誉的、难医的病症的时候，他还能耐心的来看她，向她的父母提出要求，他不嫌弃她，不怕别人笑骂。他一定觉得她这时更需要他，他明白一个男子在这样的时候对他相好的女人所应有的气概和责任。"② 文中的"我"代表了普通人的心理，贞贞拒绝夏大宝，意味着拒绝了重新拥有普通家庭生活的可能。但是站在贞贞的角度，她拒绝的是所谓的"救赎"。贞贞的想法是："大家扯在一堆并不会怎样好，那就还是分开，各奔各的前程。我这样打算是为了我自己；也为了旁人……而且我想，到了延安，还另有一番新的气象。我还可以再重新做一个人，人也不一定就只是爹娘的，或自己的。"③ 一方面，贞贞拒绝夏大宝是因为自己曾经被强奸，"不想再有福气"；另一方面是因为她对新生活的追求，希望"重新做一个人"。前者是对可能作为"弱者"被救赎的拒绝，后者是对未来生活的向往。"人不一定就只是爹娘的，或自己的"暗示了贞贞投入革命的可能。同样，在《新的信念》中，陈老太婆加入妇救会以及在结尾时领着西柳村几十个妇女去开会的场景也暗示了她已经加入革命。这种"深受苦难—出路在哪里—出路是革命"的模式构成丁玲新的写作逻辑。

---

① 丁玲：《关于〈在医院中〉》，《书城》，2007 年第 11 期，第 94—103 页。
② 丁玲：《我在霞村的时候》，《丁玲全集》（第 4 集），石家庄：河北人民出版社，2001 年，第 227 页。
③ 丁玲：《我在霞村的时候》，《丁玲全集》（第 4 集），石家庄：河北人民出版社，2001 年，第 232 页。

二、延安空间中的"女超人"

相比于以往女性情感的自然抒发，丁玲通过克服内在意识塑造出来的"女超人"形象体现了一种写作转变。从这种转变发生的语境来看，丁玲主要关注的是延安女性的生存状态。而最早体现这种转变的是她在独幕话剧《重逢》中的一次不起眼的修改。

独幕话剧《重逢》是丁玲从事创作以来的第一个剧本，描写了这样一个故事：地下工作者白兰被日本人抓住，在关押的地方遇见了同样被捕的三位同事和曾经的恋人马达明。愤怒的白兰误杀了作为卧底的马达明，并在悔恨交加中带着情报逃了出去。《重逢》这出话剧的悲剧性在于女主角白兰被捕时，同事和作为卧底的恋人都希望白兰委身于垂涎她美色的日本人山本，从而以卧底的身份潜伏下来，这让白兰面临两难抉择。鲜为人知的是，这个剧本在创作几个月后，丁玲曾主动修改过一次。① 通过对比两个版本的文本，笔者发现共有两处大的改动，一是在白兰得知恋人马达明是卧底时，她流露出来的留恋、动摇和伤感的语言和动作描写被删除，取而代之的是她果断执行任务，毫不拖沓于与马达明的情感的描写；二是将马达明被误杀的情节改为马达明在白兰逃跑后，打死了日本人，追随白兰逃了出去。

丁玲在给胡风的回信中提及了她对剧本进行修改的缘由：

> 因为每当出演时，我就觉得后边的情绪太低了。顶点已过，后边对话太长，在戏剧上不合，所以这么改了。不过这个剧本我并不希望上演次数太多，因为太曲折，一般的人或许反会更模糊了的。这戏在太原上演时，就有许多人很同情白兰之刺达明。白兰前边之种种，均足效法，但后来为感情所动，失去镇静，实可批评，故此剧仍以观众

---

① 1937年12月《七月》发表的是初版本，1938年4月上海杂志公司出版的《西北战地服务团戏剧集》是修改后的版本，后者注明了是"改定稿"。

为标准，少上演为宜也。①

丁玲对剧本的修改是为了加强演出时抗战宣传的效果，但最初的版本则明显体现了她将外在矛盾转向内在，进而用人物的意志进行克服的意图。上文中丁玲虽然对白兰"为感情所动，失去镇静"的行为提出批评，但《重逢》从创作到修改，中间只有短短几个月，作者丁玲的思想不太可能在短时间内产生如此大的变动，她之所以提出批评，更可能是因为已有的情感因素和现实环境的刺激。

要厘清这个问题，我们需要从如下两方面来看。首先，《重逢》中的白兰实际上是丁玲在逃出南京时个人心理的一种投射。1936年丁玲逃出南京时，冯雪峰曾让丁玲留下来继续工作，并对丁玲的软弱和伤感提出批评："你怎么感到只有你一个人在那里受罪？你应该想到，有许许多多人都同你一样在受罪；整个革命在这几年里也同你一道，一样受着罪咧。"②为此，丁玲经历了极大的精神痛苦："我甚至又哭了。雪峰啊！你太不理解这几年我心灵的痛苦的历程；我所有的力量、心计，都为应付国民党的阴险恶毒已经耗费尽了。我背负着的哪里只是一个十字架啊。……你太不理解人了！"③丁玲与白兰一样，都在并不真正情愿的情况下被要求接受"卧底"工作，她表现出来的软弱和伤感受到冯雪峰的严厉斥责，小说中白兰对个人情感的留恋和对工作安排的动摇正是丁玲当时情感的投射。

但彼时丁玲的这种体验和感受还只是内在的情感，她主动修改《重逢》的直接原因主要还是受到了与冯雪峰意见相通的延安氛围的影响。

赵超构的《延安一月》中有这样的记录：

共产党党员中，最可以作为代表的类型的，不是那些出了名的模

---

① 丁玲：《致胡风》，《丁玲全集》（第12集），石家庄：河北人民出版社，2001年，第21页。

② 丁玲：《魍魉世界 风雪人间——丁玲的回忆》，北京：人民文学出版社，1989年，第98页。

③ 丁玲：《魍魉世界 风雪人间——丁玲的回忆》，北京：人民文学出版社，1989年，第100页。

范党员，而是"女同志"们。从那些"女同志"身上，我们最可以看出一种政治环境，怎样改换了一个人的气质品性。所有延安的"女同志"，不管是本地的还是外来的，倘要考查她们的过去，她们都可以供给你一篇曲折的故事。她们的故事大多是现实的，苦楚的。在到延安之前，她们都是在时代的大风雨中飘（漂）泊过来的。她们充分领略过社会生活，充满着人事经验，所以再不是那种天真，脆弱，和易受情感所牵制的女性了。她们有的来自天津北平、有的来自上海，有的已在各沦陷区工作过，长远的旅途以及工作的经验，加强了她们的倔强性。一般说起来，"女同志"的好胜心理，都超过男的，她们惟恐受到"弱者"的批评，所以尤其要表示她们的倔强性格。①

从赵超构的记录来看，延安的女同志在精神上存在一种独有的气质，她们往往受尽苦难但又不屈服于苦难，并以更加顽强的姿态投入工作和生活。丁玲是在带领西北战地服务团赴各地演出的途中修改了《重逢》。西北战地服务团全称是"十八集团军西北战地服务团"，简称"西战团"，1937 年 8 月 12 日成立于延安，丁玲任团长，吴奚如任副团长。西战团的主要任务是：以文艺宣传为武器，为巩固和扩大抗日民族统一战线服务。② 当时，由于资源的匮乏，人的作用和潜能往往需要被充分激发和调动，女性也被要求从家庭角色中解放出来，参与到更广泛的社会工作中。作为革命干部的丁玲深刻体会到了这种氛围。

到延安采访的人曾对在西战团工作时候的丁玲作了如下描述：圆圆的脸，长眉，胖胖的身材，穿着一身灰布军服，要胀破似的紧绷在她身上，缀着红星帽徽的帽子压在头发上面，红得像苹果似的脸颊，大而圆的眼睛，漆黑晶亮的眸珠，活脱脱一个健壮活泼的兵士。③ 赵超构也有类似评价："她大眼、浓眉、粗糙的皮肤、矮胖的身材、灰色军服，声音洪亮，

---

① 赵超构：《延安一月》，南京：新民报社，1944 年，第 89—90 页。
② 鱼讯：《陕西省戏剧志·延安地区卷》，西安：三秦出版社，1997 年，第 193—194 页。
③ ［美］里夫（Earl H. Leaf）：《丁玲——新中国的女战士》，叶舟译，上海：光明书局，1938 年，第 1 页。

'有一点像女人'。"① 看到这样的丁玲，恐怕很难有人记得她是穿着旗袍进入陕北的。事实上，冯雪峰对丁玲的批评与这种氛围有直接的联系。在营救丁玲前，冯雪峰是从陕北到达南京的，在此之前经历了 3 年的长征，长期受这种氛围影响。所以，在延安生活的实际氛围和延安妇女表现出来的精神面貌使丁玲明白以前的写作方式行不通了。在延安，需要的不是那些个人主义的感伤和牢骚，而是坚定地与同志们一起吃苦耐劳，具有坚韧意志的革命者。这构成了丁玲"女超人"书写的根本动力。

但另一方面，丁玲也有自己独立的思考，这种思考存在于"女超人"书写的内在逻辑中。

抗战全面爆发后，无论是在以延安为中心的边区还是国统区，都对动员妇女参与抗战进行了号召。毛泽东指出："假如中国没有占半数妇女的觉醒，中国抗战是不会胜利的。"② 国民党方面，国民党妇委于 1938 年 6 月颁布了《妇女运动方案》和《中国国民党妇女运动委员会工作纲领》，其中《妇女运动方案》明确要求"在三民主义之最高原则下，发动全国妇女动员力量，参加抗战建国工作"，"提倡妇女生产事业，促进经济建设，以充实抗战力量"③。或是为了响应官方的号召，抑或是抗日战争对中国人民族情绪的刺激，在民间也有大量的妇女刊物致力于鼓励妇女参战，如《中国妇女》《上海妇女》《浙江妇女》《江西妇女》《安徽妇女》《广西妇女》《湖南妇女》等。其中《上海妇女》1938 年第 4 期刊登的一篇文章《安娜卡列尼娜中的妇女问题》中有这样一段话："中国现在也有不少受着封建势力压迫的妇女，如果自己不出来参加解放中国的工作，那么到中国解放了以后，她们也还会依旧遭遇到悲剧的结局。要解除这悲剧的命运，只有每一个中国妇女，都努力负起建造新中国的职责。"④ 这段话揭示了中国妇女响应抗战动员的深层心理。一方面，政府和社会号召妇女参与抗

---

① 赵超构：《延安一月》，南京：新民报社，1944 年，第 99 页。

② 《毛泽东在中国女子大学开学典礼上的讲话》，《新中华报》，1939 年 7 月 25 日。

③ 韩贺南、王向梅、李慧波：《中国妇女与抗日战争》，北京：团结出版社，2015 年，第 125 页。

④ 杨鞭：《安娜卡列尼娜中的妇女问题》，《上海妇女》，1938 年第 4 期，第 20—21 页。

战，使妇女的社会地位提高、社会活动空间变大，妇女脱离家庭实现自我独立的要求前所未有地获得了官方政策和社会舆论的支持；另一方面，随着中国妇女响应抗战的时代命题，进入社会的各个领域工作，她们自我解放意识和权利意识也在发生着变化。而延安又比其他地方更切实地给予妇女社会权利和社会空间①。因此，丁玲相信："延安的妇女是比中国其他地方的妇女幸福的。"② 只有这样才能理解丁玲为什么执着地用革命来解决陈老太婆和贞贞面临的问题。陈老太婆和贞贞都是普通的农村妇女，对于她们而言，革命是一个抽象的东西，选择革命必然是因为革命有更有用、更实在的东西。她们想通过革命置换一个可以容纳她们的生存环境，获得更广阔的生活空间和另一种精神满足。在这里，革命最终还是指向了妇女的自身需要。

三、革命者的"超人"之路

研究者较少将《在医院中》与《新的信念》《我在霞村的时候》3 部小说联系起来看，但实际上《在医院中》的陆萍是丁玲"女超人"写作方式的再一次运用。

关于陆萍的人物形象塑造，丁玲在《在医院中》的草稿自白中说了这样一段话：

> 在这两年之中，我接触了另外一些女孩子，这些女孩子的性格并不相同，但她们却有一个相同之点，她们都富有理想，缺少客观精神，所以容易失望，失望会使人消极冷淡，锐气消磨了，精力退化了，不是感伤，便会麻木，我很爱这些年轻的人，我欢喜她们的朝

---

① 国民党虽然领导动员国统区妇女积极承担拯救国家民族危亡的重任，但对于妇女的社会角色仍有很大的局限性。以克尽妇女天职为主的要求依然没有突破妇女为家庭主妇角色的传统观点，而对职业妇女甚至要求仅能在其本身职分以内努力进行抗敌工作，女性仍然被固化在家庭结构中。

② 丁玲：《"三八"节有感》，《丁玲全集》（第 7 集），石家庄：河北人民出版社，2001 年，第 60 页。

气，然而我讨厌她们那种脆弱。我常常在复给这些人的信件中，要求她们有吃苦如饴的决心，要求她们有下地狱的勇气，要求她们百折不挠，死而无悔……①

在这段话后面，丁玲又明确说明："我要写一个肯定的女性，这个女性是坚强的，是战斗的，是理智的，是有用的，能够迈过荆棘，而在艰苦中生长和发光。"② 这一番自白明确了陆萍、贞贞、陈老太婆共享一个塑造理念，即通过内在的克服意识，塑造"迈过荆棘"，"在艰苦中生长发光"。陆萍的成长展现了这个过程。小说开头，在初次看到新的工作地点时，陆萍的内心是惶惑和怀疑的，但是"她有意的（地）做出一副高兴的神气，睁着两颗圆的黑的小眼，欣喜地探照荒凉的四周"③。"她不敢把太愉快的理想安置得太多，却也不敢把生活想得太坏，失望和颓废都是她所怕的，所以不管遇着怎样的环境，她都好好的（地）替它做一个宽容的恰当的解释。"④ 从这里可以看出，陆萍本身是一个敏感又有些怯懦的人，通过自我鼓励和安慰才给予自己继续下去的动力。但随着进入医院，面对恶劣的环境，陆萍的精神却发生了新的变化。面对困难，"在睡过一夜之后，她都把它像衬衫上的尘土抖掉了。她理性地批判了那一切。她非常有元气地跳了起来，她自己觉得她有太多的精力，她能担当一切"⑤。为了病人和产妇的健康，"她得守着她们消毒，替孩子们洗换，做棉花球，卷纱布。为了不愿病人产妇多受苦痛，便自己去替几个开了刀得，发炎得换药"。为了给病人们争取更好的治疗环境，"她去参加一些会议，提出她在头天夜晚草拟的一些意见书。她有足够的热情，和很少的世故。她陈述

---

① 丁玲：《关于〈在医院中〉》，《书城》，2007 年第 11 期，第 94—103 页。
② 丁玲：《关于〈在医院中〉》，《书城》，2007 年第 11 期，第 94—103 页。
③ 丁玲：《在医院中》，《丁玲全集》（第 4 集），石家庄：河北人民出版社，2001 年，第 234 页。
④ 丁玲：《在医院中》，《丁玲全集》（第 4 集），石家庄：河北人民出版社，2001 年，第 235 页。
⑤ 丁玲：《在医院中》，《丁玲全集》（第 4 集），石家庄：河北人民出版社，2001 年，第 242 页。

着，辩论着，倾吐着她成天见到的一些不合理的事。她不懂得观察别人的颜（眼）色，把很多人不敢讲的，不愿讲的都讲出来了"①。从内心的感伤、恐惧到孤独又倔强地表达自己的不满，陆萍凭借自身的意志力努力去改变周围的环境，甚至向外界发出了挑战。这是陆萍的成长。

只是陆萍的努力没有换得问题的解决，医院的环境没有改变，朋友也与她疏离，她与环境之间产生了无法调节的矛盾。这时候陆萍的精神面临更为严苛的考验。在丁玲以往的作品中，在矛盾无法调节的时候，革命便成为解决一切问题的力量源泉，但作为革命人士的陆萍最后却不能用革命来解决她的问题。所以，在写作《在医院中》的过程中，丁玲已经感受到强烈的不安。如她自己所说：

> 小说写了一半，我停止了。我已经意识到我的女主人公，我所肯定的那个人物走了样，这个人物是我所熟悉的，但不是我理想的，而我却把她做（作）为一个理想的人物给了她太多的同情，我很自然的（地）这样做了，却又不愿意。我要修改这小说，我隐隐感到必定要杀戮这人物，而这是我不忍的……②

随着剧情的展开，结尾也成了一个大问题。

> 更使我不能续下去的是我已经看到故事的发展将离开我的原意，我如何能来自圆其说，这篇小说将在什么样的情形下来结束呢？我曾经想用生产的集体行动来克服，又觉得那力量不够。我想过许多方法，这些方法都不够好，我很迷惑，而且不得不放弃，把那些原稿纸都请到我的箱子里睡觉，不再思索它们了。③

---

① 丁玲：《在医院中》，《丁玲全集》（第4集），石家庄：河北人民出版社，2001年，第243页。

② 丁玲：《关于〈在医院中〉》，《书城》，2007年第11期，第94-103页。

③ 丁玲：《关于〈在医院中〉》，《书城》，2007年第11期，第94-103页。

　　丁玲在写作过程中极力想要陆萍同贞贞、陈老太婆一样，通过坚韧的意志力克服所有的苦难，成长为理想中的人物。但跟《新的信念》《我在霞村的时候》中困难作为一种外在压力存在不同，在《在医院中》，医院恶劣的环境、肆无忌惮的官僚作风和冷漠的人情等问题，使人物与环境始终处于激烈的冲突中。所以，丁玲说："这篇小说的失败，主要还不是在于陆萍这人物。""文章失败是在我对于陆萍周围环境的气氛描写"，"我把环境实在写得非常不好，它是可以有很坏的影响的"①。一方面，"陆萍"是丁玲的逻辑中生长出来的人物，寄予了丁玲的感情和期望；另一方面，这种期望在逻辑内部出现了断裂，作者与人物意识出现了分离，人物不再按照作者的主观愿望发展。《在医院中》的结尾因仓促和不协调备受争议，但实际上，这个结尾仍然延续了陆萍一开始的想法——为一切做一个宽容的、恰当的解释。在陆萍的精神陷入绝望时，是以徐梦秋为原型的病人救赎了她，他以理解的眼光为医院中的人辩护，从抗战和革命的现实需要以及个人的生活背景出发，为这些人的存在找到了合理的解释。从丁玲的主观创作愿望来看，这是一种顺理成章的补救。

　　当然，《新的信念》《我在霞村的时候》与《在医院中》的内容本就是不一样的，前两者的女主人公都是正在走向革命的"同路人"，而后者的女主人公则是真正的革命者。前两者要解决的是在战争中受伤害的农村妇女通过革命获得新的生存空间的问题，后者要解决的是一个知识分子女青年如何锻造成为克服所有困难、具有坚韧意志的革命者的问题。虽然各自都有矛盾，但相较而言，后者面临的问题要复杂得多。所以，没有那么多理想和想象，《在医院中》的陆萍是最接近真实生活的"女超人"。没有了贞贞、陈老太婆身上那种矛盾重重而又无处发泄的感觉，陆萍能跟随环境作出真实的情感反映，所以，她的情感表现更为外在和强烈。也正因为这样，在《在医院中》，矛盾始终无法在人物内部达成和解，丁玲实际上陷入了写作的困境。

---

　　① 丁玲：《关于〈在医院中〉》，《书城》，2007 年第 11 期，第 94—103 页。

四、"女超人"塑造的限度与辩难

"女超人"的塑造有一个明显的特征，即预先设置了人物具备坚韧的精神，能够应对环境中的困难，而不是从现实环境出发，深刻揭示人物精神的复杂性。这样一来，人物必须凭借强大的意志克服每一个困难。然而，悖论在于，小说中的"女超人"一般凭借主观意志克服困难，这很难在现实环境中实现。所以，当与现实紧密联系起来时，"女超人"的书写就必然会表现出它的局限性。

根据陈学昭在延安的观感："在边区，对于男女平等，的确是做到了，在任何方面都平等了"[1]，"剩下的问题，就是要看妇女自己争气不争气，是不是还仍旧要把婚姻当做毕生事业的活动中心，以及附带的小麻烦，小枝节，因为这不是一个政策与一个命令所能完成的"[2]。从表面来看，延安相关政策和实践确实维护了妇女权益，并且在制度上给予了妇女以保障。但缺乏深入体验的陈学昭忽略了延安妇女面临的实际困境，而丁玲却敏锐地感受到了更加现实的问题。贺桂梅对丁玲的《"三八"节有感》作了这样的解读："尽管延安知识女性的生活空间和社会活动空间扩大了，生活供给制和组织军事化的战时集体主义氛围也在一定程度上淡化了家庭的重要性，但日常生活的基本结构单位仍是被早期无政府主义者称为'万恶之源'的家庭，女性（尤其是那些已婚且生育的女性）在家庭结构中所遭受的剥削和压抑仍是不可见的。"[3] 贺桂梅察觉到延安妇女虽然被鼓励参与更多的社会事务，拥有更多的空间和权利，但仍然不能完全脱离家庭的剥削。而事实上丁玲察觉到的两难局面并非仅限于家庭，还有延安妇女怎么获得社会空间和实现权利的问题。

以《我在霞村的时候》中的贞贞为例。首先，贞贞最大的"困难"是

---

[1]　陈学昭：《延安访问记》，上海：上海书店出版社，1940 年，第 185 页。

[2]　陈学昭：《延安访问记》，上海：上海书店出版社，1940 年，第 183 页。

[3]　贺桂梅：《知识分子、女性与革命——从丁玲个案看延安文人的身份冲突》，《历史与现实之间》，济南：山东文艺出版社，2008 年，第 228 页。

为了抗战工作的需要又回到日本人那里，这一幕尤其惊心动魄。文中贞贞回去的原因是由贞贞口述的："人家总以为我做了鬼子官太太，享富贵荣华，实际我跑回来过两次，连现在这回是第三次了。后来我是被派去的，也是没有办法，现在他们不再派我去了，听说要替我治病……"① 在丁玲修改过的版本中，这里被改成了："后来我是被派去的，也是没有办法，我在那里熟，工作重要，一时又找不到别的人。"② 两个版本陈述的或许都是实情，但诉说主体的角度却不一样，前一个版本突出了贞贞的立场，她并不是自愿回去的，是因为没有办法拒绝工作需要；后一个版本则是站在抗战的立场，说明派贞贞回去是工作需要，"也是没有办法"。有意思的是，1940 年《中国妇女》杂志刊登了一篇名为《反对把妇女拖到"特务"线上》的文章。这篇文章看起来是批判国民党利用女特务诱惑进步青年，"发现共产党员"，但其中心思想却直指那些"发扬妇女的天才"，在"敌人的被褥上"做情报工作的论调，并最后总结："救妇女的责任，不是依靠别人，首先靠妇女自己，其次靠全中国一切正义人士……我们的岗位是在斗争的最前线，而不是在敌人的被褥上！"③ 妇女要获得解放，妇女的一切被呼吁尊重，但妇女的"身体"却成为工作的筹码，这无疑对妇女参与抗战的时代命题发出了尖锐的疑问。整体上表现出乐观、坚强形象的贞贞在结尾的一场"意外"哭闹引人注意。"她的样子完全变了，几乎使我不能在她的身上回想起一点点那些曾属于她的洒脱、明朗、愉快，她象（像）一个被困的野兽，她象（像）一个复仇的女神，她憎恨着谁呢，为什么要做出那么一副残酷的样子？"④ 这里贞贞看似在无端地痛苦，实则是因为夏大宝带给她的情感慰藉和她自己对现实感到无奈，这些痛苦的情绪使全篇营造的贞贞强悍的形象一下像漏了气的皮球。但是，哭闹带来的感伤氛围很快被去延安的愉快氛围所替代，文中的"我"很满意，认为

---

① 丁玲：《我在霞村的时候》，北京：远力书店，1946 年，第 114 页。

② 丁玲：《我在霞村的时候》，《丁玲全集》（第 4 集），石家庄：河北人民出版社，2001 年版，第 224 页。

③ 吴群：《反对把妇女拖到"特务"线上》，《中国妇女》，1940 年第 2 期，第 18—24 页。

④ 丁玲：《我在霞村的时候》，《丁玲全集》（第 4 集），石家庄：河北人民出版社，2001 年，第 228 页。

"新的东西又在她身上表现出来了。"① 同样，《新的信念》中陈老太婆在讲述自己遭受的侮辱时，面对儿子目光时的瑟缩和惊慌也是其最为真实的情感反应。所以，对于贞贞和陈老太婆来说，矛盾和痛苦都是存在的，但一经表露就会很快被她们积极的情绪克服和淡化。

丁玲既塑造了这些理想中的女性，又在某些瞬间扎出几滴血给人看，反映了丁玲自我意识与人物主体意识之间的争斗。当丁玲的克服意识加诸角色身上，角色基于自身经历的情感就会作出反抗，但越反抗，就越要被克服。在这样的循环中，丁玲笔下的女性形象就呈现出极为强悍和理想化的色彩。这种"超人"式的写作模式并不是可以无限延伸的。丁玲说她更喜欢贞贞，因为贞贞更傲岸，但就事实而言，在相似的经历下，陈老太婆其实更为强悍，她甚至没有像贞贞那样哭闹一场。但丁玲更喜欢贞贞和《我在霞村的时候》受到的评价更高则说明，在人物承受范围内的精神强度拓展才更真实，更能打动人。因此，在塑造真正具有战斗性的革命者的时候，丁玲的态度要审慎得多。她要树立一个女革命者的榜样，以鼓励那些在伤感和犹疑中的人，一如她自己说的那样，她就是要让她们有下地狱的勇气，要让她们百折不挠，死而无悔。所以，陆萍面临的环境和情感反应都更加清晰和真实，不会像贞贞、陈老太婆那样让读者感觉始终与人物内心隔着一层。也正是因为这样，陆萍很大程度上只能成为形式上的"女超人"，她真正的情感和行为并没有在最后得到合理的升华，也没有克服最后的困难。《在医院中》受到了严厉的批评。

1942 年 6 月 10 日，《解放日报》发表题为《人在……艰苦中成长——评丁玲同志的〈在医院中时〉》的文章。这篇文章首次公开点名批评了《在医院中》，指出在技巧上陆萍是成功的，但在塑造上对陆萍的性格没有批判，对环境的描写过于"黑暗"和"堕落"，这是站在小资产阶级立场，"将个别代替了一般，将现象代替了本质"。② 有深意的地方在

---

① 丁玲：《我在霞村的时候》，《丁玲全集》（第 4 集），石家庄：河北人民出版社，2001 年，第 232 页。

② 燎荧：《人……在艰苦中生长——评丁玲同志的〈在医院中时〉》，《解放日报》，1942 年 6 月 10 日。

于，这篇文章被放在专门批判王实味的版面的开篇。正如一些研究者所注意到的那样，这实际上将丁玲和王实味归入了一类。面对这样严厉的批评，丁玲无疑是委屈的。但这种委屈并不是压抑与反抗之间的委屈，而是因为这个批评正好指向了丁玲所陷入的自我辩难的困境。

在这种困境下，丁玲可以并且也确实选择了后退一步，用她自己的话说："我曾觉得有些地方写得太片面性，也曾极力想纠正"，"心里颇为抱歉，暗自安慰自己：'再写一篇歌颂的吧'"①。但事实上，她没有做到。延安文艺座谈会之后，丁玲的小说作品急剧减少，直到去世前，她只创作了4篇小说：长篇小说《太阳照在桑干河上》、1956年根据《一颗未出膛的枪弹》改编的短篇小说《一个小红军的故事》、未完稿的长篇小说《在严寒的日子里》以及1979年发表的短篇小说《杜晚香》。其中，《杜晚香》久违地以女性视角展开，但很明显，这篇小说已经是新的面貌，20世纪40年代那样激烈的反抗和深刻的反思在她的作品中已经不再存在。因此，不管这篇小说寄予了丁玲多少感情和想要诉说的话语，其本身的艺术水平和思想深度已经不能和《我在霞村的时候》等相提并论。

结 语

流寓延安的生活改变了丁玲书写女性的方式，但她关注这一群体社会命运和个人觉醒的内核并没有改变。基于对时代命题的敏锐洞察力，丁玲力图通过对女性精神强度的拓展为妇女找到摆脱困境寻求解放之途径。在丁玲自身生命体验的烛照下，这种努力显得尤为真诚和可贵。但"女超人"写作的失落也说明，丁玲的主观愿望与创作的实际效果并没有达成一致，她希望凭借主观意志介入现实、改变现实的想法很难实现。丁玲陷入自我辩难的困境也说明了这个问题的复杂性。

---

① 丁玲：《关于〈在医院中〉》，《书城》，2007年第11期，第94—103页。

专题三
文学史的"地方路径"

"运动"中的文艺法则

——从延安时期"二流子"改造运动看新秧歌剧创演

周维东

引　言

　　延安时期根据地内重要社会工作的开展，常常采取"突击运动"的形式。具体来说，是以自上而下的群众运动，在社会上形成工作高潮和舆论导向，进而实现政策导向和工作成果的双重成效。这种工作方式，改变了根据地内的社会氛围，对文艺发展也产生了深刻影响。

　　以延安时期新秧歌运动为例，如果仅仅从文艺史的角度归纳其得失，那么可以说，它是延安文艺座谈会后，文艺界对"文艺为工农兵服务"精神的落实，如对旧秧歌音乐、舞蹈、队形、妆容等多方面形式的改造，改变了秧歌的阶级属性，使其成为工农兵"喜闻乐见"的艺术形式。当然，这种改造的意义和效果可以从多角度进行归纳，如"被政治所改造的民间"① "政治伦理与民间伦理的双重演示"② "革命时代的政治与娱乐"③ "'表情'以'达意'"④ "文体革命、文化运动与社会改造"⑤ 等角度。根据近年的研究成果，可以看出学者们试图从更加中性的立场来看待这一现象。然而这些认识都存在着局限，它们共同忽略的问题，是新秧歌运动的历史特征，具体来说，即新秧歌运动是否真正落实了"工农兵文艺"的目标和任务。

秧歌是一种群众性的文娱活动，它的创作主体和接受主体都是群众自身，因此，只有新秧歌成为一种新的民俗，才可以说它创造了工农兵喜闻乐见的艺术形态，才可以被认为是"被政治改造的民间"，否则它只能被判定为专业艺术工作者开展的文艺实验。从实验艺术的角度，专业艺术工作者也并没有完成新的艺术形式的探索，现在为文学史关注的如《兄妹开荒》《一朵红花》《刘二起家》等作品，除了令人耳目一新，在艺术上并没有走向成熟，只有到《白毛女》等"新歌剧"出现后，此类艺术才算走向完善。然而秧歌的形态在"新歌剧"中保留并不多。而且，如果追溯秧歌在中共革命中被利用和改造的历史，早在中华苏维埃共和国时期就有此类零星实践，到 1937 年刘志仁自发开始创演新秧歌戏，新秧歌在革命文艺实践中也存在多时。在延安文艺座谈会后，新秧歌成为一场运动，政治固然为这种艺术探索提供了动力，但这个运动的初衷是否仅仅是为了壮大新秧歌这种艺术形式和探索经验，也是值得探讨的问题。

---

① 文贵良：《秧歌剧：被政治所改造的民间》，《华东师范大学学报（哲学社会科学版）》，2004 年第 3 期，第 103—108 页。

② 郭玉琼：《新秧歌剧：政治伦理与民间伦理的双重演示》，《粤海风》，2007 年第 5 期，第 60—63 页。

③ 彭岚嘉、吴双芹：《新秧歌剧运动：革命时代的政治与娱乐》，《社会科学家》，2016 年第 3 期，第 146—150 页。

④ 路杨：《"表情"以"达意"——论新秧歌运动的形式机制》，《文艺研究》，2018 年第 11 期，第 50—59 页。

⑤ 熊庆元：《文体革新、文化运动与社会革命——延安新秧歌运动的历史形态及其政治向度》，《中国现代文学研究丛刊》，2020 年第 12 期，第 26—41 页。

因此，如果历史地看待延安时期的新秧歌运动，应该注意到它的"运动"特质。在根据地频繁的群众运动中，"运动"成为一种独特的工作习惯，它的意义并不完全指向工作本身，而是建构一种综合政治表达、群众动员和社会工作的生活方式。因此，对某一个具体群众运动的认识，应该尊重"运动"的思维方式和工作逻辑，进而才能对其历史形态有所把握。本文对新秧歌运动的研究，并不从如何利用"旧形式"或者创造"工农兵文艺"的角度去认识，而是以同时期开展的"二流子"改造运动为切入点。这种研究视角，并不是为了补充说明两者的深厚渊源，而是通过相互交叉的运动，让新秧歌运动部分回归延安时期的日常生活，考察新秧歌在延安语境中体现出的多种社会样态，进而对其运动的成效做出评价。

一、"二流子"的政治内涵

要充分认识延安时期的"二流子"改造运动，首先需要对"二流子"的政治内涵有所认识。作为民间社会的口语概念，"二流子"的能指范围广泛，用以指称一类社会群体，这一类社会群体的具体构成可以随语境的变化而有所不同，所以，要把握"二流子"概念，关键在于掌握它所传递的价值观念。从历史文献中出现的一些"二流子"形象看，它主要传达农耕文化的价值观。农耕文化崇尚安分守己、吃苦耐劳、和睦相处等适合生产的品德，与之相对，那些具有好吃懒做、好高骛远、夸夸其谈、搬弄是非等品行的人，就会被视为"二流子"。

然而，在中国漫长的农耕社会里，由于人口增加或自然灾害，过剩的劳动力会形成较为固定的"二流子"群体。杜亚泉（笔名"伧父"）1919年在《东方杂志》发表《中国政治革命不成就及社会革命不发生之原因》，认为："劳动阶级中亦因生齿过繁，天产不辟，产出过剩的劳动阶级，即现无劳动之地位，或为不正则之劳动者。例如我国之兵，即此过剩的劳动者之一种。他如地棍、流氓、盗贼、乞丐之类亦属之。此等过剩的劳动阶级，即游民阶级。"① 毛泽东1925年所作的《中国社会各阶级的分析》中，也注意到"游民无产者"的存在，将其定义为"为失了土地的农民和失了工作机会的手工业工人"。② 王学泰20世纪90年代出版的《游民文化与现代中国》将"游民"定义为："主要指一切脱离了当时社会秩序的人们，其重要的特点就在于'游'。"③ 杜、毛、王关对"游民"阶级特征的总结，符合大部分"二流子"的行为特点。这也就意味着，中国传统社会一直存在着一个"二流子"阶级，他们不仅仅因为个人品行败坏，而是传统社会下的必然产物。

在延安时期"二流子"改造运动中，"二流子"的定义包含上述两种。延安时期关于"二流子"改造运动的调查文献显示："一九三七年前全市人口不到三千，而流氓地痞就将近五百，占人口数的百分之十六，延安县的材料则一九三七年人口三万左右，流氓地痞数字为一千六百九十二人，占人口比率的百分之五。如果以延安县流氓比率数来推算全边区，则一百四十余万人口中二流子约占七万左右，即从低估计，说革命前全边区有三万流氓分子，当不为过。"④ 这里所说的"流氓地痞"，不是一般意义的"二流子"，而是游民。它的比例如此之高，与陕甘宁边区客观环境相关，范长江在《中国的西北角》中这样描写当时的情况："往往四五十里始有三五人家，土地荒芜极多，农地尚多在粗放的三轮种植时代。在陕北边境上，牧畜比耕种为盛。"⑤ "因为交通之阻隔，政治之黑暗，教育之落后，人民生计之困难，陕北、甘东接境之农民，已养成一种反对政府的心理。"⑥ 据此分析边区"二流子"的成因，可知土地不宜耕种是重要原因

---

① 伧父：《中国政治革命不成就及社会革命不发生之原因》，《东方杂志》，1919年第4期，第1—8页。

② 毛泽东：《中国社会各阶级的分析》，《毛泽东选集》（第一卷），北京：人民出版社，1991年，第8页。

③ 王学泰：《游民文化与现代中国》，北京：学苑出版社，1999年，第17页。

④ 陕甘宁边区财政经济史编写组、陕西省档案馆：《边区二流子的改造》，《抗日战争时期陕甘宁边区财政经济史料摘编》（第二编 农业），西安：陕西人民出版社，1981年，第688页。

⑤ 范长江：《中国的西北角》，成都：四川大学出版社，2010年，第66页。

⑥ 范长江：《中国的西北角》，成都：四川大学出版社，2010年，第67页。

之一。范长江强调："此间无土地农民甚少"①，而从"土地荒芜极多"的情形看，陕甘宁地区并不缺乏土地，但耕种水平极低，因为土地不宜耕种。此外，因交通阻塞造成的社会落后和地方政府腐败，也是"二流子"骤增的原因。根据范长江对当地税收情形的描述，在严重时期，该地区税收可以是生产收入的数倍，原本便十分恶劣的生产环境变得更加恶劣，在这样的背景下，社会涌现大量"二流子"也在情理之中。

延安时期的"二流子"改造运动，对象包括"二流子""半二流子"和"有不良嗜好或有二流子习气的公民"三类。其中的"二流子"有一部分是流氓地痞，还有一部分其实是小型商户，因他们的商业活动无法形成规模，遂归于"二流子"行列。如"二流子"改造运动中的一个案例，清涧城区的一个"二流子"，其主要行为是"偷卖家里的口袋"。② 这个案例虽然没有记录"二流子"活动的详细情形，但根据已有信息可以推测为小型商业活动。口袋价值极低，偶然"偷卖"，并不足以糊口，唯有"贩卖"，才可能维持"二流子"的日常生活。所以，该案例中的"二流子"，实际可能是口袋贩卖或制作的小商贩，只是规模较小且经营不善。对于这类"二流子"，其实可以一分为二来看待：在农耕经济制度下，他们破坏了生产；在市场经济制度下，他们便是正当的生产者。除此之外，"半二流子"和"有不良嗜好或有二流子习气的公民"就纯粹是一种价值导向，并不能视为游民。

"二流子"改造运动中体现的价值观，有一部分与农耕社会的价值观类似，如反对好吃懒做、搬弄是非，鼓励安分守己、努力生产。在宣传策略上，"二流子"改造运动也强调与传统价值观的趋同性，如在宣传"二流子"改造运动的作品中，改造成功的"二流子"从此过上幸福美满的生活，这非常贴近普通百姓的理想。但在本质上，"二流子"改造运动体现的还是"突击运动"中形成的政治文化，"在这种文化中，二流子"成为一个政治概念，它的存在并不是为了弘扬农耕文化的价值观，也不是要消

---

① 范长江：《中国的西北角》，成都：四川大学出版社，2010 年，第 66 页。

② 陕甘宁边区财政经济史编写组、陕西省档案馆：《边区二流子的改造》，《抗日战争时期陕甘宁边区财政经济史料摘编》（第二编 农业），西安：陕西人民出版社，1981 年，第 695 页

灭"游民"群体，准确概括其内涵，应该是边区突击运动中的不积极参与者。从边区一些"二流子"的案例中，就能觉察到这一点，如"延市西区侯家沟李秀珍，种六垧地，不作坏事，也无不良嗜好，每年出二、三斗公粮，因为原来是延安城里人，没受苦习惯，种地打不下粮，生活过不了，去年把牛卖了，侯家沟都是好受苦人，大家便'推举'他是二流子。"[①]在这个案例中，李秀珍只是因为生产能力比较弱才被"推举"为"二流子"，并不关涉品德，也不属于"游民"阶层，根本还在于不能跟上社会运动的步调。从苏联作家卡泰耶夫原著、丁桦改写的《一个生产竞赛的故事》中，更能看出"二流子"的这种特征，该著一章为"滚吧，二流子!"[②]，我们不能确定在俄语中是否有类似"二流子"的概念，但在生产竞赛的语境下，出现类似"二流子"这样的群体并不奇怪，这里的"二流子"，指的是两位在生产中因要求工作条件而被淘汰的工人。可见"二流子"在边区已经成为一个政治概念，并不能简单视为对农耕文化价值观的接受，而是"突击运动"中必然出现的产物。如果结合"二流子"改造运动"对人民的意识的改造"[③]的主题，那么"二流子"便指的是缺乏"人民意识"的群众。

二、"二流子改造"与新秧歌剧

"二流子改造"成为运动始于 1942 年，但其实这种改造行为从红军到达陕北后便已经开始。最有成效的改造，是社会制度的变革。中共政权在陕北巩固之后，为农民生产提供保障，很多被迫成为"二流子"的农民自觉发生转变。据 1943 年的统计："全边区已只有二流子九千五百五十四人，有三分之二已变成了好公民，同时这九千余人之中，还有一大部分是

---

① 陕甘宁边区财政经济史编写组、陕西省档案馆：《边区二流子的改造》，《抗日战争时期陕甘宁边区财政经济史料摘编》（第二编 农业），西安：陕西人民出版社，1981 年，第 692 页。

② ［苏］卡泰耶夫：《一个生产竞赛的故事》，丁桦改写，北京：新华书店，1950 年，第 31 页。

③ 陕甘宁边区财政经济史编写组、陕西省档案馆：《边区二流子的改造》，《抗日战争时期陕甘宁边区财政经济史料摘编》（第二编 农业），西安：陕西人民出版社，1981 年，第 689 页。

多少也从事一些劳动的所谓半"二流子"。① 这么大比例的"二流子"转变，只能是生产关系调整的结果。除此之外，不少地方政府在发展生产的过程中，自主开展了"二流子"改造工作。由此来看，边区全面开展"二流子"改造运动，除了发展生产的目的外，更有文化改造的意图。"新社会中二流子的存在，已不是社会制度的产物，而是旧日寄生意识的残余。所以今日改造二流子工作，正是整个新民主主义革命的一部分，这是人民的意识的改造。"② 除此之外，全面进行"二流子"改造也有保证边区安全的考虑。"二流子"的投机心理，使其极容易成为敌特利用的对象，全面改造"二流子"，也是开展群众教育的一种举措。

边区"二流子"改造运动中的措施，包括行政干预和群众教育两个环节。行政干预包括：确定改造对象（包括"二流子""半二流子"和"有不良嗜好或有二流子习气的公民"三类）、正常帮扶（如帮助制定生产计划、监督生产等方式）、采取强制措施（如在群众大会上批评教育、将"二流子"编组改造等）。行政干预通过行政组织和权力机构的介入，为"二流子"注入政治文化的内涵，同时在舆论、制度、执法等方面建构"二流子"改造的整体氛围。但仅仅依靠行政干预，"二流子"改造运动并不能在民间社会获得合法性，也就不能成为一场真正意义的群众运动，因此群众教育是不可或缺的补充。群众教育包括：亲情感化（利用父子、母子、夫妻、亲戚及邻里关系进行改造）、乡村公约（通过民间契约方式约束改造）、舆论引导（建构"改造'流子'"的社会风尚）等。通过行政干预和群众教育，"二流子"改造运动在边区就成为自上而下的社会运动。

在边区"二流子"改造运动的体系中，文艺既是可以采用的有效工具，又是需要被改造的对象。陕甘宁边区财政经济史编写组、陕西省档案馆1944年编制的《边区二流子的改造》，在总结"劝说感化与强制处罚"的经验时便指出了文艺的重要作用："在各地的民间小调、童谣和秧歌剧

---

① 陕甘宁边区财政经济史编写组、陕西省档案馆：《边区二流子的改造》，《抗日战争时期陕甘宁边区财政经济史料摘编》（第二编 农业），西安：陕西人民出版社，1981年，第689页。

② 陕甘宁边区财政经济史编写组、陕西省档案馆：《边区二流子的改造》，《抗日战争时期陕甘宁边区财政经济史料摘编》（第二编 农业），西安：陕西人民出版社，1981年，第688-689页。

中，都装进了激动二流子转变的内容"①。可见在"二流子"改造运动中，文艺——尤其是具有民间形式的文艺，都可以作为"劝说感化"的工具。当然，并非所有文艺形式都适合作为"劝说感化"的工具，这当中除了老生常谈的"民族化"问题，还因为民间小调、童谣和秧歌剧构成民间生活的一个部分，在建构全社会"'二流子'改造"整体氛围的过程中，这是不能听之任之的缺口。

以秧歌剧为例，这种民间小戏是秧歌文化的一部分，主要体现群众娱乐的功能，艺术性并不高。尽管只是一种民间娱乐方式，但因民间艺人受"旧戏"的熏陶较深，秧歌剧中还是体现了许多封建思想，如对统治阶级的歌颂、对迷信思想的宣传、有一定的情色描写等。1943 年 4 月 25 日，中共中央西北局及文委联名向各地剧团发出指示，"各种晚会节目均应根据观众对象加以适当的选择。对于一些旧剧本应选演其中内容较好的（如《四进士》《宋江》之类），并可利用'报幕'方式在演出之前向观众作简明的批判介绍。某些内容太坏的旧剧（如《四郎探母》《铁公鸡》《乾坤带》之类）则应当禁演"。② 这种态度虽然是针对"旧戏"，但也隐含了对秧歌剧等旧民间艺术的态度。除此之外，带有纯民间娱乐化色彩的民间社火，承担了民间社交的功能，在此期间三教九流聚集一堂，也为"二流子"进行投机活动提供了便利，进而为其提供了生存空间。

边区创演新秧歌戏的历史，可追溯到 1937 年陇东新宁县南仓村艺人刘志仁编创的《张九才造反》。刘志仁将陇东传统社火中秧歌歌舞和流行的"地故事"结合起来，通过不同人物的各种舞蹈动作表现情节和内容，编成了新的秧歌剧，"为群众喜闻乐见，大家称之为'新故事'"。③ 此后，刘志仁又创作出《新开荒》《新小放牛》《九一八》《新阶段》《反对摩擦》《保卫边区》《反特务》《二流子》等系列秧歌剧，在南仓一带受到好评。

---

① 陕甘宁边区财政经济史编写组、陕西省档案馆：《边区二流子的改造》，《抗日战争时期陕甘宁边区财政经济史料摘编》（第二编 农业），西安：陕西人民出版社，1981 年，第 696 页。

② 艾克恩：《延安文艺运动纪盛（1937 年 1 月—1948 年 3 月）》，北京：文化艺术出版社，1987 年，第 446—447 页。

③ 《陇东革命根据地》编委会：《陇东革命根据地》，北京：中共党史出版社，2011 年，第 280 页。

类似刘志仁自发创演秧歌剧的现象，在其他地区可能也有出现，只是影响力无法与刘志仁相比，故少有文献记载。这些艺人自发创演的新秧歌剧，虽然能够与具体工作相结合，但还未形成较有规模的创作潮流。

边区专业演出团队重视秧歌并创造具有叙事性的秧歌歌舞，始于1937 年西北战地服务团排演的《打倒日本升平舞》。从名字可知，这是一个秧歌舞，但因为有了"打倒日本"的主题，歌舞也增加了叙事性。在此之后，致力于旧形式改造的民众剧团，于 1938 年创作出秧歌剧《查路条》，后又创作出《十二把镰刀》，如果以戏剧的标准来衡量，这些作品就是边区专业剧团最早创演的秧歌剧。总体而言，在边区新秧歌运动开展之前，人们对于秧歌文化，主要是从宣传工具的角度去认识和利用它，并没有将其价值上升到改造群众文化环境的高度。

边区新秧歌运动开展之后，通过改造秧歌文化，改造群众文化环境，秧歌剧创作在规模和影响力上与之前不可同日而语。如前文提到中共中央西北局及文委联名向各地剧团发出的指示，内容包括：改造旧艺人，"对于有艺术素养的旧艺人应予优待，使得他们的艺术能为边区服务"[1]；整肃演出内容，对有的剧目在演出前向观众简明批判，有些剧目明令禁演；鼓励创作新剧本，"党的宣传部门应注意帮助和指导各地戏剧工作者了解边区情形，鼓励他们创作反映边区现实、具有艺术价值的新剧本"。[2] 可以明显看出，该指示从组织、演员、演出、剧本创作等多个环节对剧团演出进行了规范。此时，新秧歌剧不仅具有传统宣传的意义，更被赋予改造群众文化环境的功能。

三、"人情"的艺术经验与社会渊源

1949 年，王亚平发表《旧文学艺术必须改革》，其中对 1947 年之前

---

① 艾克恩：《延安文艺运动纪盛（1937 年 1 月—1948 年 3 月）》，北京：文化艺术出版社，1987 年，第 446 页。

② 艾克恩：《延安文艺运动纪盛（1937 年 1 月—1948 年 3 月）》，北京：文化艺术出版社，1987 年，第 447 页。

冀鲁豫区的旧文艺改造有这样的评价：

> 对民间艺术和民间艺人的作用估计过高，好像是只要发动或改造
> 了部分民间艺人和民间艺术，就可以把封建残余思想毒素全部肃清，
> 甚至仅仅从改造的基础上，便可以建立起整个新民主主义的文化艺
> 术。认为只有民间艺术的旧形式，才是人民大众所喜见乐闻的民族形
> 式，因而对新的话剧、歌舞剧、新的文艺创作采取否定的态度。这种
> 认识，在一九四七年四月以前是比较模糊的。①

这段总结虽然只针对冀鲁豫边区，但所反映的问题可以推广到整个解
放区，这也是对于 1943 年以来边区新秧歌运动的总结。通过上述文献可
见，在抗日战争、解放战争时期边区/解放区对秧歌剧的改造可以分为三
个阶段：第一阶段是刘志仁、民众剧团等对秧歌剧的创造，他们的改造主
要是将秧歌剧作为宣传工具；第二阶段是"新秧歌"运动时期的秧歌剧改
造，此时的改造既将秧歌剧作为宣传工具，又在其中增加了整肃群众文化
环境的功能；第三个阶段是 1947 年之后的改造，此时改造旧文艺成为创
造新中国文艺必须攻坚的难题，目的是彻底清除旧文艺中的封建残余思
想。"二流子"改造运动中的新秧歌剧创演，侧重点主要还是将其作为宣
传工具，其次是通过民间社火的改变，减少"二流子"活动的场域。

"二流子"改造运动期间创演的新秧歌剧，在表现新主题时，吸取了
旧戏中重"人情"的特征。黄芝冈在分析旧戏的教化功能时，认为"妙处
只在从人情入手"，他说："什么是人情？从每个人的生活基点单刀直入，
即是人情。《琵琶（记）》写蔡邕赴试，蔡公说：'你若锦衣归故里，我便
死呵，一灵儿终是喜。'蔡母说：'忍教父母饥寒死，博得孩儿名利归。'
赵五娘说：'六十日夫妻恩情断，八十岁父母教谁看管，教我如何不怨。'
都各从本身利害作精密打算。"② 黄氏所说的"人情"，关键便是从"利

---

① 王亚平：《从旧艺术到新艺术》，上海：上海书报杂志联合发行所，1949 年，第 8 页。
② 黄芝冈：《从秧歌到地方戏》，上海：中华书局，1951 年，第 108－109 页。

害"入手，也就是"设身处地"。"从乡下老百姓的生活基点单刀直入，从每个人的本身利害展开说教，所以，它能在它们的日常生活里面随时发生力量。"① 这种认识指出了旧戏传播封建思想的精髓，就是将作为宏大叙事的礼教，转化为日常生活的"小叙事"，不仅能够拉近礼教与接受者的距离，还能够随时发生作用，产生经久不息的力量。"二流子"改造运动中秧歌剧对"人情"的接受，主要体现在两点：一是在叙事主题上强调了"家"的感召功能；二是在叙事过程中善于抓住日常生活的"利害"。

边区反映"二流子"改造的秧歌剧中，"起家"是较为普遍的主题，如《钟万财起家》《刘二起家》都直接以"起家"为剧名，《一朵红花》《二媳妇纺线》《兄妹开荒》《动员起来》等作品虽未直接以"起家"命名，但仍沿用了这种叙事模式：强化"二流子"转变后家庭生活的改观，将个人思想改造与家庭兴旺结合起来。"起家"对于传统中国人有多么重要的意义，已无需本文赘述，在柳青的《创业史》中，以梁三老汉为代表的老一代农民，其"创业"的理想无非是"起家"。不得不说，"起家"的背后有封建思想的痕迹，在《创业史》中，梁三老汉的"起家"梦想，隐藏着对富农、地主生活的羡慕。但在"二流子"改造的过程中，改造的现实目标，以及抗战时期中共政策路线，对于秧歌剧利用"起家"改造"二流子"提供了包容空间。

边区"二流子"改造的目的是"人民的意识的改造"，采取的措施是将"二流子"纳入边区组织的生产体系。边区初期的"二流子"改造，主要目的是发展生产，通过对旧的社会制度的改造，一大批被迫成为"二流子"的农民已经进入边区的生产体系，并且通过现实生活的改善、劳动荣誉感的获得，初步建立起对边区政权的信任感。当时，那些依然游离在生产之外的"二流子"，要么具有游民习气，要么对边区政权缺少信任感，力图通过自主经营的方式游离于新政权之外。就边区当时的经济政策来说，"合作社""人民公社"等更高级的集体生产方式并没有建立起来，所执行的是减租减息政策，即通过扩大家庭生产单位的生产能力，借助"移

---

① 黄芝冈：《从秧歌到地方戏》，上海：中华书局，1951 年，第 110 页。

民""开荒"等方式实现生产资料的再分配，进而推动生产力的发展。所以，"起家"不仅是对农民理想的重构，也是这一阶段边区发展生产的现实需要。让"二流子"回归家庭生产，将他们纳入边区生产体系，是"人民的意识的改造"的必要措施。

实际上，乡土中国"家族"意识的兴起，背后也有现实的生存考虑。费孝通在《乡土中国》中将"家庭（家族）"视为中国乡土社会最基本社会组织，认为"中国的家是一个事业组织，家的大小是依着事业的大小而决定的"①。"一切事业都不能脱离效率的考虑。求效率就得讲纪律；纪律排斥私情的宽容。在中国的家庭里有家法，在夫妇间得相敬；女子有着三从四德的标准，亲子间讲究负责和服从。这些都是事业社群里的特色。"②

费孝通从家庭社会功能的角度，解释了中国礼教文化的起源，它看似一种文化心理、文化习惯，背后却体现了务实的精神。王学泰在《游民文化与中国社会》中，从人类学角度分析了"家"在中国文化中处于重要地位的根本原因，认为"先民们的生产和生活环境的特点和生产力的发展水平"③，决定了中国社会"聚族而居"的传统。简单来说，中国社会的小农经济传统决定了个人发展与家庭的密切联系，进而形成根深蒂固的价值观念。从这个角度来说，通过"起家"来改造那些顽固的"二流子"，与其说是借助封建思想发展生产，不如说是让他们恢复理性，意识到识时务者为俊杰。

这就有了新秧歌剧重视"人情"的第二个方面——诉说"利害"。黄芝冈分析《琵琶记》，所举蔡公、蔡母和赵五娘的言语，认为其动人之处在于以情说理、以害证利。蔡公、蔡母鼓励儿子进京赶考，其言语中有望子成龙、光宗耀祖的期待，通过"忍教父母饥寒死，博得孩儿名利归"的表达方式，强化了表达的情感，渲染了考取功名的重要性。再如，赵五娘说"六十日夫妻恩情断，八十岁父母教谁看管，教我如何不怨"，在"怨"的背后，有她对贞节观念的坚守，更体现出"孝"和"仁"对于日常生活

---

① 费孝通：《乡土中国》，上海：上海人民出版社，2006年，第33页。
② 费孝通：《乡土中国》，上海：上海人民出版社，2006年，第34页。
③ 王学泰：《游民文化与中国社会》，北京：学苑出版社，1999年，第29页。

的指导性。通过这样的故事，传统家庭伦理观念更加深入人心。旧秧歌剧如《五更劝夫》《小姑贤》《打芦花》等都是以家庭和睦为题材的，展开说教的方式也沿用了大戏中的手法，因此成为老百姓耳熟能详的作品。

"二流子"改造运动中的秧歌剧采用了类似的表达方式，在改造的过程中，家庭成员、乡亲参与其中，通过亲情和乡情的感召力，促使"二流子"发生转变。《兄妹开荒》便是通过亲情展开说教的典型：哥哥假装在劳动中偷懒，给他送饭的妹妹对他进行批评和劝说，通过兄妹之间的斗嘴，烘托出努力生产、成为边区好农民的主题。在《钟万财起家》中，"村主任"以乡村长老的形态出场："当然，有些话是不大好听……可大家都是为你好。男子汉大丈夫，正正派派做个庄稼人，好好价劳动，该多好……尔刻落个二流子名，多丢人！"[1] 这种批评当中并没有谈论努力生产的政治意义，而是从乡村社会较为看重的"名声"入手，通过让"二流子"产生羞耻感激发其"改过自新"。类似的例子无需多举，总之，在"改造'二流子'"为主题的秧歌剧中，都包含这样的表达方式。

客观来说，新秧歌剧通过"人情"展开说教，也不完全是对旧戏说教方式的认可和接受，毕竟"人民意识"的建立，并不是要回到小农式的人情里。就党对文艺的要求来说，王亚平提到1947年之后对旧文艺的再改造，也说明此前的改造并不彻底，带有过渡时期的特征。追根究底，这种艺术手法的采用与此时边区的经济形势与政策有关。边区经济基础是农业，但农业生产的效益并不高，农民对于幸福生活的梦想逐渐破灭，通过"起家"可以激发农民的传统梦想，让不愿意生产的人回归生产，是"人民意识"形成的前提。在此背景下，在农耕文化中形成的如安分守己、吃苦耐劳等美德，成为"人情"说教的重要内容。

---

[1] 刘润为：《延安文艺大系》秧歌剧卷（上），长沙：湖南文艺出版社，2015年，第113页。

四、新秧歌剧中的隐性结构

虽然以"二流子"改造为主题的秧歌剧大量借鉴了"人情"说教的方式，但在现实生活中，它并不是促使"二流子"发生转变的根本因素，在此之后的具体改造措施才是关键，因此，对"二流子"的直接警示和示范成为此类秧歌剧的隐性结构。

相对于民间大戏，秧歌剧形式简短，"人情"说教的环节很难充分展开，很多时候都显得缺少耐心，诉说的"利害"常常包含可能的惩戒措施，具有警示的意义。在《刘二起家》中，"手上捆了个白绳绳，头上戴了个白纸帽，胸前挂了个白布条"①，是边区规训"二流子"常用的手法。这种手法在不同地方还略有不同：有的让"二流子"去参加劳动英雄大会，让他们和劳动英雄坐在一起，用英雄的事迹感化他们；有的则让挂白条的"二流子"低头立在英雄身旁，以显著的对照形成社会教育；有的首先进行劳动英雄的奖励大会，接下来进行"二流子"的斗争会。②《钟万财起家》中提到的钟万财"带二流子牌牌"，"参加二流子生产队，天天给人家挖茅坑，羞人得很"，也是边区对"二流子"的规训措施之一。实际的情形可能比剧中严重，在很多地区，一旦被确认为"二流子"，便会在"二流子"的门上做标志，在"二流子"身上戴徽章，等其真正参加生产之后才能被准许摘去。③ "二流子生产队"则是改造中的强制手段，将"二流子"集中起来，强制纠正各种不良习气并参与生产。④ 除了上述例子之外，秧歌剧中的惩戒措施还包括经济封锁、亲人监督、行政拘押等。值得注意的是，边区在"二流子"改造运动中采取的一系列规训措施，并没有全部、直接地出现在相关秧歌剧文本中，而是以主人公转述的方式，

---

① 刘润为：《延安文艺大系》秧歌剧卷（上），长沙：湖南文艺出版社，2015年，第70页。
② 陕甘宁边区财政经济史编写组、陕西省档案馆：《边区二流子的改造》，《抗日战争时期陕甘宁边区财政经济史料摘编》（第二编 农业），西安：陕西人民出版社，1981年，第696页。
③ 延安市志编纂委员会：《延安市志》，西安：陕西人民出版社，1994年，第804页。
④ 陕甘宁边区财政经济史编写组、陕西省档案馆：《边区二流子的改造》，《抗日战争时期陕甘宁边区财政经济史料摘编》（第二编 农业），西安：陕西人民出版社，1981年，第698页。

作为说教中的警醒，成为整个文本的潜台词。这种处理方式说明，边区政府在开展"二流子"改造运动时，并无意瓦解乡村社会的自身结构，而是通过乡村社会组织的重塑，实现乡村生活与革命生活的无缝对接，这种意图也体现在文本的结构当中。

以"'二流子'改造"为主题的秧歌剧常常采用两种结构模式：一种是检讨模式，即"二流子"主人公自述其转变前后的表现和境遇，《钟万财起家》是这种结构的代表作；另一种是捧逗模式，即通过误会或冲突，让改造者和被改造者形成类似相声的捧逗效果，《兄妹开荒》是这种结构的代表作。这两种结构模式，有时是剧作的整体结构，有时只是一个场景的结构，它们成为此类秧歌剧惯用的结构方式，有艺术和现实双重价值。从艺术的角度，通过捧逗方式形成的嬉戏效果，是民间小戏惯用的手法。从现实的角度，反映"'二流子'改造"的剧作，当然需要以改造成功的"二流子"为主角，其中便包含了"检讨"的内涵。此处想要指出的是，在"二流子"改造运动中，这两种结构模式还起到了工作和生活上的示范作用。

检讨模式能够很好地反映"二流子"改造的工作方式和细节。在边区"二流子"改造运动中，已经形成较为成熟的工作方式和流程，秧歌剧的意义是通过对"二流子"心态的刻画和帮扶人形象的树立，更生动地演示出这种工作方式的原理和细节。在此类秧歌剧中，《钟万财起家》对"二流子"的心态刻画最为细致。转变之前的钟万财生活窘迫，在"二流子"改造运动中惶惶不可终日，走上转变之路后，"二流子"痼疾让他感到困难重重，在反复的思想斗争后终于转变成功。这些细节对于想转变而未转变的"二流子"来说是一种鼓励，让他们看到转变的希望。同时，它也让改造人员注意工作的细节，譬如在转变初期应注意激励和教导，在改造过程中则需要监督和帮扶。

《钟万财起家》还有意介绍村主任杨成福的情况，在剧中他兼具乡村社会长老和边区基层干部的双重角色，是钟万财的帮扶人。杨成福一出场便进行了自我介绍："我老汉今年四十满，村长当了八九年，训练自卫军，加紧锄汉奸，征公粮、优抗属，样样工作积极干。"① 可见，作为乡村社会的长老，他的条件并不完全吻合，且不说刚满四十便自称"老汉"（或许有地方风俗的缘故），他也没有宗法制度下的资历。他之所以能够成为长老，最重要的资本是革命经历，以及始终紧跟边区政府的步伐。作为新式的乡村社会长老，他有独具特色的工作方式和语言特征，面对钟万财，他时而与之谈论家长里短，时而晓以大义，时而正言厉色，但态度、语言的转化坦诚自然，不失为乡村干部工作的典范。

捧逗模式能够很好地示范在边区群众运动中如何建立新型家庭关系。在旧秧歌剧中，捧逗的双方常常是兄妹、夫妻、妯娌、姑嫂等，他们因为在日常生活中处于相对平等地位，非常适合用来制造喜剧效果。在旧戏里，捧逗的内容多为家庭冲突，通过对日常生活的戏仿，在欢娱中强化家庭、亲情观念。然而，在新秧歌剧中，捧逗双方虽然也轻松活泼，但似乎并不倡导传统的家庭观念，而是提倡一种新型的家庭关系。以《兄妹开荒》为例，兄妹之间的拌嘴是因为哥哥有意制造的误会，因此观众的总体感受是轻松愉快的，但在情感上，妹妹对哥哥的"偷懒"表现出发自内心的抵触。由此，一种新型的家庭关系也建立了起来——兄妹之间既具有亲情联系，同时也是革命同志，且后者的觉悟高于前者。在《钟万财起家》中，钟妻在钟万财转变前对其行为百般纵容，在转变中也不严格监督，这本是普通家庭的常态，但在剧中却是"二流子"改造的阻力。钟万财转变之后，对于妻子为了自家生产而降低公粮标准的做法进行了批评，这恰恰是革命需要的新型家庭关系。在这些方面，新秧歌剧也起到了很好的示范作用。

综上所述，新秧歌剧的隐性结构可以被理解为戏剧空间与现实空间的交接点，它可以体现在角色设置、人物语言和情节设置等多个方面，兼具工作指导和政治威慑的功能，在演出过程中可以与特定对象形成多种层次的交流。如将规训政策放在主人公语言中，可以让"二流子"瞬间从娱乐

---

① 刘润为：《延安文艺大系》秧歌剧卷（上），长沙：湖南文艺出版社，2015 年，第 111页。

体验中抽离出来，形成强烈的震慑效果。再如，当帮扶人在戏剧中开展工作时，他们的工作方式和语言模式既是对基层干部的模仿，又是一种凝练和提升，从而形成全边区针对"二流子"的话语模式。在捧逗模式中，捧逗双方其实在演示针对"二流子"思想中的错误想法的应对方式，在一定程度上塑造了边区群众对于"二流子"的认识。这样的戏剧效果，让秧歌剧成为"二流子"改造运动的有力武器。隐性结构的"隐"，在于它只有与具体社会工作结合在一起时，戏剧功能才能充分发挥作用，否则它就会消失在戏剧营造的整体氛围之中。边区新秧歌剧在初步取得成效之后，曾被安排到边区之外交流演出，中华人民共和国成立后又屡次走出国门。然而，与边区的具体工作脱离之后，它所形成的戏剧效果也发生了变化，其隐性结构也就消失了。

结语：新秧歌剧创演的"运动"经验

从"二流子"改造运动看新秧歌剧创演，可以看到延安时期新秧歌运动发生的多样背景，以及艺术创作中的隐秘之处。

作为延安文艺座谈会后具有标识性的事件，新秧歌运动自然是"文艺为工农兵服务"精神的落实，旨在通过"运动"让知识分子作家转变思想观念，同时开拓出"工农兵文艺"的新样态。然而，如果从"二流子"改造运动开展的情形看，"文艺为工农兵服务"不仅是文艺界整风运动的方针，也是群众思想教育工作必不可少的环节。"新秧歌"运动的"新"，旨在创造一种群众文化生活的新生态，以实现"人民的意识的改造"，这个过程需要专业文艺工作者和群众的共同参与，因而必须以"运动"的方式进行。具体到"新秧歌"改造的细节，如角色、队形、音乐、舞蹈、服装等多方面的改变，也主要体现为群众文化环境的重新建构，通过秧歌剧中象征性符号的改变，为群众文化生活提供新的可能。

新秧歌运动中的秧歌剧创演，在与"二流子"改造运动的工作相结合时，超越了"文艺"的范畴，它不仅是群众教育和娱乐的艺术形式，还兼具工作示范和现实威慑的"仪式"特征，从而使其与根据地政治文化深度结合，只有在根据地语境中，它的戏剧效果才能被全部释放。

客观来说，新秧歌运动的秧歌改造和秧歌剧创演，并没有探索出成熟的"工农兵艺术"形态，但它为后续延安文艺的发展提供了诸多的可能性。被改造的"新秧歌"很难在短时期内完全取代"旧秧歌"，从而彻底改变根据地内群众文化的环境，甚至在很长时间内，其创作都需要专业文艺工作者的指导，但它提供了群众文艺的新形态。这个形态产生的意义，是促使文艺活动和革命工作的高度结合，让群众通过参与这种新的群众文艺活动，参与革命工作。这种艺术经验，在之后的"穷人乐"戏剧运动走向成熟，因为降低了戏剧创演的门槛，群众可以更加便利地参与到戏剧活动之中，进而为土地改革运动和"翻身"运动起到了宣传、动员和推动的效果。对专业艺术工作者而言，通过汲取"新秧歌"改造的艺术经验，可以为民族"新歌剧"的创演奠定基础。虽然秧歌中的象征符号很难被群众接受，但它可以成为艺术家进行革命文艺创造的重要资源。

巴金与无政府主义

——以 1920 至 1923 年巴金在成都的文化活动为中心

包辰泽

"无政府主义"这个名词进入中国的时间很早，19 世纪中后期，《万国公报》和《西国近事汇编》就已经零星报道了关于无政府主义与俄国虚无党的消息，但这个时期关于无政府主义的报道并未涉及其具体的沿革历史与主张。

无政府主义作为一种社会思想被系统地介绍进中国大约在 20 世纪初，康有为、梁启超都曾在文章中提到无政府主义，1902 年，马君武《俄罗斯大风潮》被译成中文在国内出版。该书系统地叙述了无政府主义的起源和历史，以介绍俄国革命的历史来反对专制政府，并将俄国民意党杀手暗杀亚历山大二世的"杀身成仁"视为改变社会的一种良策。随着无政府主义的传播，马叙伦、蔡元培、张继等都借由无政府主义提出了他们变革社会的主张。

由于无政府主义在中国扎根的时间较早，在五四运动时期，随着社会思潮的漫流，它的触角就从沿海地区伸向了内陆。无政府主义在四川的兴起大约在 1920 年至 1921 年间，成立了 20 多个无政府主义团体，巴金就列名 1921 年于成都成立的"均社"之中。

少年巴金与无政府主义"结缘"的过程已有很多学者专书叙述过了①，他对新文化书刊的广泛阅读，他对克鲁泡特金《告少年》与廖·抗夫《夜未央》的推崇，他与精神上的母亲——爱玛·高德曼在《实社自由录》中的相遇，都构成了他接受无政府主义最初的记忆。在回忆文章中巴金以"正义感""自由""英雄"等词汇描绘了当时无政府主义著作给予他的强烈印象，少年时代的巴金初步建立起了对无政府主义的信仰，并认为自己"找到了终身的事业"。②

在 1920 年至 1923 年春的这约 3 年间，在成都外专学习的巴金参与了3 种无政府主义杂志的编辑工作，分别是《半月》《警群》与《平民之声》，并发表了多篇宣传无政府主义的文章。其中参与"半月报社"的编辑工作是巴金进行无政府主义宣传的早期实践，他在其中相当活跃，但是，巴金在"半月报社"的具体活动于今看来仍然有晦涩之处。③

除了编辑宣传无政府主义的刊物之外，巴金还在当时成都及上海的新文化刊物上发表了多篇诗作、散文与一篇译文（俄国作家迦尔洵小说《信号》的中译版），这些文章或明或暗地表露出少年巴金对无政府主义理论的理解及他通过无政府主义这一视角所看到的社会现实状貌，从这些文章中可以窥见无政府主义对巴金早期生命历程的深刻影响，这些少作所承载

---

① 论著主要有［日］山口守、阪井洋史：《巴金的世界——两个日本人论巴金》，北京：东方出版社，1996 年；李存光：《巴金传》，北京：北京十月文艺出版社，1994 年；李存光：《巴金研究资料》，福州：海峡文艺出版社，1985 年；谭兴国《巴金的生平和创作》，成都：四川人民出版社，1983 年；陈思和：《人格的发展——巴金传》，上海：上海人民出版社，1992 年；［日］樋口进著，《巴金与安那其主义》，［日］近藤光雄译，上海：复旦大学出版社，2016 年。

② 巴金：《我的幼年》，《中流》，1936 年 9 月 5 日。

③ 涉及"半月报社"相关内容的主要文章有王绿萍《"五四"后成都的〈半月〉》、管文虎《试述成都早期无政府主义组织的革命活动》、盛明《无政府主义在四川的流传》、戴溶江《忆〈半月〉社的开拓者们》等。

的情绪萦绕了巴金其后数十年创作生涯，是理解巴金相当重要的文本，但并未引起研究者相应的重视。

本文以《半月》杂志为切入口，结合前述资料厘清巴金与"半月报社"之间的联系，并通过巴金在成都的文化活动考察其创作文本与无政府主义之间的关联。

一、无政府主义在四川兴起的社会背景

四川曾是无政府主义流传较广、影响较大的地区之一，现存资料可查的四川无政府主义群体就有 20 多个，刊物有 10 余种。为什么当时四川的青年们对于无政府主义如此青睐呢？

陈独秀在 1920 年于吴淞中国公学演讲时表达了国人对于民国初期政局动荡的失望态度："清末革命的时候，人人都以为从此安宁了，不料袁世凯秉政结果，反而不好。袁世凯死的时候，人人又以为从此可以安宁了，不料现在段祺瑞、徐世昌执政，国事更加不好。这个时候，中国人因为对于各方面的失望，大有坐以待毙的现象。"[1]

在民国初年尝试共和的时期，国人坐着失望与希望相接续的过山车，对中华民国的信心逐渐跌落到了谷底。在此期间，国人也"受了两个教训"，其一是"凡军阀都不应当存在"，其二是"人民有直接行动的希望"。是以陈独秀认为，在教训后，"五四运动遂应运而生"，奉行"直接行动"与"牺牲的精神"向"社会国家的黑暗"抗争。四川无政府主义团体与刊物的兴盛就是此一叙说的体现。对于四川来说，"社会国家的黑暗"相较其他省份更是浓重不可揭，四川严峻的社会现实状貌正是激发无政府主义传播的最重要的因素。

由于地处偏远，四川远离当时中国的政治军事核心，因此中央的统治总是难以向西南伸手。自 1912 年袁世凯窃取辛亥革命成果，担任中华民

---

[1] 陈独秀：《五四运动的精神是什么？》，《时报》，1920 年 4 月 22 日。转引自唐宝林：《五四风云人物文萃 陈独秀 1889—1927》，北京：人民日报出版社，2005 年，第 161 页。

国临时大总统以后，中国就进入了北洋军阀统治时期。随着全国形势的变化，四川陷入了军阀割据的境地，从 1912 年到 1935 年间，四川省的统治权被不同的军阀轮番争夺，四川军阀混战的次数之多，时间之长，为全国"典型"。再加上地方与中央之间的深刻矛盾，军阀拥兵自重不理会中央，四川在很大程度上与中国东部地区的政治统治割裂开来。是以在 1932 年，在上海出版的《东方杂志》上不无讽刺意味地发表了一篇题为《第 467 次四川战争》的文章。这些纷扰的战事与政治上的混乱使得成都的宁静不断地被打破，1919 年四川军阀防区制度形成之后，川军内部以及川军与滇、黔军之间，持续发生混战，并在各自的统治区域内强征各类苛捐杂税，以填补军费开支，民众陷入了深重的苦难之中。

据官方数据统计，民国二年，四川岁出预算所列军费为七百零四万多元，民国五年增长为六百零二万余元，民国十四年北洋政府财政部地方财政整理委员会编制的该年度四川收支预算表，所列军费预算为二千六百三十万元，民国十五年四川全省军民会议通过的军费预算为三千八百八十万元，已比民国初年增长了四倍多。① 民国伊始，川军才 1 万多人，但到了民国二十三年，川军已经增至 50 万人，养兵之多，世所罕见。为了保障逐年增高的军费预算，各防区军阀需要对田赋增收附加税，所立名目众多，与日俱增，并且对田赋的预征额度也是闻所未闻。以川陕边防军的"防区"为例，广元县（今广元市）的田赋预征更是征至"民国 100 年"。② 在田税之外，军阀们不仅种植、走私鸦片，估提盐税，还强征其他的苛捐杂税，致使四川农业与工业一再倒退，因此时人讥讽此事为："自古唯闻粪有税，而今只有屁无捐。"

另外，四川遭受兵燹的惨重程度令人咋舌，仅以成都为例，1917 年反袁战役后，川军刘存厚、滇军罗佩金部和黔军戴戡部发生矛盾，1917 年 4 月及 7 月，川军刘存厚部分别与滇军罗佩金部和黔军戴戡在成都街头展开了摧毁城市的战斗，枪炮并用，留下了上千兵勇的尸体，导致城市居民数

---

① 四川省文史研究馆：《民国四川军阀实录》（第 3 辑），成都：四川人民出版社，2011 年，第 179—180 页。

② 同上，第 182 页。

百人毙命，多处民居被毁，其恶劣影响自不用提。1918 年的靖国战争、1920 年的倒熊战争、1920 年的驱刘战争等，使得四川不断被枪火吞噬。

无政府主义就是在这样的条件下，受到了四川各地青年的追捧。因为无政府主义主张的是推翻政府与反对强权，这迎合了当时希望"直接行动"的青年们的心声。创立四川最早的无政府主义团体"适社"的陈慕勤（又名陈小我）就对刘师复所言的"主张灭除资本制度，改造共产社会"，"各个人完全自由，无复一切以人治人之强权"① 的未来蓝图倾倒，且相信无政府共产主义就是未来的救国道路。

二、巴金与"半月报社"及其早期的无政府主义观点

为阐明巴金与"半月报社"之间的关联，在此先简单梳理几个重要的时间节点。

1. 1920 年，为扩大无政府主义的宣传，吴先忧、张拾遗等人于成都组织成立了"半月报社"，并于同年 8 月 1 日创办了半月刊《半月》，该刊物的主要宗旨为"传播文化，改良社会"。

2. 1921 年 2 月 20 日，《半月》第 14 号刊载重庆无政府主义社团"适社"的《"适社"的意趣和大纲》，该文引发了巴金的兴趣，促使他加入"半月报社"。

3. 1921 年 4 月 1 日，《半月》第 17 号发表了巴金生平第一篇文章《怎样建设真正自由平等的社会》（署名芾甘），芾甘这个名字遂进入"半月报社"社员录。同月，巴金写的短论《五一纪念感言》（署名芾甘）在重庆《人声》杂志第 2 号上刊发。

4. 1921 年 5 月，巴金与"半月报社"同人们组建了无政府主义团体"均社"，1921 年 6 月 1 日，《半月》第 21 号上刊发了《均社宣

---

① 刘师复：《无政府共产主义同志社宣言书》，《民声》，1914 年 7 月 4 日。

言》（来件）。

　　5. 1921年7月1日，《半月》第23号刊载《本社改选志略》（1921年6月19日改选），年仅17岁的巴金被推选为编辑部5人之一。

　　从上述时间节点的梳理中可见，年轻的巴金对无政府主义抱有极大的热情，从1921年2月初次接触"半月报社"及其同人，到4月正式加入"半月报社"，再到6月被推选为编辑部5人之一，历时仅四个多月。在短短四个多月的时间里，巴金就从一个社外人员成为"半月报社"的骨干成员之一，可见巴金在社内的活跃程度。同时，经由张拾遗、章戬初等人的引领，巴金逐渐进入当时成都新文化传播的圈层，这为他日后发表新文学作品打下了基础。

　　巴金与报社同人们于1921年5月组建的"均社"是四川地区较有代表性的无政府主义团体之一，从他们刊发的《均社宣言》中可以大致看出巴金当时拥戴的理论主张，《均社宣言》中提出"贵贱、主奴、治者、被治者的阶级应当划除，凡畸形制度为造成阶级束缚争杀的原动力，或阻碍平等互助自由的，都应一律取消"。"均社"主张"私产、政府、法律、军警、教会，都是妨害人类进化，增加世界黑暗的"，应当被灭除。《均社宣言》还提出"世界是互助的，不是竞争的，'爱'是人类的天性，'爱'是世界进化的要素"，"我们只晓得'各尽所能，各取所需；教育普及，智能均等'"，"以实现我们自由、平等、互相爱助的社会"。显然，他们所承袭和宣扬的是克鲁泡特金的无政府共产理论。

　　克鲁泡特金是俄国激进分子、科学家和哲学家，倡导无政府主义。他的理论是在19世纪80年代形成的，是一个分散的共产主义社会的支持者。他主张没有中央政府，并认为革命胜利后一切生产资料和生活资料都要归全社会所有，同时立即实行按需分配，基于自治社区和工人企业的自愿协会实现社会自足。成都早期无政府主义者主要信仰和推崇克鲁泡特金的无政府共产主义和他的《互助论》。《互助论》是一本以互助合作来解释生物和人类社会进步的书，克氏以进化论，即生物发展的自然规律来解释社会现象，但他不同意"物竞天择"，认为互助才是生物界以及人类社会发展的普遍规律，人类只要通过互助，就可以进入共产主义社会。

从参加"均社"开始，巴金被称为"安那其主义者"。那么，"均社"的成员们都做一些什么工作呢？巴金对此有这样的记叙：

> 白天我们中间有的人要上学，有的人要做事，夜晚我们才有空时间聚在一起，每天晚上我总要走过好些黑暗的街巷到那半月社去，那是在一个商场的楼上，我们四五个人到了那里就忙着卸下铺板，打扫方间，回答一些读者的信件，办理种种的杂事，等候那些来借阅书报的人，因为我们预备了一批新书报免费借给读者，我们期待着忙碌的生活，我们宁愿忙得透不过气来。①

除了开展编辑工作与服务读者以外，成员们"办刊物、通讯、散传单、印书"，有时"开秘密会议"。在巴金平淡乏味的生活中，终于出现了能让自己实现人生价值的事业，再加上与伙伴一同反抗强权的紧张、忐忑滋味，巴金"感动得几乎不觉到自己的存在了"。

可以认为，1921 年 4 月巴金在《半月》发表的《怎样建设真正自由平等的社会》提前宣扬了《均社宣言》的主旨，该文认为"没有政治法律，这才是真正的自由；没有资本阶级，这才是真正平等"。他向"劳动界的朋友们"热情地呼吁："你们想建设这种自由平等的社会吗？那么就请你们去实行社会革命，推翻那万恶的政治。"这篇稚气而大胆的文章，表露了少年巴金对无强权社会的向往。同月，重庆的《人声》杂志发表了他写作的《五一纪念感言》，该文号召工人奋起参加推翻政府与资本家的斗争，认为资本家从不事劳动，却能抢走劳动者所得的报酬，是"社会之敌"，中国劳动界的朋友们要从奴隶变成真正自由的人民，就需要用力量反抗他们，以"总同盟罢工""大示威行动"的方式，挣回人格，"推翻那万恶的政府和那万恶的资产阶级"，他引用托尔斯泰的话语为自己正言"自由非赠品也，自由有代价，曰血与泪"，主张流血与牺牲，并乐观地认

---

① 巴金：《我的幼年》，《中流》，1936 年 9 月 5 日。

为在无政府主义者与劳动者的联合下快乐、光荣、自由、平等的无政府社会就要实现了。此后，他还在《半月》上发表了《世界语之特点》一文，介绍世界语，期盼语言统一，认为世界大同之期将不远矣（《半月》第20号，1921年5月）；介绍美国工人组织"世界产业劳动同盟"（I. W. W.）的文章《I. W. W. 与中国劳动者》，号召纯粹劳动者组织的革命劳动团体（《半月》第21号，1921年6月1日）。

《半月》出到第24号时，"半月报社"生机勃勃的工作在被政府查封后就关停了。1921年9月，巴金参与创办了他的第一份刊物《警群》。刊登在头条的《宣言》中他大声疾呼：军阀的专横、司法的黑暗、政客的肆行、财主的欺压，"把那地大物博的中国，搞得黑气层层，全国人民几不知什么是人生生活！好像是机械似的，没得自动的能力和互助的感情；所以我们组织这个月刊，是要警醒那些可怜的群众，一齐觉悟起来，实行互助！"巴金在仅出了一期的《警群》上发表了《爱国主义和中国人到幸福的路》，阐述了他的无政府主义观点："推翻私产、政府、宗教等制度与概念，将这些压抑人的束缚消灭后，再分配财产，以自由组织的形式，互相扶助，各尽所能，各取所需。"他引用巴枯宁的话："人生到世间，最痛快、最娱乐的事，莫有过于革命的事业！你们都一想，与其蜷伏于淫威之下苟延残喘而幸生，何若磊磊落落、赌一点自由新血，与魔王破釜沉舟一战而亡。"（《警群》第1号，1921年9月）

可以认为，无政府主义的思想路引使得"爱"和"血与泪"强烈地鼓荡在少年巴金的心中，其中"爱"是对互助、平等精神的概括，"血与泪"则是对牺牲精神的颂扬。从以往对巴金精神的叙说出发，我们知道不仅仅是无政府主义引导了巴金，巴金也天然地就与这种思想相契合。幼年时期，母亲教会了巴金"爱"的力量，这种力量在巴金心中沉淀为根本的质，关怀他人就是表达"爱"的具体方式。巴金认为，互助的世界——帮助他人和得到别人的帮助，是他从无政府主义世界观中看到的与他的志向相符合的东西。巴金儿时曾在狭窄的马房中听病弱的轿夫谈论他们悲痛的经历，也在寒冷的门房中聆听老仆绝望的申诉；他目睹了抽大烟的仆人周贵、袁成惨死的景象，以及1917年的成都巷战中邻居家的一个仆人在他家大门口被枪杀，这些"没有希望只是苦刑般生活着的人的故事"①，在巴金心中投下了阴影。因此，巴金将幼年朦胧体会到的同一公馆里"上人"与"下人"（杂役、仆从）的差距转移到对社会阶层的关注中，他想要由"爱"出发，创造一个使"下人"也能生活下去的世界，要做一个"站在他们一边，帮助他们的人"②。无政府主义的未来景观和巴金的心像相合，因此，"血与泪"慢慢地从巴金的心底浮现，在无政府主义的引导下变得更为清晰。

三、巴金于成都时期的文学创作

1922 年 7 月 21 日，《时事新报·文学旬刊》上刊登了总题为《被虐待者底哭声》的诗歌作品（共 12 首），署名"佩竿"，是目前所见巴金公开发表的最早的诗歌。1923 年 4 月，在自成都远赴上海以前，巴金连续在各地文学刊物上发表了多篇诗作、一篇散文与一篇译文（俄国作家迦尔洵小说《信号》中译版），我们可以从这些文本中一窥当时巴金与无政府主义相联结的精神世界。

巴金的精神世界与世上的被欺侮者紧密地联系在一起，他十分关注被压迫者的精神世界，并着力于将他们的痛苦以自己的直笔刻画出来，除此之外，从诗歌中也能看到与前述巴金宣传无政府主义文章相似的印记。《被虐待者底哭声》第一首中这样写道：

被虐待者底哭声何等凄惨而哀婉呵！
但能感动暴虐者底残酷的心丝毫吗？

巴金以短短两行诗为开篇，尖锐地点出"被虐待者"与"暴虐者"之间的对立。其末篇则写道：

① 巴金：《我的幼年》，《中流》，1936 年 9 月 5 日。
② 巴金：《我的幼年》，《中流》，1936 年 9 月 5 日。

> 青年人！
> 要想美丽世界底实现，
> 除非你自己创造罢！

　　这里面表现出的思想连续性不就与巴金参与"均社"以来的战斗姿态相似吗？因为"被虐待者"与"暴虐者"之间充满难以弥合的紧张情绪，所以他们的关系注定无法用平和的手段修复。而"蝉声""雨""火"这些意象的罗列喻示了旧世界衰亡、清洗与焚烧的状貌。对于"如何才能走向新世界？"这个问题，巴金的回答如下：青年人，请你自己向前勇敢地创造吧。

　　巴金对苦难进行叙述的诗作还有很多，如《路上所见》描述了一头遭受"雄壮的人"不断鞭打的"瘦牛"，它已经负不动身上的几袋米了，在"它终于不能走了"的时候，"可怕的鞭子又举起了"（发表于《时事新报·文学旬刊》，1922 年 9 月 11 日）。《惭愧》写"我"在路旁遇见的一个老乞丐，因为"我"没有钱能给他，使"我"的心上永远留有惭愧的痕迹（发表于《时事新报·文学旬刊》，1922 年 11 月 21 日）。《丧家的小孩》写一位插草标卖身的小孩，他失却了母亲，许久没有吃过饱饭，在世界上只能遭人践踏（发表于《时事新报·文学旬刊》，1922 年 11 月 21 日）。

　　上述小诗都是巴金对社会生活苦难的描摹或隐喻。巴金在《梦》（发表于《时事新报·文学旬刊》，1922 年 11 月 21 日）一诗中则着力于点出现实中群众的昏聩与启蒙者的逐渐衰弱：

> 在灰色的天底下面，
> 我看见污泥的地上
> 横卧着许多的人。
> 他们是昏睡着的，
> 脸上还带着欢乐的颜色；只是他们底身体已经瘦得不成样了，
> 他们底衣服已经烂得不能蔽体了。
> 并且一身都是污泥。

这些倒在污泥中的人，在睡梦里沉沉不醒，即便有一位穿着绿衣的人叫喊着"起来呀！""起来呀！"也从来没有答应的声响，只能使几个人翻身，但"他们打了几个呵欠，又睡着了"，随着绿衣人的声音逐渐微弱，他也失去了力量，"完全躺在污泥里了""天全然黑暗了，/一切都看不见了。"希望在启蒙者倒下后，逐渐消散，可见少年时代的巴金对前路的失望与迷惘，他的思索与鲁迅"铁屋子"的譬喻如出一辙。

《疯人》（发表于《时事新报·文学旬刊》，1922 年 11 月 21 日）中也贯穿了一种绝望、悲哀的情绪：

> 我决意要在现在世界中，
> 寻出一个——只寻出一个——疯人，
> 但是失败了；
> 因为我是生在这聪明人的世界中呵！
> 这世界中已没有一个疯人存在了。

"疯人"既是与"绿衣的人"相似的形象，也是世界的启蒙者，是充满了互助精神的无私分享者，是"爱"的化身，是将所有金钱、货物、粗米"散与一切的贫民"的人，但是巴金在现实世界中却遍寻无果，世界缺少具备奉献精神的"疯人"。巴金以"疯人"的譬喻来讽刺只存在"聪明人"的现实世界，"聪明人"只知道攫取利益，而懂得回馈社会，能够帮助他人的正常人已经成了疯子。

巴金的理想是创造人人自主、互助的社会，但他敏于爱人的心当时感受到的却只有苦闷，创办的刊物接连遭禁，他无政府主义的理想如何才能实现呢？他需要得到人生的指引，于是他向世界呼喊："天暮了，/在这渺渺的河中，/我们的小舟究竟归向何处？/远远的红灯呵，/请挨近一些儿罢！"（《黑夜行舟》，发表于《妇女杂志》，1923 年第 9 卷第 10 期）

失望或许是少年遭遇挫折的常见心绪，但是巴金却并未使自己一直沉浸在失落的苦闷中，1923 年《孤吟》第 1 期刊发了巴金为纪念工人运动领袖黄爱、庞人铨逝世一周年而作的《报复》一诗。黄、庞二人受无政府主义、工团主义的影响，积极推动工人团体湖南劳工联合会的成立，他们在 1922 初被军阀赵恒惕冤杀。巴金在《报复》中称二人为"我们的兄弟"，认为"我们的兄弟原也是我们自己呵"，他以激愤的情绪，向"一切有良心的朋友们"呼吁，"预备着我们自己的血，/来与恶魔决一死战罢。/杀兄弟的仇是必要报复的呵！"这首诗战斗情绪高涨，反复渲染主体的愤怒情绪，体现了巴金作为无政府主义者对集体性的认知。

除开以自我心声孤独歌唱的小诗，巴金还作了一篇名为《可爱的人》（发表于《时事新报·文学旬刊》，1922 年 11 月 1 日）的散文。一个阴雨的早晨，巴金在与轿夫的聊天中，体味到穷苦人的艰辛，轿夫的生活只有苦痛，但是他是很纯洁的，绝没有害人利己的心思，而社会的不公使得他只能在雨中劳苦奔波。巴金写道："他比那些戴着假面具的恶魔至少总要好一百倍罢！我对于他只有崇拜。我几乎要发狂了。"[①] 对轿夫的崇拜源于巴金对底层民众的深切同情，这不仅是他心声的体现，亦有无政府主义带给他的深刻影响。

巴金的第一篇译作《信号》（刊载于《草堂》，1923 年第 2 期）是俄国小说家迦尔洵的短篇小说。这是一个关于报复、牺牲与救赎的故事，主要角色有火车铁轨查道夫谢明·伊凡诺夫与瓦西里·司节潘尼。瓦西里一直认为社会对他不公，因此愤世嫉俗，一日他受到了列车段长羞辱，却投诉无门，故决定将火车铁轨移开，意图让客车脱轨，以此报复社会。谢明看到了这一切，情急之下，他用自己鲜血染红棉布做成红旗给列车员打信号，瓦西里被他的英勇举动感动，和他一同逼停了火车，并向众人认罪。鲁迅认为迦尔洵有着"非战与自己牺牲的思想"，"至于'与其三人不幸，不如一人——自己——不幸'这精神，却往往只是见于斯拉夫文人的著作"。[②] 巴金大概也是出于同样的想法，才选取了迦尔洵的这篇小说。值得注意的是，无政府主义者所体现的牺牲精神并不意味着自我牺牲或自我否定，而"是为所有人的利益而奋斗，为了建立一个彼此如同兄弟一般

---

① 佩竿：《可爱的人》，《时事新报·文学旬刊》，1922 年 11 月 1 日。
② 鲁迅：《一篇很短的传奇　俄迦尔洵作》，《妇女杂志》，1922 年第 3 期，第 78—115 页。

的、健康、聪明、受教育而快乐的人的社会"。① 谢明刺伤自己而染红棉布的举动，正是牺牲精神的体现。

四、结语

1980 年，陈思和、李辉发表《怎样认识巴金早期的无政府主义思想》一文，提出："从巴金的早期活动和著作来看，他的世界观是复杂的，有爱国主义、人道主义、民主主义等思想起着作用，但其中起主要作用的，仍然是无政府主义。"② 在 1920—1923 年，年轻的巴金不仅于无政府主义宣传的具体实践中表现得极为活跃，其文艺作品中更是渗透着他所形成的早期无政府主义思想。这些思想的印痕陪伴巴金走向上海、走向巴黎，并对其后他在文学道路上的抉择产生了重要的影响。

---

① Vernon Richards：*Life and Ideas*：*The Anarchist Writings of Errico Malatesta*，London：Freedom Press，2015，p. 16.
② 陈思和、李辉：《怎样认识巴金早期的无政府主义思想》，《文学评论》，1980 年第 3 期，第 140—143 页。

李金发诗歌的异域经验

谭谋远

　　"西学东渐"是民国时期的一个重要特征，而在中西之间起到联结枢纽作用的则是当时的留学生。正如王富仁所言："中国20世纪文化就是留学生文化，中国最早派出的国外留学生在中国20世纪文化的发展中起了关键性的作用。"[①] 作为留学生的李金发也对西学的引入作出了自己的贡献——即对象征主义的引入。然而，李金发并没有真正地理解象征主义，他对中西文化之间的关系仍秉持自己的判定，如《食客与凶年》"自跋"中所述："其实东西作家随处有同一之思想，气息，眼光和取材，稍为留意，便不敢否认，余于他们的根本处，都不敢有所轻重，惟每欲把两家所

---

　　① 王富仁：《影响21世纪中国文化的几个现实因素》，《战略与管理》，1997年第2期，第87页。

有，试为沟通，或即调和之意。"① 由此可见，李金发认为中西文化有着"同一"的根本。

　　然而，李金发因其诗歌风格的怪异、语言的晦涩难通，得"诗怪"之称，虽见闻于世，令人印象深刻，但也侧面说明其在文化的交流、沟通上可能存在一定问题。仅在 1919 年 11 月至 1924 年 6 月这不足 5 年的时间里，李金发先后旅居了德、法、意三国，短暂的留学生涯可能并不足以令李金发对西方文化有足够的认识。中西文化之间确有其相似之处，但李金发就文化根本处判定两者具有一定的"同一"性，明显操之过急。实际上，李金发的诗歌在其独特的风格下蕴含着复杂的经验、体验。本文将从李金发切实的社会经历入手，重新看待其诗歌，在此基础上更为深入地探讨异域经验是如何转化为诗歌的，进而发现其中存在的问题。

一、情爱的资源

　　留法勤工俭学运动是李金发积累异域经验的契机，他主要的诗集《微雨》《食客与凶年》《为幸福而歌》等，也在此段时间定稿。张德明认为，"只有在李金发的诗歌里，我们才可以明显地触摸到异国寒风的凛冽、异国生活的艰难和凄苦。"② 仅就李金发"以丑为美"的诗歌风格，似乎可以认同张德明的判定，然而，细究李金发的异域经验，我们会发现事实并非如此。比之其他留学生，李金发实际并未称得上"艰难和凄苦"，只是其诗歌风格的文学性影响了读者对他的印象。根据记载，大部分留法勤工俭学的留学生（简称"勤工俭学生"），"他们在学习和劳动中学到了知识和技艺，增强了工人阶级的思想和情感，增进了与所在国人民的了解和友谊"③。然而，我们并未能从李金发诗歌中看到明显的工人主题，甚至连做工的题材都极为稀少。李金发在回忆中自述："我因为家里答应源源接

---

　　① 李金发：《自跋》，陈厚诚：《李金发诗全编》，成都：四川文艺出版社，2020 年，第 421 页。

　　② 张德明：《诗歌理论的理论与实践》，广州：暨南大学出版社，2015 年，第 190 页。

　　③ 郑名桢：《留法勤工俭学运动》，太原：山西高校联合出版社，1994 年，第 46 页。

济，一直不曾打算去做工，又利用华法教育会的支持一直用公费一年多。"① 可见，李金发在异域的经济状况虽谈不上富裕，却也与艰苦相去甚远，家里良好的经济基础使其不需要花费太多时间在"做工"上，因而，在与异域文化的接触上，李金发与多数留法勤工俭学生存在着差异。"尽管做工的先后、时间长短有所不同，勤工俭学生在进入法国学校学习问题上是没有分歧的"②，然而，做工与学习的时间分配切实影响着留学生的生活情态。李金发曾自称自己是"已未勤又不俭"③，亦曾觉得自己是"一个克勤克俭的青年，无日无夜地在担心着自己的将来"④，从李金发对自己异域生活的不同表述中，不难看出他虽响应勤工俭学运动来到异域生活，但却有着更复杂的生活情态。因此，留法勤工俭学运动可被视为李金发接触异国文化的一个契机，却不能以之窥见其诗歌异域经验的全貌。

值得注意的是李金发留法时的社交圈。留法不到一年的时间，李金发便开始了雕刻专业的艺术学习，未有太多做工经验的他透过社交圈接触的人群，与多数勤工俭学生也存在差异。20世纪20年代恰逢法国战后人口危机，"1921—1931年，法国人口年平均增长率仅为0.7%，其中的0.5%是由于大批的移民来到"⑤，战后的人口危机体现在李金发的实际经验上，是男女比例严重失调导致的异性交际活动的频繁。李金发在回忆中曾提道，"法国那时已感到男性缺乏的恐慌，女子找出路像中国找差事一样困难了"⑥。于此社会背景下，李金发等人也经历了颇为丰富的与异域女性交际的经验。

虽然李金发鲜少在回忆中谈及自身与异性的交往经验，但从他讲述其

---

① 李金发：《浮生总记》，陈厚诚：《李金发回忆录》，上海：东方出版中心，1998年，第45页。
② 鲜于浩：《留法勤工俭学运动史》，北京：人民出版社，2016年，第72页。
③ 李金发：《留学的故事》，《天地人》，1936年第7期，第22页。
④ 李金发：《忆法国海滨》，《民族文化》，1941年第7期，第1页。
⑤ 金重远：《20世纪的法兰西》，上海：复旦大学出版社，2004年，第192页。
⑥ 李金发：《浮生总记》，陈厚诚：《李金发回忆录》，上海：东方出版中心，1998年，第48页。

他朋友的爱情轶闻，可窥知李金发的异域经验中有着丰富的情爱资源可供诗歌写作汲取。由于经济条件的支撑，李金发不需要过多地在做工上花费时间，因此，比起与工厂工人的相处，李金发更多时候在与异域女性交际。由此来看李金发的诗歌，会发现情爱确实是其重要主题之一。其诗歌中不乏如"我欲写尽我少年的情爱，/但他们多么错综"① 一般歌颂情爱的诗句，《给女人 X》《给 Charlotte》《给 Dati》等诸多诗歌都是以情爱为主题。对于诗歌的本原与动力，李金发曾表示：

> 诗人因为意欲而做（作）诗，结果意欲就是诗。诗人带诗意的去呼吸，因为他是诗人。其实是意欲在他四周，升起一种情感，及意想的交流，在他动行之下，建立一个流动的诗，瞬间的娇冶，我们到它满足之后，就怒发，凡是美的，不是意欲的本身，乃是肉的谐和，及兴感的意像之合乐，它就是均一罢了。②

"意欲在他四周，升起一种情感，及意想的交流"，这一类似力比多观点的形成，与李金发在异域的经验并非毫无关系。在异域的生活中，他积累了丰富的情爱经验，在诗歌创作的过程中他将之转化为资源并汲取。李金发灵肉合一的概念，实则与创作取材生活别无二致。由此可见，与异性的交际经验，不仅为李金发提供创作的资源，也影响了李金发诗歌观的形成。

在《为幸福而歌》的《弁言》中，李金发曾表明自己欲透过诗歌"补救中国人两性间的冷淡"③，而诗人势必需要经历过较为热情的两性相处，才能够得出中国人两性间较为冷淡这一结论。然而，李金发的两性交往经验并非只有热情开放的一面。在与异性交往的过程中，李金发的感受是复

---

① 李金发：《少年的情爱》，陈厚诚：《李金发诗全编》，成都：四川文艺出版社，2020 年，第 233 页。

② 李金发：《艺术之本原与其命运》，《美育》，1929 年第 3 期，第 105 页。

③ 李金发：《弁言》，陈厚诚：《李金发诗全编》，成都：四川文艺出版社，2020 年，第 425 页。

杂的，对于异域女子的热情，他亦曾感到自己受到歧视。李金发曾言："恐怕他们三代以来都没有同中国人谈话的机会，这时那得不高兴，问长问短，也带些'中国是化外顽民，何以他们并不禽兽衣冠'的情形。"①但即便或多或少感受到歧视，李金发犹认为在异域生活的时光"可算是少年时代最愉快的时期"②，可见诗人对于与异域女性交往同样有着复杂的感受。回到诗歌本身，在情爱主题下，评论者往往从"以丑为美""象征主义"的诗歌风格入手，聚焦于诗人是如何表达情爱的，从而忽略了诗人在切实经历交际后，透过诗歌所表达的复杂感受。以《给 Dati》中的一段为例：

> 我明白东周的衰亡，
> 精神生活的提高，
> 不识你不忠实的原因，
> 因你曾在我手下辗转。
>
> 我不关心世界作善恶的人，
> 因空间全不任他们摆布；
> 我安置你在我心窝里，
> 何以终久逃遁了。③

"东周"作为中国文化、思想的象征，其"衰亡"隐含着诗人对自己国家文化、精神衰弱的感慨，而"精神生活的提高"则透露出其对异域文化，在"外来"与"进步"间的挣扎，"你不忠实的原因"以及"终久逃遁了"则可以联系到其异域恋情的不持久。李金发曾谈到这些热情的女性

---

① 李金发：《邂逅》，《美育杂志》，1928 年第 2 期，第 91 页。
② 李金发：《邂逅》，《美育杂志》，1928 年第 2 期，第 91 页。
③ 李金发：《给 Dati》，陈厚诚：《李金发诗全编》，成都：四川文艺出版社，2020 年，第 173 页。

只是"拿艺术学生来做幌子，和消磨日子，穷艺术学生，不是她们的对象"①，对于与异性的交往，李金发并非只是一味地感觉到热情，而是有着更复杂的感受。李金发诗歌中的情爱主题，实际含有强烈的民族情怀，他对情爱的接触与思考，皆处在中国留学生的立场，是故，其诗歌中同样含有以中华民族出发的感受。然而，诗人这些复杂的感受，却容易被其独特的诗歌风格所掩盖。

若更细腻地看待李金发的异域经验是如何转化为诗歌的，陈厚诚认为："他的第三本诗集《为幸福而歌》写于他与屐姐从恋爱到结婚这段甜蜜幸福的时期，是'为幸福而歌'的作品，所以这本诗集一扫李金发过去诗歌那种颓废绝望、阴霾低沉的面目，而是充满了爱的絮语和对幸福的憧憬。"② 诚然，李金发的《为幸福而歌》更多的是在表现爱与幸福，但其颓废、阴霾低沉的风格却不见减少，以其写给妻子屐姐的《à Gerty》中的一段为例：

> 你的幸福在我心头凭吊，
> 我们的青春各寻归路；
> 伊在前头的呼唤之音，
> 变迁其故国凄惨之哀求，
> 愿整余黄铜之甲，
> 遮住这一切诡诈之偶然。③

这首诗歌中作者对幸福依旧以"凭吊"的方式进行书写，可见"以丑为美"的风格俨然成为李金发惯用的手法。然而，比起诗歌风格的变化，更值得注意的是诗歌中所蕴含的诗人的兴感。"我们的青春各寻归路"以

---

① 李金发：《浮生总记》，陈厚诚：《李金发回忆录》，上海：东方出版中心，1998年，第48页。
② 陈厚诚：《"诗怪"李金发婚姻"三部曲"》，《工会信息》，2015年第17期，第35页。
③ 李金发：《à Gerty》，陈厚诚：《李金发诗全编》，成都：四川文艺出版社，2020，第533页。

及"故国凄惨之哀求",将李金发与屐姐两人的身份结合起来,在经历上找到了一个共通点。从诗歌中表现出的同病相怜,又能看到李金发对社会的观察。诗人独特的诗歌风格的确掩盖了其丰富且复杂的感受,然而我们无需纠结于这些经验对李金发诗歌风格造成多少转变,因为李金发的诗歌风格几乎一直保持"以丑为美"的倾向,真正值得我们注意的是在诗歌的缝隙中所透露出来的诗人观察、感受社会的方式,这才是藏在李金发诗歌风格下的珍贵之物。

二、写实的审美

虽然李金发曾明确说过自己"不知什么心理,特别喜欢颓废派 Charles Baudelaire 的《恶之花》及 Paul Verlaine 的象征派诗"[1],也认为自己的诗是"无可否认的象征派作品"[2]。然而,诗人的经验以及观感是独特的,转化成诗歌也会透露出差异,对李金发而言,这种差异便是对于"美丑"的不同解释。在法国留学时,李金发更多时候是以留学生的身份仰望法国的文化,他曾在评价巴黎的贫民窟时说道:"但不要小看这个贫民窟,历史上,名家如罗丹,大仲马,小仲马,福禄伯,莫泊桑,笛卡儿等都是从这个贫民窟奋斗出来的。恰恰巴黎大学及法国学院,亦在那里,故可说此区是巴黎文化中心,学术重镇了。"[3] 可见,即使是面对法国较为破陋的一面,李金发也能将其与文艺界、思想界的名人联系起来,以文化的角度去审美法国的"丑恶",因此,我们会在《巴黎之呓语》中看到李金发如是表现街道的行人:

> 背上重负在街心乱走,

---

① 李金发:《浮生总记》,陈厚诚:《李金发回忆录》,上海:东方出版中心,1998年,第53页。
② 李金发:《答痖弦先生二十问》,《创世纪》,1975年第39期,第3页。
③ 李金发:《浮生总记》,陈厚诚:《李金发回忆录》,上海:东方出版中心,1998年,第49—50页。

全不顾栖息之所在，

车轮下之尘土，

满沾在将睡之倦眼上。

如暴发之愤怒，

人在血湖上洗浴了！

不叹息之奴隶，

长爱护半领的褴褛。①

　　"背上重负在街心乱走""不叹息之奴隶"，李金发从法国劳苦大众身上看到的，是更有活力的生命形态，而"长爱护半领的褴褛"则更是表现出人们对生命的热爱。李金发对于法国一直是抱有好感的，甚至可以说是敬仰，这来自其在法国生活的经验，以及面对法国文化所处的姿态。

　　相较于法国，李金发对于德国的观感则有较大差异，他曾谈德国的经济状况：

　　　　他们的生活比中国抗战时期还要苦，因为没有平价米，物资配给，死活各人负责。外国旅客，则以外国钱换廉价的马克，大吃大喝，大买照相机仪器，贪人的便宜。比方本星期去定购一套衣服，言明 90 马克，但马克每况愈下，到第二星期则 90 马克只值原来三分之二的价值了。外国人成了天之骄子，到处放银弹，有些思想过激些的德国人，真是怒目相视。②

　　李金发深刻体验到德国人对外国人愤懑的情绪，同时，德国人民的苦闷也被他看在眼里，因此，同样是对街道行人的描述，《巴黎之呓语》与

---

　　① 李金发：《巴黎之呓语》，陈厚诚：《李金发诗全编》，第 52—53 页，成都：四川文艺出版社，2020 年，第 52—53 页。

　　② 李金发：《浮生总记》，陈厚诚：《李金发回忆录》，上海：东方出版中心，1998 年，第 57 页。

《柏林之傍晚》有着明显不同。《柏林之傍晚》如是写道：

> 呵，无味而终古呆立的石道里，
> 步音多么错乱，
> 如同整队的羊儿，
> 在平原上捷足，
> 用食料之期望去安慰心灵。
>
> 我能以忠告去给这不相识的人么？
> （何尝不相识，）
> 但他们的面貌，
> 既罩着深黑之幕。[①]

　　"无味而终古呆立的石道"表现出街道沉郁的氛围，即使"步音多么错乱"，李金发犹用"整队的羊儿"去形容街道上的行人，与《巴黎之呓语》的"在街心乱走""不叹息之奴隶"相比，《柏林之傍晚》明显死气沉沉。如果我们将此诗放在当时德国正经历通货膨胀危机的社会背景下解读，便能理解李金发为何认为"食料"能安慰心灵。概因李金发所见乃是经济没落下的德国，而对于德国人与自己"何尝不相识"的判定，实则又与《à Gerty》相同，从中能看到李金发对德国人感到同病相怜。将《巴黎之呓语》与《柏林之傍晚》对比，便能较为清晰地感知两者之间的差异。李金发的诗歌蕴含着他对社会的相当丰富的观感。

　　李金发旅德期间，德国社会正经历着因战败负担庞大债务而引发的通货膨胀危机，"在 1921－1922 年的一年时间内，批发价格指数已经上涨了 18 倍。危机的第一年，即 1923 年，批发价格指数已经涨到了不可思议的

---

　　① 李金发：《柏林之傍晚》，陈厚诚：《李金发诗全编》，成都：四川文艺出版社，2020 年，第 264 页。

地步，达到了 1913 年时的 12610 亿倍"①。格拉斯也在回忆中谈道："是啊，这些价格真是令人震惊。我们就是伴随着它长大的。"② 德国惊人的通货膨胀对于当时社会的影响颇深，李金发旅德时不可能感受不到当时德国的社会氛围，甚至李金发一伙人前往德国的目的，本就是"因不满于布雪教室之气氛，决意与几个颠头颠脑的朋友到德国去换换空气，及享受低价马克之福"③。据此可见，李金发等人显然已知晓德国社会的经济状况，其出于"享受"的目的去德国的行为也展现了李金发面对德国与法国姿态上的不同，李金发对法国是以留学生之姿仰望，而对于德国则更多是以自身经济优势俯视。正如李金发介绍德国时所说的："威廉的故乡，成为外国人之黄金世界，虽然不懂半句德文的外国人，但（Money can talk）在那边包管你欣赏享受得痛快，说不尽还会失了一颗心，回来够你半生回味。"④ 因为在德国体会到了"金钱享受"的快感，此时的李金发俨然不是在法国的穷艺术学生，经济上的优势改变了其面对德国社会的姿态。因此，即便李金发的《à Gerty》以及《柏林之傍晚》都表现出了他出于"同病相怜"的同情，却也是在自身具有经济优势的情况下，对德国社会产生的兴感。

　　如前文所述，李金发在他的情诗中含有对自己中国人身份的认同感，在其对社会的观察中亦然，他依旧是以中国人的身份审视异域社会，站在旁观者的角度，进行一种高度的审美。波德莱尔认为："我若看见一个文人，他并未受到贫困的压迫，却忽视了使眼睛快乐、使想象高兴的东西，我会以为这是一个很不完全的文人，且不说他更坏。"⑤ 对于波德莱尔而言，对社会"丑恶"一面进行观察，是使得文人"完整"的一种方式。然

---

① ［德］奥茨门特：《德国史》，邢来顺等译，北京：中国大百科全书出版社，2009 年，第 255 页。

② ［德］君特·格拉斯：《我的世纪》，蔡鸿君译，上海：上海译文出版社，2000 年，第 68 页。

③ 李金发：《中年自述》，陈厚诚：《李金发回忆录》，上海：东方出版中心，1998 年，第 150 页。

④ 李金发：《留学的故事》，《天地人》，1936 年第 7 期，第 23 页。

⑤ ［法］夏尔·波德莱尔：《浪漫派的艺术》，郭宏安译，北京：商务印书馆，2018 年，第 152 页。

而，李金发则认为："世间任何美丑善恶皆是诗的对象。诗人能歌人咏人，但所言不一定是真理，也许是偏执与歪曲。"① 李金发并不追求"真理"，亦没有将丑恶视作完整的另一部分，而是对偏执与歪曲尝试以更深刻的方式去表现。是故，波德莱尔曾因诗歌揭露的丑恶被查禁、抓捕，但在李金发这里并不存在这种可能性，一来李金发诗歌所写，多是"他国之事"；二来李金发并未在社会中进行更多的思考，而是着眼于如何将眼中所见以"以丑为美"的独特风格进行表现。对社会没有更多的思考，自然也就无从谈起"批判"抑或"反思"的风险。李金发对社会的审美处在比波德莱尔更高的高度，然而，却也因此对社会有着一定程度的漠视。

李金发诗歌中对社会的漠视并不只表现为对"他国之事"的旁观，对于"本国之事"，李金发同样也缺乏足够的思考，在《留学的故事》一文中，李金发曾谈道：

> 尚留在巴黎学哲学的朋友汤象离，常常写信来说：诸兄，从此放弃学业，疏忽前程了吗？一想念整千整万的同种，尚在水深火热之中，辗转呻吟，便忧心如捣，望诸兄还其本来面目，早日归法，继续努力，以救中国。我呢，博士论文已预备好了，与一个教授商量好了，每日除听讲外，其他时间多在图书馆里研究……暑假快到了，或者我到柏林来看你们……
>
> 我们看了无意中有些惭愧起来，我们虽不如他所想象一样不长进，但听到他预备好了博士论文，实在有些那个。
>
> 时光在欢乐中过得越快，暑假一到，汤同志果然到柏林来看我们了。他起初看见我们，犹强作老成庄重，但他是挥金如土，不顾家庭疲于奔命来供给的人，在这纸醉金迷的世界，果不出一星期，便故态复发了。②

---

① 杜格灵、李金发：《诗问答》，《文艺画报》，1935 年第 3 期，第 26 页。
② 李金发：《留学的故事》，《天地人》，1936 年第 7 期，第 24 页。

对于同学的质问，李金发在意的依旧不是自己未尽到救国之责，而是为学位获取进度缓慢感到惭愧，甚而后来对汤象离的讥讽更是缺乏自省的意识。虽然李金发的诗歌中暗含着对家国的身份认同，但他却鲜少谈及对家国、社会的反思，这是身处异域无可奈何的必然，面对异域的社会，作为外来者难以产生足够的深思，而对中国又存有空间上的距离，由是来看，李金发《微雨》中的《我背负了……》，似乎早已预示了他对社会思考的缺乏：

> 我背负了祖宗之重负，裹足远走，
> 呵，简约之游行者，终倒睡路侧。
> 在永续之恶梦里流着汗，
> 向完全之"不识"处飞腾，
> 如向空之金矢。①

李金发的诗歌背负着对"中国人"这一固有身份的认同，对于"不识"的异域他始终都是旁观者，而旁观者往往缺乏对现象更深刻的认识。李金发虽保有对中国的身份认同，然而他所切实经历的却是异域生活。他切实地在异域生活，却缺乏对于异域社会更为深刻的思考。因此，即使李金发诗歌的表现方式荒诞、怪异，也依旧是具有写实特色的描写，其诗歌取材自真实生活，其生发的也是诗人真实的感受。李金发风格独特的诗歌作品，实际上比许多写实主义作品更为"真实"，包含着天真的、不带曲解的现象描绘。然而，也正是"写实"使得他无法避开与异域的隔阂，无法跨越与家国的距离。李金发的诗歌并不是简单地承继波德莱尔"以丑为美"的诗歌风格，同理，李金发也绝非简单地受法国象征主义影响而"西化"，而是有着更复杂的文化因素。

---

① 李金发：《我背负了……》，陈厚诚：《李金发诗全编》，成都：四川文艺出版社，2020年，第 103 页。

三、文化的杂质

从李金发旅德与旅法的经历来看，诗人的主体观感一直影响着他对异域生活的取材。李金发在法国与异性交际时所感受到的热情与歧视，影响了他对诗歌的意欲观点，让他在情诗中蕴含民族认同；而在德国社会通货膨胀的背景下，李金发对德国人的同情以及在经济上的优越感，又体现了李金发作为外来者、旁观者，无法对异域社会进行更深层思考的现实。异域经验与诗人观感是在李金发"以丑为美"、象征主义的独特诗歌风格下，常被忽略却又丰富且复杂的一面。卞之琳认为："引进外来语、外来句法，不一定要损害我国语言的纯洁性。李金发应该说不是没有诗才的，对于法国象征派诗的特殊风味也不是全不能领略，只是对于本国语言几乎没有一点感觉力，对于白话如此，对于文言也如此，而对于法文连一些基本语法也不懂。"① 然而，诗歌的语言应当有更多的自由度，语言上恪守纯洁是不必要的限制。诚然，李金发的诗歌语言确实不纯洁，只是比起语言，更多的因素在于文化上的不纯粹。从李金发的异域经验，能看到他实际上处在"跨坐于中西文化之墙"的位置，空间的距离使他没办法真正立足、感受中国社会，而短暂的异域体验时间也并不充足，这使得李金发"全盘西化"。李金发一直以中国人的身份在解读异域，他虽然切实地在异域生活并从中取材，但其与异域文化仍存有隔阂，这才是李金发诗歌中的不纯物。

从雕刻这一李金发在异域主修的专业，能更明显地看出他与西方文化的隔阂。李金发曾言："我决心从事雕刻，完全是受了卢森堡美术院大理石人体的诱惑。"② 李金发看似是受到西方雕像的吸引才选择雕刻专业，但是他并不能全然接受西方雕像所蕴含的文化，其对卢森堡博物馆雕像的回忆就表现出他与西方雕像文化的隔阂，李金发谈道："最记得是里面有

---

① 卞之琳：《人与诗：忆旧说新》，北京：生活·读书·新知三联书店，1984 年，第 189 页。

② 李金发：《留法追忆》，《西风》，1938 年第 25 期，第 34 页。

一个神话中的女子与天鹅亲密的大理石像，刻得神态栩栩，不知出自何神话，这种题材，何必拿来公开，西方文化色情成分太浓，着实令人不解，无论在教堂里，宫殿里的壁画，到处都是裸体，使人难堪，希腊文化来源，即是如此，又有何话说呢？"[1] 从"女子与天鹅亲密"等文字推测，李金发所看到的应当是《勒达和天鹅》，这座雕像本身有着宙斯化身天鹅与凡人女子勒达交媾的神话背景，但李金发显然不清楚这一神话背景。然而，李金发据此认为西方文化的情色成分过于浓厚，并认为希腊文化来源即是如此，这可以看出，他明显与西方文化存在隔阂。神话总是含有元语言的成分[2]，从李金发认为西方雕刻过于情色的观点能够看出，李金发并不了解西方神话雕像中蕴含的元语言。根据潘诺夫斯基对圣像学的考据："希腊和罗马艺术中曾有过表现肉体美和肉欲（animal passion）的令人赞叹的艺术方式，它似乎只有带上一种超越了肌体、超越了自然的含义，就是说，只有当它屈从于圣经或神学题材的时候才能为人们所接受。"[3] 雕像中裸体美感的内涵意义，包含着在经历了文艺复兴后，西方文化对身体的自然性、神性、人性审美倾向的变换过程，其后确立的对身体的认同，与中国沿袭的礼教中所蕴含的社会性观点迥异，李金发缺乏这种身体认同的元语言，因此，他在对西方雕像感到新奇、受其吸引的同时，并未能跨越与西方文化的隔阂。

通常认为，"以丑为美"是李金发诗歌的独特风格，对于诗人以何为丑、以何为丑中之美，我们可以从李金发与西方文化对身体的认同之隔阂来进行更为深入的探讨，以李金发《上帝——肉体》一诗为例：

> 有强硬之心的大神，
> 其管束我的年少，
> 瞻望我的烦闷恐怖与伤情，

---

① 李金发：《李金发回忆录》，陈厚诚，上海：东方出版中心，1998 年，第 55 页。
② 巴特：《神话学》，江灏译，台北：麦田（城邦）文化出版社，2019 年，第 371 页。
③ ［美］E·潘诺夫斯基：《视觉艺术的含义》，傅志强译，沈阳：辽宁人民出版社，1987 年，第 64 页。

我欲胜利，

但每举步为仇雠左右着；

你知道我收束若干战争，

逃避了昏睡之眼的妇人，

建立孤独的伟大，

如今"肉体"阴谋着，

多么 palpable，inevitable！①

该诗将神视作为管束者、瞻望负面情绪的存在，并非西方对上帝惯有之信仰，将肉体以"阴谋"形容，谈论肉体的"可见、不可避免"，同样与上帝以自身形体造人，"无需避免"的认知有所出入，是故在该诗中，对上帝这一西方神祇，以及肉体与解放之间关系的诠释，犹可见李金发未触及西方文化对身体认同的元语言。

尽管自尼采声明"上帝已死"，西方启蒙对上帝信仰有了一定程度的破除，但西方文化中对上帝的定位，仍与中国文化对神鬼的定位有所不同。必须指出，李金发虽在其诗歌中频繁地使用"上帝"借代神，然而他却不信奉上帝。李金发曾言："中国的家庭多数是崇信佛教的，我的家族当然不能例外。我自小时即受佛教的熏陶，以为人死了后一定要过恶狗岗，死后要带些面饭去喂狗，免受其追赶。"② 当然，从李金发的叙述也可知其所信并非真正的佛教，而更接近于传统民间信仰。可见，李金发虽然在诗歌作品中频繁使用上帝这一"符号"，其意象的营造实际上却不能进入异域文化的语境。细究李金发对西方文化的接受，便可窥见其与西方文化产生隔阂的根源。对于神话，李金发曾说过："诚以西洋艺术，除以现实生活，及宗教胜绩为对象外，全是以神话为材料。我们若无神话教育，不唯见着要惊为怪诞，且亦无由领略美丑矣。"③ 但李金发对神话的

---

① 李金发：《上帝——肉体》，陈厚诚：《李金发诗全编》，成都：四川文艺出版社，2020年，第560页。

② 李金发：《答瘂弦先生二十问》，《创世纪》，1975年第39期，第9页。

③ 李金发：《神话＆艺术》，《美育》，1929年第3期，第84页。

理解只在于材料的程度，而未将神话作为文化的核心看待。而对于所学的雕刻专业，李金发亦曾谈及："一是这在中国是没有的技术，可以出人头地，二是年来受了五四运动的鼓吹认为文艺是崇高的学问，历史的结晶，值得一生努力，可以在历史留些痕迹，没有体会到中国现在的社会是什么社会，艺术是否可以谋生。"① 李金发同样把雕刻视为一种技术，而未在雕刻的本原、内涵上进行更多的思考。

　　无论是雕刻、艺术、神话，李金发都只关注到西方文化较为表面的现象，却未探究其更深处的本原，短暂的异域经验固然不足以让李金发产生文化上的认同，但其在接受上先入为主地将异域所学归为技术、知识等表面，亦是造成其与西方文化存有隔阂的重要原因。文化的隔阂具体到李金发的诗歌，便是造成他在使用诸如上帝、名人、故事时，只是运用空洞的符号，而缺乏更深的思考。因此，其诗歌中西方文化符号的使用便显得堆砌、生硬。特别是李金发在停留时间最短的意大利所写的诗歌中，因缺乏足够生活经验、观感的辅助，西方文化符号的堆砌状况尤为明显，以《罗马的印象》一诗为例：

> Tasso 休息过之残水下，
> 挂着一块斛释的石排，
> 我们从 il 读到 Santo，
> 遂凄然无语望着归城的路。②

　　李金发曾谈道："最大的缺憾，是事前没有多多涉猎意大利历史，文艺复兴史，神话，圣经，故文艺的欣赏当然打了大的折扣。"③ 在《罗马的印象》一诗中，其实并不缺乏令李金发感到缺憾的"材料"，然而，即

---

① 李金发：《浮生总记》，陈厚诚：《李金发回忆录》，上海：东方出版中心，1998 年，第 46 页。

② 李金发：《罗马印象》，陈厚诚：《李金发诗全编》，成都：四川文艺出版社，2020 年，第 719 页。

③ 李金发：《浮生总记》，陈厚诚：《李金发回忆录》，上海：东方出版中心，1998 年，第 60 页。

使用上如"Tasso"的诗人名，也未能表现出罗马的文化特色。文化根源的缺乏和不足的生活经验，让李金发诗歌与西方文化的隔阂暴露得更加明显，即使采用"以丑为美"的诗歌风格，李金发对罗马的描写也只能起到陌生化的效果，不足以引发文化间真正的交流。

李金发对西方文化的接受，正如他对艺术做出要求时所说："我们得下整理工夫，接受外来的技术，以创造新的艺术，树立复兴民族之基础。"① 李金发的诗歌创作始终立足于中华民族之基础，于他而言，西方文化不过是新技术的取材，然而这种观点正使得他在文化方面无法立足于异域之土。是故，人们对李金发的评价，多肯定其对象征主义诗歌的引进。诚然，"在新诗界中不能说他没有相当的贡献"②，然而，却鲜有人在文化间的交流、思想的突破方面，肯定李金发诗歌的影响。李金发的异域经验丰富且复杂，但在其转化为诗歌的过程中，也让我们警醒，对于文化，不可轻忽其根源之影响，否则，即使有着丰富的经验，所得之物也仅能在文化的表面上滑移，而无以探出文化下更为深刻的神髓。

结 语

不可否认的是，李金发对于法国象征主义以及波德莱尔诗歌风格引进的贡献，谢冕将李金发等文人称作西方文化的"盗火者"③ 确实有其依据。然而，我们在称李金发为"盗火者"时，必须清楚地认知到，这位"普罗米修斯"是居于奥林匹斯山外者。李金发始终以中国人的视角在理解、感受着异域经验，他没能对西方社会有更多的思考，也没有在西方生长出文化的根源。李金发对西方文艺仅作为技术、知识的观点，恰说明了李金发诗歌，即使切实地反映异域生活、依循法国象征主义，甚而在诗歌中夹杂外国语言，但其表现出的西方文化依旧是空洞而虚浮的。是故，李

---

① 李金发：《廿年来艺术运动之检讨》，《民族文化》，1941 年创刊号，第 49 页。
② 苏雪林：《论李金发的诗》，《现代（上海 1932）》，1933 年第 3 期，第 347 页。
③ 谢冕：《新世纪的太阳——二十世中国诗潮》，北京：人民大学出版社，2009 年，第 88 页。

金发的诗歌只能带来刺激却难以形成更深远的影响。文本的文学性固然是我们接触作品的重要部分，但它同时也掩饰、简化、概括了作者的复杂性，因此，只有更深入地看待李金发实际经验的社会，才能真正厘清李金发的"个人感受""异域生活"以及"文化根基"这三者之间复杂的互动关系。李金发曾这样解读自己的名字："不是有金色的头发而是一个梦的结果。"[①] 可见，我们不能简单地以文本的"外貌"看待李金发的作品，而应结合文本之外的东西，探究文本的"更深处"，否则，"法国象征主义"、波德莱尔式的"以丑为美"，或许始终都会是我们对"诗怪"的一个"浅见"。

---

① 李金发：《我名字的来源》，陈厚诚：《李金发回忆录》，上海：东方出版中心，1998年，第182页。

编后记

    "民国文学研究专题"是周维东老师开设了 4 年之久的一门课程。多届同学在"工作坊"的课程形式中，依照老师每年给出的不同"主题词"在课堂上进行思维的交流与碰撞，产出了多篇刊于知名刊物的优秀成果。这些成果构成这本书的基础。

    周老师给出的主题词按年份排序为"革命""空间""社会史视野""地方路径"，这些主题词既反映了周老师当时自身的学术思考，也体现了现当代文学学科与不同时段社会思潮的互动关系。当然，主题词只是为了引导和启发参课同学的思维，并非一个固定不变的标准，同学们大可根据自身的学术兴趣与文献阅读能力，规划自己的论文撰写。

    在课程中，每位同学都要走到台前，向老师和同学汇报自己最新的论文进展，从题目选定、小节撰写到参考文献的引用，各个环节都会被放在众人的目光之下仔细审视。每个人的思考角度不同，因此每位主讲人都要努力让老师与各位同学理解自己的想法与主张，同时大家也会针对该论文的令人不解处、薄弱处进行提问。

    如韦伯所言："学术训练，是精神贵族的事……以适当的方式呈现学术问题，而使一个未曾学而能学的心灵，对这些问题有所了解，并且——这在我们看来是唯一重要的——对这些问题作独立的思考，或许是教育使命里最艰巨的一项工作。"在教师拆解学术问题以对学生进行引导，学生了解学术概念并做自主思考后，所有人还能够在课堂上一同对某个问题进行激烈的探讨，想必对每位参课同学来说都是难以复刻且值得珍藏的体验，有此"狂热"，"灵感"才会涌现。

自 2018 年至今，最初一届的师兄师姐多数已走上讲台，成为越来越成熟的学者，其余同学也在学术道路上走得更为稳健。"民国文学研究专题"课程将继续开设下去，为以后越来越多的同学提供指引，期待日后能编出更为精彩的论文集，成为一个系列。

本集收录的论文，尽量保持了作品原貌，部分文章有进一步的修改与完善。此书目录，依照年级与主题做了粗略的编排，不妥之处，恳请作者见谅。同时，还有一些精彩的论文，由于各种原因，未能收录在本书中，殊为遗憾。

这本书能够顺利出版，首先要感谢历届同学对周老师课程的热情和支持。其次，郭鹏程、史子祎、凌悦、陈田田、刘牧宇等同学也在论文收稿和初期校对工作中贡献了很多力量。出版社和编辑老师为本书的印行付出了很大的努力。在此一并致谢！

虽然本书收录的大部分论文的作者都属新晋的学者、博士研究生，但他们的论文却不乏深刻的见解和独到的创新，展现了一股清新的学术之风。希望各位学友在今后不断进步的过程中，能够时常回顾这本集子，感受当初课堂上所受的激励和鼓舞，同时也能从中汲取更多的知识和灵感。

编　者

二〇二三年三月